RAPPORT

A M. LE MINISTRE DES TRAVAUX PUBLICS,

SUR

LE PAVAGE ET LE MACADAMISAGE

DES CHAUSSÉES

DE LONDRES ET DE PARIS.

PAR M. DARCY,

INSPECTEUR DIVISIONNAIRE DES PONTS ET CHAUSSÉES.

PARIS.

CARILIAN-GOEURY ET V.ᵒʳ DALMONT,

LIBRAIRES DES CORPS DES PONTS ET CHAUSSÉES ET DES MINES,

QUAI DES AUGUSTINS, N° 49,

Près la rue des Grands-Augustins.

1850

RAPPORT

A M. LE MINISTRE DES TRAVAUX PUBLICS,

SUR

LE PAVAGE ET LE MACADAMISAGE

DES CHAUSSÉES

DE LONDRES ET DE PARIS.

V

35939

PARIS. — IMPRIMÉ PAR E. THUNOT ET Cⁱᵉ,
rue Racine, 26.

RAPPORT

A M. LE MINISTRE DES TRAVAUX PUBLICS,

SUR

LE PAVAGE ET LE MACADAMISAGE

DES CHAUSSÉES

DE LONDRES ET DE PARIS.

PAR M. DARCY,

INSPECTEUR DIVISIONNAIRE DES PONTS ET CHAUSSÉES.

PARIS.

CARILIAN-GOEURY ET Vᴼʳ DALMONT,

LIBRAIRES DES CORPS DES PONTS ET CHAUSSÉES ET DES MINES,

QUAI DES AUGUSTINS, Nᵒ 49,

Près la rue des Grands-Augustins.

1850.

EXTRAIT DES ANNALES DES PONTS ET CHAUSSÉES.
(JUILLET ET AOUT) 1850 (*).

RAPPORT

A M. LE MINISTRE DES TRAVAUX PUBLICS

SUR

LE PAVAGE ET LE MACADAMISAGE

DES

CHAUSSÉES DE LONDRES ET DE PARIS;

PAR M. DARCY,

INSPECTEUR DIVISIONNAIRE DES PONTS ET CHAUSSÉES.

Monsieur le ministre,

Vous m'avez chargé d'aller recueillir à Londres, différents documents sur les chaussées pavées et macadamisées de cette ville (1).

Le mode de construction de ces chaussées et la dépense

(*) Chez Carilian-Gœury et Vᵒʳ Dalmont, libraires des corps des ponts et chaussées et des mines, quai des Augustins, n° 49.

(1) J'ai été accompagné dans cette mission par M. Jules Coutin, attaché au ministère des travaux publics : M. Coutin m'a prêté le concours le plus éclairé et le plus actif.

à faire annuellement pour leur entretien dépendant essentiellement du chiffre et de la nature du *traffic* qui les parcourt, il m'a paru que je devais présenter quelques détails
statistiques sur Londres, avant de vous soumettre les
renseignements qu'il m'a été donné d'obtenir.

C'est ce que je ferai dans la première partie de ce rapport;

Dans la deuxième, je donnerai la traduction des renseignements divers que j'ai recueillis dans ma mission;

Dans la troisième, je présenterai le résumé de ces
documents;

Dans la quatrième, j'indiquerai le système de pavage en
usage à Paris pour les chaussées et pour les trottoirs;

Enfin la cinquième partie renfermera mes conclusions.

PREMIÈRE PARTIE (*statistique*) (*voir* note **A**).

Population de la ville de Londres et de la Cité. — La
ville de Londres couvre une superficie de 81 milles quarrés,
ou 21 000 hectares environ.

Le nombre des maisons qui la composent est de 260 000
occupées par. . . . . 1 924 000 habitants.

Le développement des rues est à peu près de 700 milles,
ou. . . . . 1 126 kilomètres.

La Cité de Londres n'occupe qu'un espace d'un mille
quarré environ ou. . . . . 259 hectares.

Le nombre de ses maisons est de. 16 000

Celui de ses habitants de. 125 000

Enfin le développement de ses rues est de. . 50 milles,
ou de. . . . . 80^{kil}.50.

*Principales voies de circulation dans la ville de Lon-
dres et dans la Cité.* — Londres dépend de deux comtés
qui ont la Tamise pour limite.

Le comté de Surrey est borné par la rive droite. Celui
de Middlesex par la rive gauche.

La plus grande partie de la ville, la presque totalité est placée sur la rive gauche : sur cette rive se trouvent la Cité ; tous les docks, le canal du Régent, le London and North-Western railway de Londres à $\left\{ \begin{array}{l} \text{Birmingham} \\ \text{Manchester} \\ \text{Liverpool} \end{array} \right\}$; le Great-Western railway de Londres à Bristol (les débarcadères de ces deux chemins sont placés à l'ouest de la ville). A l'est, l'Eastern-Counties railway, de Londres à Cambridge, Yarmouth, etc., d'une part, et à Colchester de l'autre. Son débarcadère arrive jusqu'à *Shoreditch*.

Sur la rive droite, sont établis le South-Western, de Londres à Southampton ; son débarcadère est situé *Waterloo-road*, et le South-Eastern railway qui communique avec Douvres et Folkstone ; son débarcadère est près de London-Bridge.

Si nous ajoutons que la bourse de Londres, *rendez-vous général* de la population qui s'occupe d'affaires est située au cœur de la Cité ; que le chiffre de cette population qui afflue de toutes les parties de la métropole et de ses environs dans la Cité et qui l'abandonne vers cinq heures du soir ne peut pas s'évaluer à moins de. . . . . . 500 000 ; on arrivera à classer assez facilement les voies sur lesquelles la circulation est la plus active, et à se rendre compte des motifs qui déterminent cette prodigieuse activité.

Je ne parlerai pas de celle qui existe sur la Tamise, où l'on voit un nombre considérable de *bateaux à vapeur omnibus*, se croiser dans tous les sens et prendre sur les rives, ou y débarquer tous ceux qui ont à se rendre de l'est à l'ouest, ou de l'ouest à l'est de la ville.

La circulation dans la ville de Londres peut se décomposer en trois grands courants principaux :

1° De l'ouest à l'est.
2° De l'est à l'ouest. $\Big\}$ En prenant la Banque comme centre.
3° Du nord au sud, ou entre les deux rives de la Tamise.

I. De l'ouest à l'est.

Le courant de l'ouest à l'est paraît se diviser en deux branches principales :

La première passant au nord d'Hyde-Park, suit les rues de :

Oxford, à laquelle aboutit Edgeware-road qui dessert la station du Great-Western railway, —Holborn, —Skinner, —Newgate, —Cheapside, —Poultry,

dont le développement total est d'environ 6 kilomètres et aboutit à la Banque.

La seconde passe au sud de Hyde-Park, à l'origine de Piccadilly, se dirige encore sur la Banque par les voies suivantes :

Piccadilly, —Regent, — Pall-Mall, —Charing-Cross, —Strand, —Fleet,

et va rejoindre par Ludgate-hill et Saint-Paul's church-yard, la rue de Cheapside et la Banque.

Le développement de ces rues est d'à peu près 5 kilomètres.

II. De l'est à l'ouest.

A l'est de la Banque, deux nouveaux principaux courants s'établissent de l'est à l'ouest.

Le premier suit les rues :

Mile End-road, —White Chapel-road, —

Aldgate High. . . . . { Leaden-hall, Cornill
et
Fenchurch-street, Lombard-street.

Les rues précitées offrent un développement d'environ 4 kilomètres.

Le second courant s'établit par Commercial-road, entre les docks et la Cité.

Arrivons maintenant à la circulation du nord au sud, celle qui a pour objet principal de relier les deux parties de Londres séparées par la Tamise.

Elle semble se partager en trois branches principales qui ont adopté les ponts de :

Westminster, — Blackfriars, — London.

Sur ces trois ponts, la circulation est gratuite.

Le pont de Waterloo (2) est à péage; c'est, sans doute, un des motifs qui le rendent moins fréquenté que les autres.

Quoi qu'il en soit, la principale circulation du nord au sud s'établit sur les ponts de Westminster, Blackfriars et London par les voies suivantes :

1º Pont de Westminster.

Le courant vient de Charing-Cross, passe dans White-hall et dans Parliament-street, et de là, après avoir quitté le comté de Middlesex, suit sur la rive droite :

Westminster-road, } côté de Surrey.
London-road,

Pour franchir le nœud général de la circulation de la rive droite; nœud situé à *Elephant-Castle*, où la majeure partie des omnibus semble se croiser.

2º Pont de Blackfriars.

Le courant descend de la rive gauche sur le pont de Blackfriars par :

Victoria-street,
Farringdon-street, } côté de Middlesex,
Bridge-street,

traverse le pont, et arrive encore à *Elephant-Castle* par :

Great-Surrey-street, } côté de Surrey.
London-road,

---

(2) Indépendamment de celui du pont de Waterloo, un péage est encore exigé sur le pont du Wauxhall, sur le *Suspension-bridge*, et enfin sous le tunnel.

3° London-bridge.

Le troisième courant, alimenté surtout par le trafic de la Cité, descend au pont de Londres par :

Shoreditch-street, Bishops-gate, Grace-church, King's William-street,	côté de Middlesex,

et prend sur la rive droite :

Wellington-street, Borough-street, Blackman-street, Newington-causeway,	côté de Surrey,

pour traverser encore le point désigné plus haut par Éléphant-Castle.

Cherchons maintenant à déterminer le genre de traffic auquel sont soumises les grandes divisions que je viens d'indiquer.

On conçoit que je n'ai pas la prétention d'arriver avec exactitude à la solution de cette question : le temps ne me l'aurait pas permis, et, d'ailleurs, il serait impossible de se procurer des données rigoureuses, même auprès des autorités paroissiales.

On ne peut guère, dans l'état actuel des choses, que présenter des indications générales, suffisantes, au reste, pour les points de comparaison dont j'avais besoin.

La circulation dans les rues de Londres, comme dans celles de presque toutes les grandes villes, peut se diviser en :

1° Circulation d'affaires ou de commerce ;

2° Circulation de plaisir ou de luxe.

Mais à Londres et dans ses faubourgs, qui forment chacun une grande ville, on peut affirmer immédiatement qu'à *de bien rares exceptions près*, la première espèce de circulation existe partout, domine partout, laisse la seconde tellement derrière elle, qu'il serait presque inutile de s'en occuper.

Le foyer de l'immense mouvement commercial de la métropole est, comme je l'ai déjà dit, la Cité. Cinq grandes lignes de chemin de fer, correspondant avec tous les points principaux du territoire, quatre canaux, la Tamise enfin, fournissent tour à tour à ce foyer des aliments et des débouchés.

Londres n'est pas seulement, comme Liverpool, un grand entrepôt de commerce, ou, comme Manchester et Birmingham, un centre important de manufactures. C'est à la fois une cité commerçante et industrielle.

Nature des établissements qui bordent la Tamise à l'aval et à l'amont du pont de Londres. — En aval du pont de Londres, qui s'oppose au passage des navires, les bords de la Tamise, sur une longueur de près de 5 kilomètres, ne présentent qu'une succession de vastes magasins : là se trouvent les docks.

Derrière ces dépôts se développent, parallèlement à la Tamise, des rues étroites, sur la surface pavée desquelles une circulation régulière et constante a creusé de profondes ornières.

Le besoin s'est même fait sentir d'établir à 1/2 kilomètre environ de la Tamise une grande voie, *Commercial-road*, dont il sera parlé plus tard dans les documents qu'il m'a paru nécessaire de traduire.

Commercial-road reçoit le traffic des docks des Indes.

Si, maintenant, on examine, en remontant la Tamise, l'espace compris entre le pont de Londres et celui du Wauxhall (4 kilomètres environ), on verra les rives de la Tamise presque exclusivement bordées de fabriques et d'usines.

Les matières premières arrivent au quai de l'Usine par eau, et n'en sortent que, sous forme de produits manufacturés, pour reprendre le chemin de la Tamise, rayonner dans la ville ou se rendre aux stations des chemins de fer qui les emportent dans toutes les directions.

On peut donc affirmer, je le répète, que dans la presque totalité de Londres, la circulation d'affaires est à peu près l'élément unique que l'on ait à apprécier sérieusement.

Cette circulation comprend :

Le transport des personnes,

Le transport des choses.

Le transport des personnes consiste, dans l'aller et le retour, d'environ 500 000 individus, qui, tous les jours, le dimanche excepté, de tous les points de Londres et des environs, viennent pour affaires à la Cité.

L'omnibus est, de tous les moyens de transport, le plus usité. C'est en même temps le mode le plus destructeur des voies macadamisées, ainsi que me l'a fait remarquer M. Mac-Adam, à raison des efforts perpétuels que les chevaux sont obligés de faire sur le sol, pour remettre en mouvement un véhicule qui s'arrête à chaque pas.

L'*omnibus* va chercher souvent jusqu'à 25 ou 30 *kilomètres* de la ville le négociant ou le commis, et les conduit à la Cité, à la Banque, par les artères précitées.

Le transport des choses a principalement lieu :

1° De l'est à l'ouest pour les marchandises venant des docks et des entrepôts ;

2° Des bords de la Tamise, *entre les ponts*, ainsi que des stations de chemins de fer aux différentes parties commerçantes de la ville.

A l'extrémité ouest de la ville (*west end*) sont groupés les parcs et les habitations des classes aisées. L'usine et la circulation pesante qu'elle entraîne ne s'y rencontrent plus que par exception, même sur les bords de la Tamise.

A l'aide de ces données générales, je vais chercher maintenant à apprécier quelle doit être et quelle est en effet la nature du traffic qui parcourt les principales voies de circulation de la métropole.

On se rappelle qu'en prenant la Banque comme centre, je les avais divisées en trois directions principales :

1° De l'ouest à l'est ;
2° De l'est à l'ouest ;
3° Entre les deux rives.

I. De l'ouest à l'est.

1. Oxford. — Holborn, — Skinner, — New-gate. — Cheapside, — Poultry.

Forte circulation d'omnibus et de voitures de maître jusqu'à Tottenham court-road ; de ce point jusqu'à la Banque, circulation d'affaires, omnibus, fiacres, camions. A la fin de New-gate tout le traffic qui vient par le Strand, Fleet-Street, débouche derrière Saint-Paul dans Cheapside et arrive à la Banque, par cette dernière voie, mêlé au courant d'Oxford.

2. Piccadilly, — Regent. — Pall-Mall, — Charing-Cross, — Strand, — Fleet, — Ludgate-hill.

Circulation en partie de luxe dans Piccadilly, Regent's-street, Pall-Mall et West-Strand. Le voisinage des parcs, du palais de la Reine, des magasins de luxe, etc., donne lieu à un grand mouvement d'équipages ; Fleet-street, Ludgate hill ne sont plus fréquentés que par une circulation d'affaires.

II. De l'est à l'ouest.

1. Mile End road, — White Chapel road, — Aldgate High, Leadenhall, Cornill et Fenchurch street, Lombard street.

Circulation d'omnibus, de camions et principalement de charrettes apportant des provisions de toutes sortes.

2. Commercial-road. . . . . . .

Circulation de camions venant des docks et entrepôts, ou s'y rendant.

III. Entre les deux rives.

1° *Par le pont de Westminster.* — Côté de Middlesex :

1. White-Hall, — Parliament-street.

Circulation d'omnibus et d'équipages ; cette dernière occasionnée par le voisinage du parlement et du parc Saint-James.

Côté de Surrey :

2. Westminster-road, London-road.

Très-forte circulation d'omnibus, passage fréquent de camions ; les usines même éloignées sont parfois dans la nécessité de faire passer leurs voitures sur le pont de Westminster, le seul qui ne soit pas à péage, sur un développement de 2 kilomètres environ.

2° *Par le pont de Blackfriars.* — Côté de Middlesex :

1. Victoria-street, — Farringdon-street, — Bridge-street.

Côté de Surrey :

2. Great Surrey-street, — London-road.

Cette direction est moins fréquentée que celle de Westminster et de London-Bridge, dont nous parlerons tout à l'heure.

Il n'y a pas de station de chemin de fer à proximité : Farringdon-street, d'ailleurs, est déjà éloigné du cœur de la Cité, de la Banque et de la Bourse. Tout le mouvement commercial de Fleet-street et d'Holborn ne fait que traverser cette direction.

Le pont de Blackfriars supporte cependant un roulage considérable de camions chargés de houille ; presque tous les entrepôts de ce combustible sont situés dans le voisinage, sur les deux rives de la Tamise.

Peu d'omnibus.

3° *Par London-Bridge.* — Côté de Middlesex :

1. Shoreditch-street, — Bishops - gate, — Grace - Church, — King's William-street.	Circulation d'affaires uniquement ; omnibus pour les hommes ; camions, pour les marchandises. La station du chemin d'Eastern-Counties qui apporte à Londres de forts approvisionnements en blé, bétails, poissons, etc., etc., est située à Bishopsgate, elle donne lieu à un traffic considérable Le pont de Londres est journellement traversé par une énorme circulation dont les effets destructeurs se traduisent, sur une chaussée parfaitement construite en pavés de granit, par des ornières qui n'ont pas moins de 3/4 de pouce de profondeur.

Côté de Surrey :

2. Wellington-street, — Borough-street, — Blackman-street, — Newington causeway.	Forte circulation d'omnibus et de camions, principalement dans le voisinage de la station du chemin de fer de South-Eastern.

Je viens, monsieur le ministre, d'essayer d'indiquer, d'une manière générale, la direction des principaux courants commerciaux de la ville de Londres, et, en même temps, la nature du traffic que ces courants transportent, suivant la partie de la métropole que l'on considère.

Si l'on voulait résumer en quelques mots toute cette partie de mon travail, on pourrait dire :

1º Qu'à l'*est* de la ville, on rencontre principalement la circulation des *produits;*

2º Qu'au *cœur de la ville*, que dans la Cité existe à la fois une immense circulation *d'hommes d'affaires* et de *produits* de toutes espèces;

3º Que cette circulation de *produits* devient de plus en plus faible en s'avançant *à l'ouest;*

4º Que peu à peu le mouvement des hommes d'affaires s'affaiblit lui-même en remontant toujours *vers l'ouest*, jusqu'à ce que, rencontrant les parcs, les palais, etc., etc., on arrive à une circulation dont les *voitures de luxe* deviennent une très-notable partie.

Mais j'ai cherché à serrer de plus près cette question de la circulation dans les rues de Londres, et à déterminer son chiffre; ici j'ai rencontré de grandes difficultés; dans la Cité, par exemple, il ne se fait point de comptages exacts, et je n'arriverai à quelque chose de probable, en ce qui concerne la circulation à laquelle elle est soumise, que par des comparaisons avec certaines parties de Londres, où il m'a été donné de recueillir des documents authentiques.

Je les dois à l'obligeance de M. Edward Lomax, ingénieur des rues de Londres, dépendant de la couronne.

M. Lomax m'a communiqué des tableaux de comptages opérés,

I. Dans Regent's-street aux stations suivantes :

1º Waterloo-place, — 2º Corner of Jermyn-street, — 3º County Fire Office, Glass-House, — 4º Conduit-street, — 5º Argyll-place, — 6º Regent's circus.

II.

7º Corner of Bridge of Parliament.

III.

8º Trinity-place, — 9º Charing-Cross.

Ces observations ont été faites en mai, juin, juillet et août 1849, aux heures suivantes :

De 9 heures à 10 heures du matin.
De 10   à 11   id.
De 11   à 12   id.
De 12   à 1   id.

Dîner.

De 2 heures à 3 heures du soir.
De 3   à 4   id.
De 4   à 5   id.

en tout sept heures par jour ; il n'y avait aucune observation le dimanche.

On comptait séparément :

Les omnibus,

Les voitures de maître à quatre roues,

Les street cabs ou voitures de louage,

Les voitures de maître à deux roues,

Les chariots et charrettes,

Les chevaux.

1° ANNÉE 1849. — *Regent's-street.*

Stations.	JOURS.	Omnibus.	Voitures de maître à 4 roues.	Cabs.	Chevaux.	Voitures de maître à 2 roues.	Chariots et charrettes.	Total.	OBSERVATIONS.
Waterloo-place.									Trois expériences ont été faites : 1° 20,29,30, 31 mai ; 1 et 2 juin a donné.. **34 488** — En 1847, 28 980 ; 2° 18, 19,20,21, 22 et 23 juin, id.... **37 036** ; 3° 6, 7, 8, 9, 10 et 11 août, id.... **30 274** — En 1847, 26 089. La transcription complète de l'un des tableaux suffira pour indiquer comment se fait le partage entre les différentes espèces de voitures, nous prendrons la première expérience.
	Lundi...	1 094	1 532	2 166	161	189	825	5 967	
	Mardi...	1 106	1 727	1 673	344	293	856	6 004	
	Mercredi.	1 111	1 990	1 750	428	267	826	6 472	
	Jeudi....	894	2 045	1 362	310	225	661	5 497	
	Vendredi.	956	1 109	1 544	273	211	773	4 866	
	Samedi...	1 051	1 716	1 716	250	266	921	5 682	
								34 488	En 1847, 28 980
Corner of Jermyn-street.				*30 avril 1, 2, 3, 4 et 5 mai.*					
	Lundi...	1 002	1 185	1 394	250	226	833	4 910	
	Mardi...	1 003	1 330	1 338	139	223	772	4 805	
	Mercredi.	1 019	1 285	1 458	139	183	816	4 900	
	Jeudi....	1 074	1 376	1 656	170	233	824	5 323	
	Vendredi.	1 061	1 342	1 542	271	267	780	5 263	
	Samedi...	1 022	984	1 704	235	189	913	5 047	
								30 248	En 1847, 29 437
								Les expériences du *County Fire-Office* et *Glass-House* ont donné les 7, 8, 9, 10, 11 et 12 mai............ **27 631** — En 1847, 27 411. La diminution est due aux omnibus qui, en venant de *Piccadilly*, passent devant le *Corner of Jermyn-street* et ne peuvent être comptées à la station de *County Fire-Office* et *Glass-House.*		
Conduit-street.									Trois expériences ont été faites : 1° 21, 22, 23, 24, 25 et 26 mai a donné.. **34 634** — En 1847, 33 585 ; 2° 2, 3, 4, 5, 6 et 7 juin, id.. **35 247** ; 3° 30 et 31 juillet, 1, 2, 3 et 4 août, id.. **30 717** — En 1847, 27 184. Les omnibus sont à peu près restés constants dans les trois expériences, la diminution de la troisième tient aux voitures de maître : déjà peut-être la gentry anglaise se retirait à la campagne. Je donnerai le détail de la troisième expérience.
	Lundi...	933	2 127	1 782	204	226	1 401	6 673	
	Mardi...	958	1 836	1 732	229	187	983	5 925	
	Mercredi,	957	1 767	1 512	210	216	1 066	5 728	
	Jeudi...	962	1 827	1 516	275	214	1 295	6 089	
	Vendredi.	829	1 437	1 316	220	164	1 169	5 135	
	Samedi...	977	1 489	1 503	268	204	1 256	5 697	
								33 247	

Suite de *Regent's-street.*

Stations	JOURS	Omnibus	Voitures de maître à 4 roues	Cabs	Chevaux	Voitures de maître à 2 roues	Chariots et charrettes	Total	OBSERVATIONS
Argyll-place	Deux expériences ont été faites: 1° 14, 15, 16, 17, 18 et 19 mai a donné..							38 671	En 1847, 36 849
	2° 23, 24, 25, 26, 28 et 28 juillet, *id* ..							29 280	En 1847, 25 730
	Ce sont presque exclusivement les voitures de maître qui ont occasionné la diminution apportée dans la seconde expérience. Je donnerai les détails de la première.								
	Lundi...	883	2 272	1 714	271	254	1 088	6 482	
	Mardi...	928	2 515	1 788	307	282	1 129	6 949	
	Mercredi.	984	2 182	2 051	259	248	904	6 628	
	Jeudi...	979	2 346	1 994	229	259	1 170	6 977	
	Vendredi.	749	1 220	1 701	114	231	1 078	5 093	
	Samedi..	1 002	1 732	1 952	228	305	1 323	6 542	
								38 671	En 1847, 36 671
Regent's-circus. Oxford-street.	9, 10, 11, 12, 13 et 14 juillet.								
	Lundi...	1 038	1 566	1 728	291	275	823	5 721	
	Mardi...	985	1 735	1 640	193	180	794	5 527	
	Mercredi.	1 007	1 591	1 583	268	210	833	5 492	
	Jeudi...	1 011	1 871	1 518	246	211	733	5 590	
	Vendredi.	877	1 140	1 468	225	163	741	4 614	
	Samedi..	980	1 382	1 536	213	211	958	5 280	
								32 224	

2° ANNÉE 1849. — *Corner of Parliament-bridge.*

Stations	JOURS	Omnibus	Voitures de maître à 4 roues	Cabs	Chevaux	Voitures de maître à 2 roues	Chariots et charrettes	Total	OBSERVATIONS
Corner of Parliament-bridge.	Du 10, 11, 12, 13, 14 et 15 juin.								
	Lundi...	665	1 515	2 012	653	351	2 298	7 494	
	Mardi...	681	1 437	2 208	722	501	2 509	8 058	
	Mercredi.	711	1 156	2 181	555	434	2 247	7 284	
	Jeudi...	800	1 133	1 753	458	427	2 333	6 904	
	Vendredi.	615	1 079	1 787	607	447	2 171	6 705	
	Samedi..	752	1 379	1 874	504	460	2 588	7 557	
								44 003	

3° ANNÉE 1849. — *Trinity-place et Charing-cross.*

Stations	JOURS	Omnibus	Voitures de maître à 4 roues	Cabs	Chevaux	Voitures de maître à 2 roues	Chariots et charrettes	Total	OBSERVATIONS
Trinity-place.	Du 13, 14, 15, 16, 17 et 18 août.								
	Lundi...	1 659	982	1 673	274	272	1 825	6 685	
	Mardi...	1 541	921	1 389	224	276	1 794	6 145	
	Mercredi.	1 600	878	1 545	273	348	1 847	6 491	
	Jeudi...	1 694	1 066	1 517	257	315	1 708	6 657	
	Vendredi.	1 451	738	1 303	168	271	1 582	5 513	
	Samedi..	1 684	1 048	1 622	208	285	1 794	6 641	
								38 132	En 1847, 53 132

3ᵉ Année 1849. — *Charing-cross.*

Stations.	JOURS.	Omnibus.	Voitures de maître à 4 roues.	Cabs.	Chevaux.	Voitures de maître à 2 roues.	Chariots et charrettes.	Total.	OBSERVATIONS.
		Du 4, 5, 6, 7, 8 et 9 juin.							
Charing-cross.	Lundi . . .	1 621	1 781	2 371	353	359	2 133	8 618	
	Mardi . . .	1 440	1 231	2 230	288	355	2 164	7 708	
	Mercredi .	1 550	1 501	2 133	288	303	1 893	7 568	
	Jeudi . . .	1 374	1 396	1 525	208	262	1 513	6 378	
	Vendredi .	1 182	1 023	1 431	331	246	1 218	5 431	
	Samedi . .	1 567	1 010	1 736	301	304	2 065	6 983	
								42 686	En 1847, 32 535

A ces documents officiels, je puis encore ajouter quelques renseignements sur la circulation :

1° Dans Pall-Mall ;

2° Sur le pont de Londres ;

3° Sur le pont de Westminster.

1° Dans Pall-Mall, vis-à-vis le théâtre de la Reine, j'ai fait moi-même plusieurs comptages, et j'ai trouvé que par heure il passait au moins 800 voitures ;

2° Sur le pont de Londres, dont le profil en travers se compose :

1° De deux trottoirs de 2ᵐ.50 de largeur chacun ;

2° D'une chaussée de 9ᵐ.20.

Il ne passe pas moins de 13 000 voitures par jour, d'après les renseignements qui m'ont été donnés par M. Haywood, ingénieur de la Cité ;

3° Enfin, M. Mac-Adam m'a dit qu'il résultait des observations qu'il avait fait faire sur le pont de Westminster, que la circulation annuelle sur ce pont était, il y a six ans, de 6 000 000 chevaux, et qu'elle devait aujourd'hui s'élever à 8 000 000 au moins.

Cherchons maintenant à déduire des chiffres précédents

la circulation moyenne par jour sur quelques-unes des voies que nous venons de signaler.

Et d'abord, si nous considérons la partie de Regent's street comprise entre les deux voies principales d'*Oxford* et de *Piccadilly*, nous aurons, pour déterminer sa fréquentation, les tableaux obtenus aux stations de *Conduit-street*, *Argyll-place* et *Regent's-circus*.

Or, la moyenne des chiffres de la fréquentation de ces stations est pour six jours, et sept heures par jour, de 34714 voitures et chevaux, d'où, par heure, 826 voitures et chevaux.

2° Les comptages des stations de *Corner of Jermyn-street*, Waterloo-place; enfin les observations que j'ai faites dans *Pall-Mall*, vis-à-vis l'Opéra, serviront à déterminer le chiffre de la circulation de la seconde grande voie de l'ouest à la Banque (Piccadilly, Regent's-street, etc.), entre Piccadilly et Trafalgar-square; et l'on aura, en ces points, moyennement par heure :

Corner of Jermyn-street. . . . . . . 720 voitures et chev.
Waterloo-place. , ... 821   *id.*
Pall-Mall (vis-à-vis l'Opéra), environ 800   *id.*

Si maintenant nous passons à la station de Charing-cross, toujours située sur la même ligne, mais au confluent de West-strand et White-Hall qui descend au pont de Westminster, nous trouverons par heure 1016 voitures et chevaux.

Or, en se dirigeant du côté de la Banque, l'activité de cette énorme circulation va toujours croissant, et lorsque l'on arrive à Fleet-street, dans la Cité; que l'on parcourt Ludgate-Hill, et surtout qu'on entre dans Cheapside, où débouche encore une partie de la circulation de la première grande voie de l'ouest à l'est, on reçoit, du prodigieux accroissement de mouvement qui s'y développe, la conviction fondée que la circulation a augmenté au moins d'un tiers, et est devenue par heure de 1 300 voitures et chevaux.

On voit donc que, si l'on considère maintenant l'étendue totale de la seconde grande direction de l'ouest à l'est ou à la Banque, on peut représenter sa circulation par des chiffres variant de 720 à 1 300 voitures par heure.

Si maintenant on veut avoir une idée de la manière dont ce mouvement se décompose, on remarquera, en considérant le tableau relatif à *Charing-cross*, que les 1 016 voitures qui passent par heure en ce point correspondent à :

1°   207 omnibus.
2°   189 voitures de maître à 4 roues.
3°   272 cabs ou voitures de louage.
4°   44 chevaux.
5°   43 voitures de maître à 2 roues.
6°   261 chariots ou charrettes.

Total 1 016

Enfin, si l'on voulait transformer en quantité de chevaux tous les éléments divers du mouvement de Charing-cross, il suffirait de remarquer :

1° Que les omnibus, les fiacres et les voitures de maître à quatre roues correspondent au moins à deux chevaux ;

2° Les voitures de louage $\begin{cases} 2/3 \text{ à un cheval;} \\ 1/3 \text{ à deux chevaux;} \end{cases}$

3° Les voitures de maître à deux roues à un cheval ;

4° Les chariots et charrettes au moins à deux chevaux, et l'on trouverait que les 1 016 voitures et chevaux de Charing-cross correspondent par heure à 1 764 chevaux.

Il est entendu, du reste, que *ce mouvement par heure ne représente pas le mouvement moyen horaire des vingt-quatre heures qui composent la journée et la nuit.*

L'activité ne s'éveille guère à Londres que sur les huit heures ; le mouvement se prolonge, il est vrai, assez avant dans la nuit, mais à partir de sept heures, celui qui cor-

2

respond aux affaires proprement dites disparaît, et je crois que l'on se fera une idée assez exacte du mouvement total en se bornant à multiplier par 11 la circulation horaire précédemment déterminée.

Il m'a été impossible de recueillir aucune donnée statistique officielle sur le mouvement de la première grande voie de l'ouest à l'est ou à la Banque (Oxford, Holborn, etc.); mais il est permis d'affirmer que le mouvement de Piccadilly, du Strand, etc., donne une idée suffisamment exacte de celui qui s'opère dans Oxford, Holborn, etc.

Je n'ai pas obtenu non plus d'indications précises sur les lignes de l'est à l'ouest, Mile-End-road d'une part, et de l'autre Commercial-road; mais il suffira de se rappeler ce qui a été dit sur ces voies, pour se former une idée de l'activité et du genre de traffic destructeur auxquels elles livrent passage.

Quant aux directions du nord au sud, je puis faire apprécier assez exactement la circulation qui afflue aux ponts de Westminster et de Londres.

1° Pont de Westminster (1re direction du nord au sud).

1° La station située à l'extrémité de White-Hall, au-dessous de Charing-cross, à Trinity-place, donne par heure :

Voitures et chevaux. 908
2° Celle placée au *Corner of Parliament bridge.* 1,050

Enfin, l'on se rappelle que, d'après les renseignements fournis par M. Mac-Adam, il passe à peu près 8 millions de chevaux par an sur le pont de Westminster, et environ 2 à 2 500 chevaux par heure de grand mouvement journalier.

2° Pont de Londres (3e direction du nord au sud).

Sur le pont de Londres, il ne passe pas moins de

13 000 voitures par jour, c'est-à-dire environ 1 200 *voitures par heure* pour celles du grand mouvement journalier.

Le mouvement de la direction du nord au sud par le pont de Blackfriars est vraisemblablement un peu plus faible que les précédents.

Quoi qu'il en soit, il paraît résulter, avec une certaine évidence, de tous les chiffres précédents, que le mouvement habituel des grandes lignes de circulation de l'ouest à l'est ou réciproquement, et du nord au sud, à travers les ponts de Westminster, Blackfriars et Londres, est compris dans les limites de 720 à 1 300 voitures et chevaux par heure de jour.

Et que la totalité du même mouvement, dans les vingt-quatre heures, varie entre 8 000 et 14 000 chevaux et voitures.

Qu'enfin, l'on arriverait au chiffre de 14 000 chevaux et de 24 000 si l'on convertissait le tout en chevaux.

Telle est, en résumé, l'immense circulation existant dans les principales voies de la ville de Londres, et dont les administrations locales ont cherché à combattre les effets destructeurs avec cette persévérance, avec cette vigueur que l'on rencontre toujours chez le peuple anglais.

Ils avaient là une série de questions bien difficiles à résoudre; car, non-seulement le traffic est immense, mais la rapidité de la locomotion correspond à l'immensité de ce traffic.

Les voitures de louage, les simples cabs, ne marchent pas avec une vitesse inférieure à trois lieues et demie à l'heure; les omnibus avec leurs beaux attelages ne font pas moins de trois lieues dans le même laps de temps.

Cette rapidité donne la mesure de celle de toutes les autres voitures.

Il fallait donc offrir aux roues des voitures un sol résistant et uni, aux pieds des chevaux ainsi lancés, des surfaces sur lesquelles ils pussent se poser avec sécurité.

Aussi, on a presque tout expérimenté, depuis le pavé en caoutchouc jusqu'au pavé en pierres les plus dures (3).

On a recouvert la voie en blocs des plus gros échantillons, en blocs de dimensions si petites, qu'une chaussée

---

(3) Le pavage en blocs de granit domine dans les grandes directions qui j'ai précédemment indiquées. Le tableau ci-dessous présente à peu près la situation des choses :

NOMS DES RUES.	Pavé.	Macadam.	Bois.	Largeur. mèt.	NOMS DES RUES.	Pavé.	Macadam.	Bois.	Largeur. mèt.
Direction de l'ouest à l'est.					**Direction du nord au sud.**				
1°					*1° Par le pont de Westminster.*				
Oxford.	»	M.	B.	8 à 12	Whitehall.	»	M.	»	»
Holborn.	P.	»	»	10, 12	Parliament-street . .	»	M.	»	14 à 15
Skinner.	P.	»	»	jusq. 18	Westminster-road . .	»	M.	»	»
Newgate.	P.	»	»	envir. 9	London-road.	»	M.	»	»
Cheapside.	P.	»	»	*id.*					
Poultry.	P.	»	»	*id.*					
					2° Par le pont de Blackfriars.				
2°									
Piccadilly.	P.	M.	B.	10 à 14	Victoria-street. . . .	»	»	»	»
Regent's-street. . .	»	M.	B.	14 à 15	Farringdon-street . .	P.	»	»	16
Pall-Mall.	P.	M.	»	11 à 15	Bridge-street.	P.	»	»	»
Charing-cross. . . .	P.	M.	»	17	Great Surrey-street.	»	»	»	»
Strand.	P.	»	»	8 à 10	London-road.	»	»	»	»
Fleet-street.	P.	»	»	8 à 11					
Ludgate-hill. . . .	P.	»	»	*id.*					
Direction de l'est à l'ouest.									
	en grav.				*3° Par le pont de Londres.*				
3°					Shore.	P.	»	»	»
Mile End road. . . .	»	M.	»	»	Bishopsgate.	P.	»	»	»
White-Chapel road.	»	*id.*	»	»	Gracechurch.	P.	»	»	»
Aldgate high. . . .	P.	»	»	»	King's William-street.	P.	»	»	11.50
Leadenhall, Cornhill.	P.	»	»	»	Wellington street. .	P.	»	»	11.00
Fenchurch-street. .	P.	»	»	»	Borough-street. . .	P.	»	»	9.50
Lombard-street. . .	P.	»	»	»	Blackman-street. . .	»	»	»	»
4°					Newington causeway.	»	»	»	»
Commercial-road. . .	Des lignes longitudinales de dalles ou *trams* sont disposées de manière à supporter les roues des voitures.								

La largeur des trottoirs est en général de 3 à 4 mèt. || La largeur des trottoirs est en général de 3 à 4 mèt.

pavée est devenue une espèce de macadam dont les matériaux, de formes régulières, seraient régulièrement disposés.

De plus, on a essayé toutes les inclinaisons du pavage
relativement à l'axe de la chaussée. Il y a beaucoup de lieux
où, comme à Paris, les rangées de pavés arrivent perpendi-
culairement aux bordures des trottoirs; d'autres, au contraire, où ces rangées sont disposées suivant une inclinaison de 45 degrés. On n'a point omis le pavé en bois;
toutes les formes ont été essayées : ce dernier système paraît jugé aujourd'hui.

Dans certaines rues, on a voulu obtenir à la fois sécurité
pour les chevaux, et minimum de tirage. Les roues des
voitures circulent donc sur un dallage, tandis qu'on voit
régner un pavage à blocs étroits, entre les dalles qui supportent les roues.

Enfin, le macadam n'a point été oublié; il est en effet
le plus favorable aux chevaux : tout bruit disparaît avec
lui, aussi on a voulu le faire pénétrer même au cœur de la
Cité. Je donnerai le jugement de M. Mac-Adam sur cette
tentative. Une seule nature de chaussée n'a pas été expé-
rimentée à Londres, et je m'en suis très-étonné, car elle
paraît avoir beaucoup d'avenir.

C'est le macadam bitumineux posé à chaud, ou formé
de pierres asphaltiques posées à froid, suivant le spécimen
établi aux Champs-Élysées, par les soins de la compagnie
de Seyssel.

Je reviendrai sur ce sujet à la fin de ce rapport; quant
à présent, je vais, M. le Ministre, vous présenter dans la
seconde partie de mon travail, l'analyse des renseignements que j'ai demandés à plusieurs ingénieurs sur l'objet
de ma mission, ainsi que les réponses qu'ils m'ont faites.

Je traduirai également plusieurs documents dans lesquels
les questions que vous m'avez chargé d'étudier, sont trai-
tées avec le soin que l'on donne en Angleterre à tout ce
qui concerne la viabilité et la salubrité publique.

DEUXIÈME PARTIE.

Observations générales sur les conseils de paroisses.—
Les questions de viabilité à Londres sont entièrement
abandonnées à des Conseils spécialement créés par paroisse : Conseils électifs agissant dans une indépendance
complète et dont les décisions s'exécutent par l'intermédiaire d'un ingénieur ou *surveyor* qu'ils nomment ou ré-
voquent à la majorité des suffrages.

Il existe dans la métropole environ 120 paroisses. Une
paroisse, suivant son importance numérique, peut avoir
plusieurs Conseils. On voit donc que ces questions de viabilité qui intéressent au plus haut degré la cité entière,
qui exigent une grande unité de vues, une extrême rapidité de décision et d'exécution, au lieu d'être soumises,
comme à Paris, à l'action d'un pouvoir unique, sont lais-
sées à la direction de peut-être deux cents conseils et autant d'ingénieurs, qu'aucune autorité centrale ne contrôle
dans l'intérêt de la cité considérée dans son ensemble.

Une pareille organisation n'engendrerait en France que
rivalités et désordre. Il n'en est point ainsi à Londres où
l'esprit d'association a jeté de si profondes racines dans
toutes les classes de la société; où l'on ne demande au
gouvernement que ce que l'on est dans l'impossibilité de
faire sans son concours.

Cependant, il faut le reconnaître, cette décentralisation
poussée à l'extrême présente des inconvénients de tous
genres, même en Angleterre, et les Anglais eux-mêmes
n'hésitent pas à le reconnaître.

Déjà des efforts ont été faits pour arriver à plus d'u-
nité : certaines rues de la métropole dépendent de la
couronne, soit en vertu de stipulations particulières,
soit parce qu'elles ont été percées sur des terrains qui lui
appartenaient. Or, l'ensemble de ces voies est placé sous

l'autorité de l'administration des forêts et sous la direction d'un seul ingénieur.

La Cité de Londres tout entière est pareillement soumise à la juridiction d'un Conseil unique des égouts et des pavés, lequel agit par l'intermédiaire d'un seul ingénieur. On a compris la nécessité de faire traiter, dans une vue d'ensemble, les questions qui se rattachent à la viabilité et à l'assainissement. Or il n'en est pas de même dans les paroisses où les Conseils de pavés n'ont point à s'occuper des égouts.

Ajoutez à cela que la ville de Londres est livrée à sept compagnies d'approvisionnement d'eau, à un nombre plus grand encore de compagnies d'éclairage qui agissaient, il y a peu de temps encore, presque sans contrôle ; auxquelles nulle limite territoriale n'avait été assignée,

On les voyait donc perpétuellement, n'écoutant que leur intérêt, entrer en rivalité dans chaque rue, bouleverser le pavé, creuser le macadam, pour établir des lignes parallèles de conduites (3) et solliciter des abonnements.

Mais je laisserai, sur ce sujet, parler les ingénieurs anglais eux-mêmes : ces détails ne seront pas jugés sans intérêt. Si la mesure qui a placé tous les services de Paris, pavés, égouts, eau, gaz, voiries, dans une seule main, avait encore besoin d'être défendue, elle trouverait, dans l'analyse qui va suivre, et dans les enquêtes dont je donnerai ensuite la traduction, sa justification la plus complète.

Dans une discussion récente qui eut lieu à l'Institut des ingénieurs de Londres, au sujet d'un nouveau système de pavage présenté par M. Taylor, M. Holland termina ses observations sur le système indiqué par les considérations suivantes :

« Il serait superflu, dit-il, d'espérer une meilleure admi» nistration du pavage des rues de Londres tant qu'elles se-

(3) Le parlement de Londres s'occupe de la question de concentration des compagnies d'approvisionnement d'eau.

» ront sous le contrôle d'un aussi grand nombre d'autorités.

» Par exemple, de Saint-Georges-street-Westminster
» jusqu'à Temple-bar, il n'y a pas moins de cinq différents
» districts ayant cinq Conseils différents, et, dans la seule
» paroisse de Saint-Pancrace, il y a quatorze ou seize
» Conseils de pavés indépendants.

» Si ces districts étaient placés sous une seule auto-
» rité, elle aurait bientôt reconnu la nécessité de mettre
» à la tête du pavé un ingénieur expérimenté, dont les
» honoraires seraient suffisants pour qu'il pût consacrer
» tout son temps à cet important objet, etc. »

— Un autre membre déclare que :

« Quelle que soit l'excellence d'un système de pavé, on
» échouera dans l'exécution jusqu'à ce que les *pavering-*
» *boards*, Conseils de pavé, aient investi un ingénieur
» du pouvoir de contrôler les compagnies d'eau et de gaz
» qui ne réparent qu'avec une négligence et une indiffé-
» rence extrêmes les tranchées qu'elles font pour la pose
» de leurs tuyaux. »

— M. Trelawny-Saunders, membre d'un Conseil de
pavé, ne voudrait pas que ce fût de l'Institut des ingénieurs de Londres qu'émanassent les idées de centralisation dont il vient d'être parlé. Pourtant, il ajoute que
de graves objections peuvent s'élever contre le système
actuel d'administration de ces Conseils.

« En effet, dit-il, ce système est défectueux, en ce qu'il
» ne renferme aucun moyen de contrôle sur les compagnies
» d'eau et de gaz et sur la construction des égouts. De là
» naît un défaut absolu de coopération entre les différents
» Conseils, source d'inconvénients graves qui disparaî-
» traient si l'on établissait entre ces derniers des rapports
» dont on comprend la nécessité.

» Le lien naturel qui existe entre le pavage, l'écoule-
» ment et la fourniture des eaux, l'éclairage et l'assainis-
» sement doit naturellement suggérer l'idée de les réunir

» sous une administration unique ; mais les Conseils de
» paroisse ou locaux seraient toujours indispensables pour
» le contrôle efficace des dépenses, et, au besoin, pour
» leur imposer un frein. »

Il admet donc que les Conseils locaux et leurs surveyors
pourraient être soumis avec beaucoup de succès à une
autorité centrale, consistant peut-être en une délégation
de chaque Conseil, et agissant par l'intermédiaire d'un
ingénieur expérimenté.

Ainsi la métropole entière serait administrée par des
conseils locaux chargés de préparer les budgets, et relevant d'un Conseil général pour la coordination et l'exécu-
cution des travaux.

M. Germant, bien que membre aussi d'un Conseil de
pavé, s'empresse d'exprimer un avis conforme aux précédents orateurs :

« Il n'y a pas moins, dit-il, de quatre Conseils de pavés
» dans le Strand.

» Saint-Clément, qui comprend la distance entre Tem-
» ple-bar et Newcastle-street ; Sainte-Mary, qui s'arrête à
» Kellington ; Saint-Savary et Saint-Martin, qui s'éten-
» dent jusqu'à Charing-cross.

» Il ne veut rien établir de pénible pour ces conseils ;
» mais dans sa propre paroisse (Sainte-Marie-le-Strand) le
» pavé n'est pas plutôt posé que les compagnies d'eau et
» de gaz le relèvent. De Somerset-House au pont de Wa-
» terloo, des portions de pavés ont été relevées *jusqu'à*
» *trente fois dans les deux dernières années.* »

Et la pose des tuyaux était si mal faite, les fuites étaient
si abondantes, que les habitants du Strand, du côté de
Somerset, se plaignaient toujours que l'eau avait con-
tracté un goût de gaz.

M. Haywood est le seul qui fasse quelque opposition
aux idées précédentes. Mais cette opposition est plutôt de
forme que de fond, car M. Haywood, qui est seul chargé

de la surveillance du pavé et des égouts de la Cité doit comprendre mieux que personne les avantages de la centralisation demandée.

« Aussi se borne-t-il à faire remarquer qu'il ne faut » pas que l'Institut patronne un pareil plan. Qu'en effet, » si ces projets de centralisation s'exécutaient, ils auraient » pour résultat de placer les fournitures d'eau et de gaz, » le pavage, l'assainissement et les égouts sous le contrôle » d'un Conseil unique, qui très-probablement ne renfer- » merait ni ingénieurs civils ni architectes, et ne serait » composé que d'amateurs d'économie politique et d'in- » génieurs du gouvernement, étrangers par les devoirs de » leur profession aux besoins de la métropole. »

M. Haywood ne paraît donc avoir examiné la question qu'au point de vue des personnes, c'est-à-dire de la valeur relative des ingénieurs du gouvernement ou des ingénieurs libres. Toutes ses objections tomberaient, en admettant que l'on emploiera les plus capables, quelle que soit la corporation à laquelle ils appartiennent.

On vient de voir la confusion que cette multiplicité des Conseils apporte dans les travaux. Les inconvénients qu'elle présente se révèlent aussi dans les interruptions de passage que les réparations de pavés nécessitent.

On verra, dans une des enquêtes que j'ai traduites, qu'un entrepreneur, interrogé sur les moyens de rendre ces embarras de circulation moins dommageables au public, répondit :

« Dans l'état actuel, je ne vois pas comment y remé- » dier ; par exemple : la paroisse A croirait sa dignité » offensée, si elle avait à consulter la paroisse B sur l'op- » portunité de faire ses réparations ; le remède ne se trou- » verait que dans la création d'une autorité supérieure. »

En ce qui concerne le nettoyage des rues, l'enquête de M. Witworth nous apprend également que certaines pa- roisses ne se soucient pas de faire les dépenses nécessaires pour donner à la surface du pavé le degré de propreté convenable, attendu qu'elles *travailleraient pour la paroisse voisine*, lorsque cette dernière ne prend pas les soins qu'une bonne viabilité et même que la salubrité exigent.

Je borne ici ce genre de citations; elles permettront d'apprécier, comme il doit l'être, le système adopté et aujourd'hui en usage à Paris.

Les détails sommaires dans lesquels l'examen de cette question m'a fait entrer étaient d'ailleurs indispensables pour avoir une intelligence complète des documents que je vais maintenant mettre sous vos yeux, et de la position de ceux à l'obligeance desquels je les dois.

Ces documents peuvent être classés sous trois titres différents :

1° Renseignements écrits et verbaux que plusieurs ingénieurs et entrepreneurs de Londres m'ont donnés avec une complaisance que je ne saurais assez reconnaître;

2° Enquêtes faites par le conseil de salubrité de la métropole;

3° Mémoires lus, soit à la section mécanique de l'Association britannique de Birmingham, soit à l'Institut des ingénieurs civils à Londres.

Les documents classés sous le titre I se composent :

1° D'une série de réponses de sir James Mac-Adam, fils de sir Mac-Adam, qui a donné son nom aux routes empierrées;

2° De renseignements fournis par M. Lomax, ingénieur des rues de Londres, placées sous la direction de la couronne;

3° D'une lettre de M. Haywood, ingénieur de la Cité, et de quelques notes transmises par ce même ingénieur: on trouvera dans les enquêtes un travail complet et très-curieux de M. Haywood sur le pavage de la Cité; c'est à son obligeance que je dois l'exemplaire dont je donne la traduction;

4° D'une série de réponses de M. York, surveyor de la paroisse de Saint-James ; la complaisance de M. York a été vraiment infatigable ; M. Byng, l'un des administrateurs les plus éclairés et les plus dévoués de la même paroisse, a bien voulu de son côté me remettre un grand nombre de documents authentiques sur les questions de viabilité, d'assainissement et sur les établissements de charité si multipliés dans un pays *où l'assistance est due.*

5° D'une série de réponses de M. Freeman, un des principaux entrepreneurs de chaussées pavées de Londres.

Sous le titre II se trouvent :

1° La traduction d'une enquête où figure M. Richard Kelsey, ancien inspecteur des égouts et des pavés de la Cité;

2° La traduction d'une enquête où figure M. James Chadwich, marchand de granit et entrepreneur de pavage ;

3° La traduction d'une enquête où figure M. Witworth, inventeur de la machine à balayer ;

4° Enfin la traduction d'une enquête où figure M. Haywood, ingénieur de la cité de Londres.

Sous le titre III j'ai placé :

1° La traduction d'un remarquable mémoire de M. Pigott Smith sur les chaussées macadamisées, mémoire lu à la Société de mécanique de Birmingham ;

2° Le résumé d'une discussion qui a eu lieu à l'Institut des ingénieurs de Londres, sur *le pavage Taylor* (4).

Ces trois titres composent la seconde partie de mon rapport.

TITRE PREMIER.

1° Sir James MAC-ADAM.

Pourrait - on indiquer sur le plan ci-joint, par une

---

(4) Je dois saisir cette occasion d'exprimer tous mes remerciments à M. Charles Manby, secrétaire de l'Institut des ingénieurs de Londres ; il a, par son obligeance extrême et ses connaissances si variées, singulièrement facilité la tâche que M. le ministre des travaux public m'avait donnée.

teinte jaune, quelles sont les rues macadamisées ou au moins les principales?

Il n'y a point de routes macadamisées dans les limites de la Cité, ni dans celles du bourg de Southwark du côté sud de la Tamise.

A quelques exceptions près les routes de tous les districts adjacents sont macadamisées.

Pourrait-on donner approximativement leur superficie et leur longueur?

Ces routes s'étendent depuis la Cité de Londres et le bourg de Southwark, dans toutes les directions sur une étendue d'environ trois milles, et forment, en y comprenant les rues de traverse, une grande étendue de milles.

Quelle est la circulation maximum sur les voies macadamisées de Londres?

Un million un quart de voitures et de chevaux par an (5).

Quelle est la circulation moyenne?

250 000 chevaux et voitures par an.

Indiquer les voies où a lieu la circulation maximum?

White-Hall, la rue du Parlement, la rue du Régent, la rue d'Oxford et le pont de Westminster.

Quelle est la nature des différents matériaux employés sur les voies macadamisées de Londres? Pourrait-on en réunir les échantillons, indiquer leurs noms et leur provenance?

Le granit de Guernsey; celui du comté de Leicester, appelé le granit de Grooby; le granit du Mont-Sorrel; la pierre de Hart's-hill; la pierre du Devonshire de la rivière Dart; la pierre de Bombay; le lest des navires venant de Chine; la pierre de Ightham de Kent.

Leur prix en carrière et à pied-d'œuvre?

---

(5) On a vu par les comptages que j'ai rapportés combien cette évaluation est au-dessous de la vérité, pour la ville de Londres.

Prix à Londres :

Granit de Guernsey,	11	sh.	3 den.	par yard cube :
Id. Grooby,	11	11		*id.*
Id. du Mont-Sorrel,	11	11		*id.*
Pierre de Hart's-hill,	11	6		*id.*
Id. Bombay,	10	»		*id.*
Id. Chine,	10	»		*id.*
Id. d'Ightham,	11	»		*id.*
Id. de Devonshire,	10	10		*id.*

Pourquoi emploie-t-on à Grosvenor-square et les environs, ainsi qu'à Regent's park, etc., des graviers siliceux au lieu du granit concassé adopté sur les autres
points ?

Le traffic dans ces localités étant beaucoup moindre, et
d'une nature plus légère, le gravier est regardé comme
assez résistant pour leur entretien (6).

Avec ces matériaux peut-on obtenir un bon macadam ?

Si le traffic dans ces localités est lourd et considérable,
il conviendrait de faire venir des matériaux meilleurs et
plus durs.

Il est possible d'obtenir une surface unie avec le gravier, mais le tirage est difficile sur cette surface, pendant
la gelée et les temps humides.

Les routes en gravier donnent aussi plus de boue et de
poussière. Elles sont plus dispendieuses à nettoyer et à
arroser.

Quelles sont les meilleurs procédés pour construire un
bon macadam ?

M. Mac-Adam est instamment prié d'entrer à cet égard
dans les détails que son expérience si éclairée lui suggé-
rera ?

---

(6) Jusqu'à ce jour on n'a employé à Paris que du gravier siliceux aux
Champs-Élysées ; on n'a pas quant à présent d'autres matériaux pour
les boulevards, que l'on se propose de transformer en macadam.

Il faut d'abord avoir soin de mettre le sous-sol complétement à sec, et d'enlever les gros matériaux non cassés.

On règle ensuite parfaitement la surface suivant une pente en travers d'un pouce par yard, et l'on place les matériaux sur cette surface, ainsi préparée.

Le sable, la terre et toute autre substance tendre et sèche composent la meilleure fondation d'une route macadamisée.

On la recouvre d'une couche de gravier vif et bien criblé, d'une épaisseur de quatre pouces, et cassé à une grosseur telle qu'aucun morceau n'excède le poids de trois onces. Lorsque cette première couche est comprimée par le traffic ou par le rouleau, une seconde couche de matériaux préparés de la même manière et d'une épaisseur de deux ou trois pouces est étendue sur la chaussée ; enfin, lorsque cette dernière est suffisamment comprimée, il faut la recouvrir d'une couche d'une épaisseur de trois pouces en granit ou toute autre pierre dure, cassée à une grosseur au plus égale à celle indiquée ci-dessus. Il faut avoir soin ensuite de bien passer la surface au rateau de manière à faire disparaître toutes les ornières formées par les voitures, en un mot, d'entretenir la chaussée suivant un profil aussi parfait que possible jusqu'à ce que toute la masse ait fait prise.

Il ne faut étendre sur la surface, ni sable, ni détritus, dans le but de lier les matériaux entre eux. Lorsque la route a besoin d'être réparée, il faut repiquer la surface à la profondeur d'un pouce avant de poser les matériaux neufs.

Son épaisseur doit-elle varier suivant le traffic ?

Les épaisseurs de chaussée ci-dessus indiquées sont suffisantes pour les routes de la première classe de traffic. Les routes de deuxième classe demandent quatre pouces de gravier et trois pouces de granit ou pierre dure. Pour les routes de troisième classe ou de petit traffic, il faut trois pouces de gravier et deux de granit ou pierre dure.

Quel est le prix de revient du yard carré de chaussée macadamisée pour construction première? M. Mac-Adam pourrait-il entrer à ce sujet dans quelques détails relatifs aux éléments de prix composant le prix total?

Pour une superficie de douze yards d'une route de première classe, il faut:

		l.	s.
2 yards cubes de graviers criblé et cassé à 5 s. par yard cube.		»	10
1 yard cube de granit ou pierre dure à 14 s. par yard cube. .		»	14
Desséchement.		»	1
Préparation de la surface.		»	1
Pour étendre les matériaux, les disposer au moyen d'un râteau, etc.		»	2
Prix d'une superficie de 12 yards d'une route de 1ʳᵉ classe.		1ˡ	8ˢ

Les routes de deuxième et troisième classes dans les mêmes proportions.

Existe-t-il des imprimés renfermant les conditions générales d'exécution et d'entretien des chaussées macadamisées; dans ce cas, pourrait-on communiquer un exemplaire de ces conditions?

Il n'y en a point.

Quelle est l'usure annuelle des chaussées macadamisées dans les rues de grand traffic ou de moyen traffic?

D'un pouce à quatre pouces d'après le classement de la route.

Comment procède-t-on aux réparations? Entrer à cet égard dans quelques détails. Doit-on agir par voie de restauration partielle, ou faire des répandages généraux? Convient-il, pour souder mieux les pierres ajoutées avec la surface ancienne, de repiquer cette dernière? De fréquents arrosements sont-ils nécessaires? Dans quelles circonstances faut-il les effectuer? Connaît-on le volume d'eau moyennement dépensé par yard carré?

Il est préférable de réparer à la fois une surface d'une

certaine étendue, que de recouvrir de matériaux des fla-
ches et des trous isolés. En toutes circonstances d'ailleurs,
la chaussée doit être préalablement repiquée et l'on ne
doit jamais s'écarter des règles ci-dessus mentionnées.

L'automne, l'hiver et le printemps sont les meilleures
époques pour réparer les routes, l'humidité étant très-
avantageuse pour la consolidation des matériaux. S'il
y avait nécessité de réparer une route, pendant l'été,
les matériaux nouvellement posés demanderaient à être
arrosés.

A Londres, les voitures dont on se sert pour arroser les
routes afin d'abattre la poussière, contiennent 220 gallons; et au pas ordinaire d'un cheval, couvrent une portion de route de 220 yards de longueur sur quatorze pieds
de largeur.

Quel est le meilleur procédé à employer pour enlever
la boue et la poussière?

Le balayage opéré à la main avec des balais de jonc, les
ouvriers étant suivis de voitures pour l'enlèvement de la
boue ou de la poussière sèche ou mouillée. Si la route est
dure ou gluante, on se sert de racloirs au lieu de balais.

Quel est le prix moyen de l'entretien des chaussées macadamisées dans les rues de grand et de moyen traffic?

Pourrait-on diviser le prix moyen de cet entretien en
fourniture et en main-d'œuvre?

A quelle distance est-on obligé de transporter les boues?
Sont-elles employées comme engrais?

La dépense du repiquage d'une route, pour la mettre
en état de recevoir de nouveaux matériaux, est de 1/2 denier à 1 denier par yard superficiel.

La quantité de matériaux nécessaire, dépendra de la
classe de la route comme il est déjà dit.

On emploie en général comme engrais les boues et les
détritus des routes. Si ces derniers sont transportés en
barques sur la Tamise, on les conduit à de grandes dis-

3

tances à 20 ou 30 milles, et seulement à une distance de 3 à 6 milles, si on les enlève dans des voitures.

Les produits du balayage ou raclage des routes en granit cassé sont moins estimés comme engrais que ceux des rues pavées.

Est-il convenable de substituer les chaussées pavées au macadam lorsque la circulation moyenne est arrivée à un certain taux ? Et dans cette hypothèse, quel est ce taux ?

Y a-t-il tendance à Londres à remplacer le pavé par le macadam ou le macadam par le pavé ?

Quels sont les avantages ou les inconvénients de l'un et de l'autre mode au point de vue de la circulation, du bruit, de l'usure des voitures, du glissement, de la poussière, de la boue, etc. ?

Une route macadamisée est moins bruyante, moins glissante qu'une route pavée. Les voitures qui la parcourent s'usent beaucoup moins promptement. Elle est beaucoup plus agréable et plus facile pour les cavaliers; elle fatigue moins les pieds des chevaux, mais elle produit plus de boue et de poussière qu'une route pavée.

Il y a eu un désir général à Londres, surtout à cause du bruit, de convertir le pavage en voie macadamisée dans les places et rues non commerciales (*of private residence*), tandis que dans les lieux de grande fréquentation un des motifs qui tendait à faire adopter une pareille mesure, était la facilité qu'elle procurait à la circulation des voitures, sans compter les autres avantages déjà mentionnés.

Il paraît difficile d'approvisionner le long des rues les pierres concassées qui doivent servir aux réparations du macadam, on doit les mettre dans des dépôts, ces dépôts sont-ils très-nombreux à Londres ?

Il est utile d'avoir des emplacements vers la rivière pour recevoir les matériaux, et lorsque les circonstances le permettent, des lieux de dépôts, près des rues. Il y en a beaucoup à Londres.

L'entretien s'exécute-t-il à forfait d'après des conditions primitivement arrêtées? ou bien le *contractor* est-il
payé d'après des états indiquant la quotité de matériaux
qu'il a fournis, de boue ou de poussière enlevée, d'eau
dépensée?

M. Mac-Adam est instamment prié d'entrer à ce sujet
dans quelques détails?

Les réparations des routes se font rarement par entreprise; il serait très-difficile de décrire exactement les
travaux qui devraient être exécutés. On doit, en effet,
avoir égard aux circonstances atmosphériques, à la qualité et à la quantité des matériaux nécessaires, à la superficie à réparer et au nombre de fois qu'il peut être
utile de balayer la chaussée, suivant les circonstances. Les
seules choses certaines, en fait d'entreprise, sont d'une
part, le payement de l'entrepreneur, et de l'autre, ses
efforts constants pour accroître ses bénéfices en diminuant
les travaux qu'il doit à la route.

L'enlèvement de la boue et de la poussière se fait souvent par contrat (*voir les contrats que je vous adresse*).

REMARQUES GÉNÉRALES.

En résumé, on doit se laisser guider par les principes
suivants dans l'établissement d'une route macadamisée,
dans son entretien et son ébouage.

1º *Établissement.* — Desséchement complet du terrain
sur lequel on veut l'asseoir.

Enlèvement de toute pierre grosse et dure. Régularisa-
tion aussi parfaite que possible de la surface du terrain.

Application de couches de gravier bien préparé ou
d'autres matériaux ne revenant qu'à des prix modérés,
ces couches bien consolidées doivent recevoir celle de
granit cassé (*broken granit*) ou de pierre dure.

Une route bien faite doit présenter une surface unie,

solide et dure sur laquelle les voitures puissent rouler
avec le moins de tirage possible.

La chaussée doit être assez épaisse et consistante pour
empêcher les filtrations d'eau à l'intérieur. Les terrains
de fondation ayant été préalablement bien desséchés, et
maintenus ensuite dans cet état, supporteront la chaussée
et les voitures qui la parcourent sans affaissements aucuns, lesquels occasionneraient à la surface des inégalités
et des trous.

2° *Réparations*. — Il faut avoir soin d'employer autant que possible des matériaux de même poids et de même
forme.

Dans une couche de pierres pesant de 3 à 4 onces, une
pierre de 5 onces devient, lorsque les matériaux sont
consolidés, un point élevé à la surface, et là chute des
roues des voitures de ce point élevé produit pompte-
ment des trous et des creux. L'uniformité dans la grosseur
des matériaux est donc d'une très-grande importance
pour les réparations superficielles.

Il est aussi très-essentiel de faire usage du rateau jusqu'à ce que les matériaux nouveaux soient consolidés.

3° *Ébouage*. — L'enlèvement prompt des boues, détritus, etc., est très-nécessaire pour maintenir la surface
de la chaussée ferme et résistante, et pour empêcher les
plus petites pierres de se coller aux roues couvertes de
boues, et d'être ainsi déplacées.

Telles sont les réponses que M. Mac-Adam a bien voulu
faire à la série de questions que je lui avais adressées.

Je joins à mon rapport les échantillons de pierre qu'il
m'a fait remettre, ainsi qu'un balai et un rateau en usage
sur les routes placées sous son contrôle.

Je ne terminerai pas ce chapitre sans appeler votre attention sur un fait que je tiens de M. Mac-Adam, et qui
est relatif à l'usure annuelle de la chaussée macadamisée
du pont de Westminster.

Ce pont a 440 yards de longueur, 27 pieds de largeur, or l'usure du macadam représente annuellement une épaisseur de 6 pouces.

La valeur en argent de l'entretien est (arrosage et ébouage compris) de 772 livres sterling.

Il passait sur ce pont, il y a dix ans, environ 6 000 000 de chevaux annuellement : il en passe, toujours d'après M. Mac-Adam, au moins 8 000 000 aujourd'hui.

2° M. LOMAX.

M. Lomax est chargé, sous la commission de Regent's-street, de la surveillance des rues du haut et du bas district. Ces rues, qui traversent sept paroisses, dépendent de la couronne, ainsi que je l'ai déjà fait observer.

Il existe :

Dans le bas district :

	yards.	pieds.
1° Une superficie de en macadam en granit;	53 757	7
2° Une superficie de en macadam en gravier siliceux;	18 623	4
3° Une superficie de en pavé de granit;	8 457	4
4° Une superficie de en pavé de bois.	12 000	»
Total	92 838	6

Dans le haut district :

	yards.	pieds.
1° Une superficie de en macadam en granit;	44 194	4
2° Une superficie de en macadam en gravier siliceux;	29 245	1
3° Une superficie de en pavés de granit;	3 389	6
4° Une superficie de en pavés de bois.	257	3
Total	77 086	5

La superficie totale des districts est de..... 169 925 yards 2 pieds.

M. Lomax ayant, sous sa surveillance, tous les systèmes

de revêtement des chaussées en usage à Londres, a pû se rendre un compte exact de la dépense première et des frais annuels que chaque système occasionne. Les tableaux synoptiques suivants sont le résultat des observations qu'il a faites.

1° *Chaussée macadamisée.*

MATÉRIAUX EMPLOYÉS.	PRIX de premier établissement par yard quarré.	ENTRETIEN annuel par yard quarré.
	s. p.	s. p.
Granit de Guernsey.	4. 6	1 . 6
Grueby and Whinstone.	4 6	1 6
Ightan stone.	3 6	2 »
Flints.	3 »	2 3

M. Lomax fait d'abord suivre ce tableau de l'observation générale suivante :

La principale objection que soulèvent les routes macadamisées, c'est la boue dont elles se recouvrent dans les temps humides, et la poussière qui s'en élève dans les temps secs. De plus, une grande dépense est nécessaire pour les maintenir propres.

Il ajoute que l'entretien annuel dépend non-seulement du traffic qui se fait sur la route, mais encore du plus ou moins de soin que l'on a pris pour la construire.

Il cite pour exemple certaines parties de *new-road* qui reposent sur un fond si mauvais que, pendant les temps humides, le sous-sol remonte à la surface et entraîne la destruction des matériaux nouvellement posés.

Un entrepreneur habile a proposé, il y a quelque temps, de remplacer le sous-sol de la route par une couche de bons matériaux, et s'est engagé, cette dépense une fois faite, à entretenir la chaussée pour 1 shilling par an et par yard quarré.

En ce qui concerne la nature des pierres indiquées dans

le tableau précédent, et dont la chaussée peut être formée, M. Lomax s'exprime ainsi :

1° *Granit de Guernsey*. — Cette pierre est la seule que l'on ait reconnue assez dure pour résister au traffic de la ville de Londres : toutes les autres ont fait défaut ou ne pouvaient s'obtenir à des prix raisonnables.

2° *Grueby-stone*. — Cette pierre se réduit en boue liquide, sous l'influence des temps pluvieux, et les chaussées qu'elle compose sont beaucoup plus difficiles à tenir propres que celles formées de granit de Guernsey.

3° *Ightan-stone*. — Cette pierre ne saurait supporter le traffic des routes de grande circulation : on ne peut l'employer que dans les rues d'importance secondaire, et encore cette pierre se réduit en poussière pendant l'été et en boue pendant l'hiver.

Même observation que pour la pierre de Grueby, relativement à la difficulté de maintenir la chaussée propre.

3° *Flints ou cailloux siliceux*. — Cette pierre présente, et à un degré bien supérieur, tous les inconvénients qui s'attachent au Grueby-stone et Ightan-stone. Il est extrêmement difficile de tenir en bon état de propreté les chaussées en flints.

On a trouvé que, dans les environs de Londres, des chaussées en granit concassé, avec accotement en gravier, faisaient un bon usage. On a également apprécié des chaussées dont la partie intermédiaire était en gravier avec de larges bordures en pavés de granit.

2° *Pavés.*

MATÉRIAUX employés.	PRIX DE REVIENT par mètre quarré		VALEUR DES MATÉRIAUX à la fin de la			OBSERVATIONS.
	pour dépense première. (1)	pour entretien (2)	10e année. (3)	20e année. (4)	30e année. (5)	
Granit d'Aberdeen.						
De 3 pouces de largeur posé sur béton (b)......	s. p. 17 6	Pendant les 3 1res années, 0. Ensuite 3 deniers par an.	s. p. 7 »	s. p. 4 (a)	s. p. 2 6	
De 5 pouces de largeur sur 9 pouces d'épaisseur.....	14 »	*id.*	6 6	4 »	3 »	
Pavé en bois.						
Pavé de bois (de la compagnie de pavage en bois de la métropole), *fondation sur béton comprise.......*	12 6	s. p. 1 6	La valeur de ce pavé, lorsqu'il est relevé au bout de la huitième année, est de 1 s. par yard quarré.			(c)

(*a*) Les prix indiqués dans les 3e, 4e et 5e colonnes sont ceux que l'on obtiendrait en vendant le pavé lorsqu'on le relève. Sa valeur devrait être portée à un taux beaucoup plus élevé, s'il devait être réemployé dans une autre rue.

(*b*) Le béton ou *concrète* est composé de { 2 parties de cailloutis, 1 partie de sable, 1/7 ou 1/8 de chaux.

On lui donne 6 pouces d'épaisseur et on le fait reposer sur un sol bien affermi.

(*c*) Le prix de 1 s. 6 p. indiqué pour les réparations annuelles comprend le renouvellement du pavé, lorsque cela est nécessaire ; et cette nécessité paraît exister à toutes les périodes de huit ans.

Ce tableau doit être accompagné de quelques observations :

1° *Pavé de 3 pouces de largeur en granit d'Aberdeen.* — M. Lomax le considère comme le meilleur système de pavage. Son prix de revient, pour premier établissement, a été jusqu'à ce jour le seul motif qui ait empêché d'en généraliser l'emploi; mais il est certain qu'avant peu d'années, ce sera le seul système de pavage en usage à Londres.

Il présente les plus grandes facilités pour le nettoyage et l'assainissement des rues.

2° *Pavé de 5 pouces de largeur.* — M. Lomax regarde les pavés de 5 pouces de largeur comme bien inférieurs à ceux de 3 pouces.

3º *Pavés en bois.* — Les pavés en bois se nettoient facilement, mais il faut faire en sorte de ne point les tenir humides ; on les balaye aisément et à peu de frais. Le produit de ces balayages donne un bon engrais. Il n'en est pas de même sur les routes en granit concassé.

Le prix porté au contrat d'entretien de Regent's-street est de 6 deniers par an et par yard quarré pour 7, 14 ou 21 ans. Dans cette rue, on a répandu sur le pavé de bois du granit de Guernsey cassé en petits morceaux. Cette mesure a été prise par suite des plaintes que la surface glissante des pavés de bois occasionnait.

La dépense que ce travail a nécessitée a été supportée par égales portions par la commission du pavage et par la compagnie. Elle s'est élevée à 125 livres ou 2 deniers par yard quarré.

Trottoirs. — M. Lomax m'a remis également quelques renseignements sur les trottoirs ; ils sont consignés dans le tableau suivant :

MATÉRIAUX employés.	FRAIS de premier établissement. (1)	FRAIS annuels pour réparations. (2)	VALEUR des matériaux à la fin de			OBSERVATIONS
			10 ans. (3)	20 ans. (4)	30 ans. (5)	
Bonnes pierres d'York, d'une épaisseur de 3 pouces et d'une superficie de 6 pieds.....	sh.. pence. 6 9	denier. 1/2	s. p. 4 6	s. p. 3 9	s. p. 3 »	(a)
Asphaltes. M. Lomax considère celui de Seyssel comme le meilleur. Un spécimen de cette nature de revêtement existe depuis huit années à Whitehall.......	5 7 sans fondation en béton et avec une épaisseur de 3/4 de pouce.	0.	»	»	»	(b)

(a) Dans les dix premières années, on ne dépense rien pour réparations. La somme portée dans la seconde colonne pour réparations annuelles suffit pour relever le trottoir et fournir les matériaux manquants.

(b) Le trottoir de Whitehall., qui avait été posé en 1838, a été relevé il y a quelque temps. On a trouvé que son épaisseur primitive, qui était de 1/2 pouce, avait été réduite de 1/3 ou de 1/6 de pouce.

Si son épaisseur primitive avait été de 3/4, l'usure relative aurait été moindre. On réemploie moyennant 2 deniers par pied superficiel les bitumes relevés que l'on étend avec une épaisseur de 3/4 de pouce.

M. Lomax fait observer que l'on remarqué dans les rues de Londres une grande défectuosité. Elle provient du mauvais état dans lequel se trouvent les rigoles devant les trottoirs.

Elles sont en général composées de quatre à six rangées de pavés irrégulièrement disposées ; tandis qu'elles devraient être construites en deux cours de blocs de granit bien taillés, ainsi qu'il a été fait récemment à White-Hall, vis-à-vis la caserne des Horse-Guards, ou bien encore en fer coulé.

M. Lomax m'a encore donné quelques renseignements :

1° Sur le cube des matériaux annuellement dépensé pour équilibrer l'usure des voies macadamisées dans les deux districts soumis à sa surveillance ;

2° Sur le prix de l'arrosage et de l'ébouage, et sur le matériel que ces opérations exigent.

1° Dans le bas district, on dépense annuellement 3 000 yards cubes de granit de Guernsey pour la réparation des 53 757$^{Y.s.}$.7$^{p.}$ de macadam en granit concassé.

Et dans le haut district, 2 000 yards cubes pour les 44 194$^{Y.s.}$.4$^{p.}$ de macadam.

2° L'arrosage et l'ébouage coûtent dans le bas district 2 300 livres sterling annuellement.

On fait usage $\begin{cases} \text{dans le bas district, de 6 charrettes à eau.} \\ \text{dans le haut district, de 9} \qquad id. \end{cases}$

Neuf machines à ébouer fonctionnent dans le bas district.

Les charrettes éboueuses emportent les détritus sur les quais. De là, ils sont renversés dans des bateaux qui leur font remonter la Tamise.

Enfin, le même ingénieur m'a dit un mot du pavé de caoutchouc employé dans la cour du ministère de l'intérieur.

On ignore la composition exacte de ce produit breveté et qui paraît renfermer de la sciure de liége mélangée au caoutchouc. Le pavage est formé de larges plaques d'un pouce et demi d'épaisseur, soudées entre elles et reposant sur du béton.

M. Lomax a proposé à l'inventeur de lui faire établir un pavage de cette nature jusqu'à concurrence d'une somme de 2 000 livres sterling, s'il consentait à l'exécuter à titre d'essai, et sous sa responsabilité, à Charing-Cross.

On se rappelle l'excessive circulation existant à Charing-Cross; l'inventeur a reculé : son procédé paraît sans avenir.

3° Lettres de M. HAYWOOD, ingénieur de la Cité, a M. DARCY.

6 mai 1850.

Je m'empresse de répondre aux questions que vous m'avez adressées.

A Londres, le granit d'Aberdeen est regardé comme le meilleur. On en emploie une quantité considérable. Le granit du mont Sorrel est fin et dispendieux, son approvisionnement sur le marché de Londres est incertain.

Le granit de Guernsey dure très-longtemps, mais il devient glissant, et présente des dangers pour la circulation. Dans ma division, on n'en fait presque plus usage.

Vous trouverez page 7 de la brochure sur le pavage, que je vous ai remise, mon opinion sur les dimensions à donner aux pavés. J'ajouterai seulement que les petits pavés (c'est-à-dire ayant peu de superficie) s'usent bien plus vite que les gros pavés. Dans beaucoup de nos rues où l'on s'occupe avant tout, de la sûreté et de la commodité de la circulation, on pave sans s'inquiéter du prix de revient. Dans d'autres rues, on emploie les plus gros pavés et les moins chers.

Des pavés de 4 pouces de largeur et de 8 à 12 de longueur, me semblent offrir de la sécurité à toute espèce de traffic. Après avoir fait usage sur plusieurs milles des

pavés de 3 pouces de largeur, j'en fais poser maintenant
de 4 pouces.

L'exécution du pavage a lieu de la manière suivante :

A Londres (je parle de ma division), le sol est un
terrain rapporté qui ne présente aucune solidité. Il faut
donc creuser à une profondeur de 18 pouces, puis remplir le vide de granit cassé. On étend ensuite une couche
de sable fin, sur laquelle on pose les pavés. Lorsque le
pavage est terminé, entre l'une et l'autre bordure, on
rejointoye les pavés avec un mortier liquide que l'on fait
couler dans les joints, de façon à bien consolider chaque
pierre. On recouvre ensuite la surface d'un gros sable
qu'on devrait laisser pendant deux ou trois semaines ; il
faudrait pouvoir empêcher la circulation sur ce nouveau
pavage pendant quelques jours, afin de permettre au
coulis de bien s'attacher aux faces latérales des pavés, et
s'il pleuvait et que les joints fussent découverts, il conviendrait de recommencer l'opération du coulage des joints.

Nos pavages se consolident tellement que pour détacher le premier pavé, il faut un paveur et son ouvrier
(c'est-à-dire, deux hommes) travaillant pendant trois ou
quatre heures. Cela fait, les autres pierres se séparent
à l'aide de pinces et de leviers, non sans grandes peines
et grands efforts.

Avant votre départ de Londres, je serai heureux de
vous montrer cette opération.

Je tiens surtout à une fondation ferme, qui ne cède
point ; la durée d'un pavé dépend de la consistance de son
substratum.

Le pont de Londres, et il n'y a peut-être pas dans le
monde entier de lieux de passage, larges ou étroits, où
le traffic soit plus considérable, n'a point été réparé pendant huit ans, le *substratum* est comme du rocher. Les
rues où la circulation est le plus considérable, sont celles

qui conduisent à la Banque et à la Bourse, le centre du commerce.

On peut d'abord citer le pont de Londres comme le point où le traffic est le plus grand, mais cette assertion, que je crois être certaine, n'est basée sur aucune donnée statistique, ni sur aucune observation spéciale.

Viennent ensuite *Poultry, Cheapside*, et toute la ligne qui conduit à Temple-Bar ; Newgate-street, et la ligne de Holborn ; et à l'est de Poultry, la ligne de Cornhill, Leadenhall-street, Aldgate, Fenchurch, Tower-street, King's William-street, et toute la ligne de Thames-street, ainsi que les rues de Mongate, et Bishopsgate.

La nature du traffic dans ces différentes rues varie beaucoup. Dans Thames-street, et les rues à l'est, la circulation se compose principalement de chariots et de charrettes ; dans les autres rues, d'omnibus et de voitures de place ; en un mot la différence du traffic dépend de la nature des affaires de telles ou telles localités.

Le passage est considérable dans la partie ouest de la métropole, mais la circulation y est moindre que dans la Cité. Je ne puis pas vous dire le nombre de voitures qui y passent par jour.

Ce serait une faute selon moi, de macadamiser les rues étroites d'une grande ville, de pareilles chaussées résisteraient difficilement à la circulation, sans une grande dépense pour leur entretien ; elles seraient toujours couvertes de boue ou de poussière. De plus comme elles absorbent facilement toute espèce d'immondices, leur nettoyage est difficile.

Avant que la Cité de Londres n'eût à subir le traffic considérable qui la parcourt aujourd'hui, on avait essayé le macadam, mais on a pensé que c'était une faute.

Je reconnais que lorsque les routes macadamisées sont en bon état, ce qui n'arrive pas souvent dans l'année, elles produisent moins de bruit que le pavé.

Je crois que les frais de réparations d'un arrondissement étendu, renfermant de tous les genres de traffic,
seraient moyennement trois fois plus considérables que
ceux des routes pavées.

Je ne puis vous dire qu'approximativement l'étendue
des rues de Londres ; à peu près 700 milles, y compris
les cours, impasses, enfin les lieux de passage de toute
nature.

Je pense que la population de la métropole doit être
de 2 300 000, et le nombre des maisons de 300 000, etc., etc.

Dans une seconde lettre, en date du 15 mai, M. Haywood
ajouta quelques observations aux renseignements précédents.

En voici la traduction :

Le pavé du pont de Londres a été établi depuis huit
années : la surface livrée à la circulation des voitures est
de 3 493 yards, et la dépense totale pour les réparations
effectuées pendant les huit années est de 287^{l}.13^{s}, environ
2^{d}.5/10 par yard et par an.

La profondeur moyenne des ornières creusées dans le
pavé par les voitures est, le long de chaque trottoir, d'environ 3/4 de pouce ; du reste, il faut remarquer qu'elles
n'ont pas été huit ans à se former, puisque de temps à
autre, on s'est vu dans l'obligation de relever les blocs
dans lesquelles elles étaient creusées.

Le nombre de voitures qui passent sur le pont de Londres ne peut être évalué à moins de 13 000 pendant les
douze heures de jour.

Il paraît résulter des renseignements puisés à de bonnes
sources :

Que dans un district composé de routes macadamisées
et livrant passage à une grande, à une moyenne, à une
petite circulation, le prix de revient de l'entretien du
macadam serait de 1^{s}.3^{d}. par yard et par an ;

Que Charing-Cross ne coûte pas moins de 2^{s}.6^{p} ;

Qu'enfin si l'on voulait macadamiser Cheapside et Poultry, le prix de l'entretien serait annuellement de 3ˢ. à 3ˢ.6ᵖ.

Ces dépenses, bien entendu, ne comprennent ni l'arrosage ni le transport.

M. Haywood ajoute qu'il est d'usage de réparer deux fois par an les chaussées macadamisées, et que dans les rues de grand traffic, le *Metalling*, c'est ainsi qu'on appelle le chargement, a l'épaisseur de 2 à 3 pouces, ce qui produit de 4 à 6 pouces pour l'usure annuelle.

En ce qui concerne le pavé, il convient de remarquer que les tables de réparations annuelles inscrites dans l'enquête que M. Haywood m'a remise, donnent des chiffres beaucoup trop faibles maintenant, à raison du prodigieux accroissement de traffic de la Cité.

Le prix de revient actuel de l'entretien du pavé doit être évalué dans la Cité au double du prix ancien, etc., etc.

4° M. YORK.

Quel est le développement des rues de la paroisse de Saint-James?

Environ 11 milles et demi; 10 milles sont sous la juridiction des commissaires de la paroisse, et 1 mille et demi sous celle de la couronne.

Subdiviser ce développement :

1° En chaussée pavée en granit ;
2°   *id.*   en bois;
3°   *id.*   en macadam.
1° En chaussée pavée en granit, 12 633 mèt. linéaires.
2°   *id.*   en bois,   853
3°   *id.*   en macadam, 2 445
Quelle est la surface
1° Des chaussées pavées en granit?
2°   *id.*   en bois?
3°   *id.*   en macadam ?

La superficie de la paroisse est de 160 acres : elle renferme 175 rues et places publiques. La surface totale des chaussées placées sous la juridiction des commissaires de la paroisse est de 113 862 mètres quarrés, savoir :

		mètres sup.
Chaussée pavée en granit.		86 323
Id. en bois.		7 932
Id. en macadam.		19 607
	Total.	113 862

Il y a de plus 63 000 mètres quarrés de trottoirs.

Quélle somme dépense-t-on annuellement pour l'entretion de chacune de ces chaussées ?

La totalité des frais d'entretien des chaussées et des trottoirs s'élève moyennement à 2 157 liv. par an ; d'où 3 p. par mètre quarré (7).

Quels sont les divers modes de construction des chaussées pavées ?

Entrer dans quelques détails relatifs à la construction.

Les chaussées pavées se composent de blocs en granit de diverses dimensions, reposant sur une couche de sable mélangé avec 1/6 de chaux, ou de sable pur, suivant le degré de circulation de la voie que l'on considère.

Quelles sont les diverses dimensions employées pour les pavés ?

	longueur	largeur	hauteur
1°	10 pouces de long^r,	4 1/2 ou 5° de larg^r,	9° de hauteur.
2°	10°	5°	8°
3°	10°	4°	9°
4°	10°	2 1/2, 3, 3 1/2	9°
5°	8°	2°	5°
6°	5° et 6°	2°	4°

Quelles dimensions doivent être préférées ?

Dans les rues de grand traffic, on doit employer des blocs de 10 pouces de longueur, de 4 pouces de largeur, et de

_____

(7) M. York n'a pas répondu à ma question. Il a donné une moyenne au lieu de partager les 2 157 livres sterling en quatre chiffres concernant les chaussées en granit, en bois, en macadam, et les trottoirs.

8 1/2 à 9 pouces de hauteur. Les blocs de ce calibre ont la plus grande durée, et peuvent d'ailleurs se convertir plus tard en blocs de moindre dimension, que l'on réemploie dans les rues de circulation plus faible.

Quelle est la provenance des pavés, leur nature?

1° — Granit du mont Sorrel, que l'on tire d'une carrière ainsi nommée, et qui est située près de la station Sileby, sur le chemin de fer du Nord-Ouest, dans le comté de Leicester, en Angleterre.

Ce granit est le plus durable de tous ceux en usage à Londres. Il coûte, il est vrai, un peu plus que le granit d'Écosse, mais sa résistance est incomparablement plus grande; voilà pourquoi les entrepreneurs de pavage n'en recommandent pas l'emploi.

2° *Cornish.* — Granit du comté de Cornouailles, en Angleterre. Ce granit est friable, non serré; on en fait rarement usage; on ne l'emploie maintenant que comme margelles, ou comme bordures des trottoirs.

On se sert, à l'occasion, de quelques-unes des meilleures pierres de Cornouailles pour la bâtisse.

3° *Dartmoor*, dans le Devonshire, en Angleterre. Ce granit est souvent employé pour le pavage des chaussées : une partie de celui qui vient des landes, est obtenu en morceaux plats de 6 pouces d'épaisseur et de 18 à 24 pouces quarrés ; on en fait usage pour paver le devant des portes cochères, afin de conduire de lourds fardeaux à travers les trottoirs. Le granit du Devonshire provenant des carrières de Haytor, Foggintar, etc., est employé pour la bâtisse, les piédestaux, les plinthes, etc.

4° *Guernsey.* — De l'île de Guernsey, dans la Manche, près de la côte de France.

Ce granit est très-dur, mais en s'usant il se polit et devient trop glissant pour les chaussées pavées. C'est le meilleur granit connu pour former la couche supérieure des chaussées macadamisées.

4

5° *Herm.* — De l'île de Herm, près de l'île de Jersey, dans la Manche.

Ce granit est dur, mais peu homogène ; il est difficile de le travailler avantageusement, et l'on s'en sert très-peu à Londres.

6° *Peterhead*, près d'Édimbourg, en Écosse.

Ce granit est dur, mais peu homogène ; l'on s'en sert rarement aujourd'hui pour le pavage ; on l'emploie pour faire des bases de colonnes, des piédestaux ; il est susceptible de prendre un très-beau poli.

7. — Granit gris d'Aberdeen, \
     Id. bleu   *id*.   Aberdeen-Écosse. \
     Id. rouge *id*.

La fourniture des trois quarts des pavés de Londres s'exécute en granit d'Aberdeen. Le bleu est, sous tous les rapports, le meilleur ; le gris vient ensuite, et le rouge est de qualité inférieure aux deux premiers. Le granit d'Aberdeen est extrait des carrières très-facilement et à bon marché, et il est expédié à Londres dans toutes les dimensions désirées pour le pavage ; il se travaille aisément et se retaille sans plus de difficulté, lorsqu'on veut réemployer le pavé d'une rue dans une rue moins fréquentée. Enfin on peut le casser en petits morceaux et s'en servir pour macadamiser les chemins où la circulation n'est pas trop grande.

8° *Whin blue* ou *pierre de Whin*. — De plusieurs endroits en Écosse, surtout dans le comté de Perth.

Ce granit est très-fin et tendre ; on s'en sert rarement maintenant ; il est presque entièrement remplacé par le granit d'Aberdeen et par celui du voisinage.

PAVAGE DE TROTTOIRS.

Purbeck. — De l'île ou péninsule de Purbeck, sur la côte du comté de Dorset, Angleterre.

Depuis l'année 1770 jusqu'en 1820, on se servait presque

entièrement de la pierre calcaire de Purbeck pour le pavage des trottoirs des rues de Londres, mais maintenant elle a été entièrement remplacée par le grès du comté de York (Angleterre).

On obtient cette pierre en blocs d'une grande surface, quelques-uns toisent 10 pieds quarrés; on l'équarrit et on la travaille plus facilement que la pierre de Purbeck, et on s'en sert presque exclusivement à Londres pour le pavage des trottoirs.

Pourrait-on donner un échantillon de ces matériaux?

Ces échantillons ont été remis à M. Darcy par M. York (*voir* note B).

Au bout de combien de temps une chaussée pavée doit-elle être entièrement relevée dans les rues d'un grand trafic ou d'un moyen trafic?

Si les pavés sont bien posés et de bonne qualité; si les compagnies d'eau et de gaz ne bouleversent pas trop souvent la rue, le pavage n'a besoin d'être relevé à bout qu'après quatorze ans dans les voies de grand trafic.

Dans celles d'un trafic ordinaire, le pavage peut durer jusqu'à vingt années, après lesquelles on arrache les pavés, on les redresse et on les pose de nouveau.

Combien de voitures par jour correspondent-elles aux grands traffics ou aux traffics moyens?

Une rue dans laquelle circulent pendant le jour et la nuit 9000 à 12000 voitures peut être considérée comme une rue de grand trafic.

1000 à 3000 voitures constituent un trafic ordinaire.

Quelle est la dépense par yard quarré de pavé pour construction première?

	sh.	pence.
Fourniture et pose du pavé par yard quarré.	11	10
Béton, 6 pouces d'épaisseur.	1	»
Total par yard.	12	10

pour les pavages en blocs de 10 pouces de longueur,
4 pouces de largeur et de 8 1/2 à 9 pouces de profondeur.

Quelle est la dépense pour entretien annuel d'un yard
quarré de pavé dans les rues d'un grand traffic ou d'un
traffic moyen ?

Peut-on apprécier quelle est l'usure annuelle d'un pavé
dans ces circonstances ?

Il serait difficile de répondre nettement à cette question,
je dirai seulement que l'influence du traffic est très-grande,
et je répéterai que, pour toute la paroisse, la dépense
moyenne par yard quarré est de 3 pence par an.

Quant à l'usure, je dirai que le granit écossais posé
dans Piccadilly s'est usé de 3 à 3 pouces et demi dans plusieurs endroits en quatorze ans ; tandis que le granit du
mont Sorrel posé à côté du granit écossais et précisément
dans les mêmes circonstances, ne s'est usé que d'un demi-
pouce dans le même laps de temps.

Retaille-t-on les pavés usés à la surface ou latéralement ?
Les retourne-t-on ?

La grande diversité des pavés employés à Londres vient-
elle toujours de leur forme primitive, ou, au contraire,
est-elle due en partie aux retaillages successifs ?

Les joints longitudinaux ou parallèles à l'axe de la
chaussée s'usent toujours en premier lieu, et le pavé s'ar-
rondit de l'un à l'autre.

Les réparations consistent donc à redresser la partie
arrondie et à retailler les joints transversaux et longitudinaux, si cela est reconnu nécessaire.

On ne retourne point les pavés ; à raison de leur
forme initiale, ils sont un peu démaigris à la queue.

Enfin, la diversité remarquée dans les pavés vient des
retaillages successifs ; on ne la rencontre guère que dans
les anciens pavés.

Maintenant, ils sont habituellement dressés et livrés

conformément à des échantillons de forme bien arrêtée.

Les rangées perpendiculaires des pavés doivent-elles être préférées au système des rangées inclinées comme on en voit établies dans plusieurs quartiers de Londres ?

Le système de rangées perpendiculaires à l'axe de la chaussée est bien préférable à celui de rangées inclinées à cet axe. Dans ce dernier système, les angles des pavés sont presque immédiatement brisés.

Jusqu'à quel chiffre de traffic peut-on adopter le macadam ?

Les routes macadamisées bien construites en bons matériaux peuvent être adoptées quel que soit le traffic, mais leur entretien est beaucoup plus onéreux que celui des routes pavées en granit.

Quelle est leur dépense par yard quarré pour construction première ?

Indiquer enfin quelques détails sur la construction de ces chaussées ?

Le yard quarré de chaussée macadamisée coûte en général 3 shillings et 6 pence pour construction première.

Voici quel est le mode adopté pour transformer une chaussée pavée en chaussée macadamisée.

Après avoir relevé le pavé et fait le déblai nécessaire, on étend sur le sol une première couche de 6 pouces d'épaisseur de gros gravier de rivière, de lest de bâtiment, ou d'anciens pavés concassés.

On place sur cette première couche 4 pouces d'épaisseur de pierre cassée mêlée avec du gravier criblé, la pierre n'a pas besoin de présenter la dureté des matériaux réservés pour la couche de superficie.

On donne à celle-ci 6 pouces d'épaisseur, et on la compose avec du granit de Guernsey.

On livre alors la route à la circulation, et après deux ou trois jours on rétablit bien son profil et l'on recouvre la chaussée d'une légère couche de gravier, ou de détritus provenant de pierres cassées.

Si le temps est sec, il faut avoir soin d'arroser la chaussée deux ou trois fois par jour, et de remplir avec soin tous les affaissements qui pourraient se produire.

Quelle est la dépense de l'entretien du macadam par yard quarré dans les rues de grand traffic ou de traffic moyen ?

Dans Pall-Mall, 2 shillings 2 pence par yard quarré et par an.

Dans Charles-street, au nord de l'opéra, 1 shilling par yard quarré et par an.

Dans les jardins de Berlington 3 pence par yard quarré et par an.

Quel est le cube des matériaux annuellement dépensé pour cet entretien par yard quarré ?

Connaît-on le volume d'eau nécessaire aux arrosements ? Combien de fois arrose-t-on moyennement dans les rues de grand traffic ou de moyen traffic ?

Dans Pall-Mall une superficie de 1 388 yards consomme annuellement 139 yards cubes de pierre de Guernsey.

La surface des chaussées est en général arrosée deux fois par jour. Il résulte d'une expérience faite sur une superficie de 72 000 yards que l'eau dépensée pour un double arrosage est de 32 000 gallons.

Quel moyen doit être préféré pour enlever la poussière et la boue ?

Je préfère le balayage à la main au travail des machines, ainsi que le jet à la pelle sur des voitures qui suivent les éboueurs. Je crois cette méthode à la fois et plus efficace et plus économique.

Le commerce préfère-t-il le macadam au pavé ?

Les chaussées pavées.

Y a-t-il à Londres une tendance à substituer les voies pavées aux voies macadamisées ou réciproquement ?

Il y a tendance à adopter le pavé en granit qui donne moins de poussière en été et moins de boue en hiver.

5° M. FREEMAN, ENTREPRENEUR DE PAVAGES.

De combien de paroisses êtes-vous l'entrepreneur ?

Bourg de Southwark ; Saint-Saviors ; Christchurch ; Lambeth ; Newcross roads ; Surrey et Sussex roads ; Battersea ; Blackfriars, Waterloo et Westminster bridges ; Metropolis roads ; Saint Martins ; Saint Mary-le-Strand ; Savors ; Saint Clement ; Saint George ; Hanover square ; Simers town ; South-West district ; Saint Pancrass ; Commercial road East ; Middlesex et Essex roads ; Bow ; Limehouse ; Hammerswith ; Paddington, etc., etc.

Combien réparez-vous moyennement de yards superficiels.

Impossible de le dire.

Quel est environ le prix des réparations ?

Depuis 1 penny jusqu'à 18 pence par yard quarré (suivant le traffic).

Quels sont les divers modes de construction des chaussées pavées ?

Que l'on fasse usage de pierres neuves, ou de pierres ayant déjà servi, mais qui sont cependant encore dans de bonnes conditions, il convient toujours de poser un lit de béton de 6 pouces d'épaisseur.

Quelles sont les diverses dimensions employées pour les pavés ?

Les blocs offrent en général les dimensions suivantes :

De 3 à 5 pouces de largeur.
9 à 14   *id.*   longueur.
4 à 9   *id.*   hauteur.

Quelles dimensions préférez-vous ?

3 à 4 pouces pour la largeur ; la hauteur doit être déterminée suivant le traffic que le pavé devra supporter. Plus ce traffic sera grand, plus les pierres devront être

hautes ; mais dans aucun cas il ne faudra leur donner plus de 9 pouces.

Quelle est la nature de la pierre employée et d'où la tire-t-on ?

Blocs de granit d'Aberdeen et de Guernsey.

Les pavés tirés de l'île française de Chansy, sont-ils de qualité égale à ceux employés à Londres ? Quel était le prix de ces pavés transportés à Londres ? Pourquoi n'en emploie-t-on plus ? Quel était le nom du fournisseur ?

Nous n'avons jamais employé de granit de Chansy, nous en avons seulement vu et nous le croyons bon pour des pavés, mais le prix en est trop élevé.

Au bout de combien d'années une chaussée pavée doit-elle être entièrement relevée dans les rues d'un grand traffic ou d'un traffic ordinaire ?

Dans les rues de grand traffic une chaussée doit être relevée au bout de cinq ans, et si le pavé de la chaussée est neuf, on peut lui assigner une durée de vingt ans. Avec un traffic ordinaire ce temps peut être doublé.

Quelle est l'usure d'une chaussée pavée dans les rues de grand traffic, et dans celles de traffic ordinaire ?

1 pouce en cinq ans dans nos voies à grande circulation, et 1 pouce en vingt ans dans les rues de traffic ordinaire.

Quelle est la dépense par yard quarré de pavés, pour la construction première ?

Pavés de	9	pouces de hauteur sur	3	de largeur	16	shillings.
Id.	9	id.	4	id.	14	
Id.	9	id.	5	id.	12	6 deniers.
Id.	7	id.	3	id.	14	
Id.	7	id.	4	id.	12	
Id.	7	id.	5	id.	10	
Id.	4	id.	4	id.	7	6 deniers.

Ces prix comprennent, dans tous les cas, le lit de béton qui sert de fondation.

Quel est le prix de la pose d'un yard quarré de pavés ?

Pose de pavés neufs avec mortier coulé 9 deniers par

yard quarré; avec des pavés retaillés 1 shilling 9 deniers par yard quarré.

Retaille-t-on les pavés usés aux extrémités? les retourne-t-on? la grande diversité de pavés employés à Londres vient-elle toujours de leur forme primitive ou en partie des retaillages successifs? Le rebut est-il cassé pour les chaussées macadamisées?

On ne les retaille que lorsqu'ils sont détériorés ; on les retourne. Les blocs employés sont toujours semblables, on ne les mêle jamais. Les dimensions sont données dans les carrières et changées le moins possible.

Tout granit est bon pour le macadam, le plus dur est le meilleur.

Quelle est votre opinion sur le système du pavage Taylor?

Le granit du mont Sorrel est le meilleur que nous connaissions pour pavés ; mais nous n'approuvons ni les dimensions adoptées par M. Taylor, ni sa manière de paver.

Les rangées perpendiculaires des pavés doivent-elles être préférées au système des rangées inclinées comme on en voit établies dans plusieurs quartiers de Londres?

Nous croyons que tous les pavés doivent être placés verticalement et en rangées perpendiculaires aux trottoirs.

Jusqu'à quel chiffre de traffic peut-on adopter le macadam?

Le macadam n'est bon que dans les rues de traffic ordinaire.

Quelle est la dépense par yard quarré pour construction première? Quelle est sa dépense par yard quarré pour l'entretien dans les rues de grand traffic ou de traffic moyen.

La construction d'une route macadamisée est de 4 shillings par yard quarré. L'entretien coûte avec un traffic ordinaire 1 shilling par yard quarré par an, avec un grand traffic 1 shilling 6 deniers par an.

Quel est le cube des matériaux annuellement dépensé pour les réparations ?

On ne peut pas le dire.

Le petit commerce préfère-t-il le macadam au pavé ?

Le petit commerce préfère le macadam, à moins qu'on n'employe les pavés étroits.

Quel système convient le mieux pour s'opposer au glissement des chevaux ?

Le macadam.

Y a-t-il à Londres une tendance à substituer les voies pavées aux voies macadamisées ? S'il y a tendance, en donner les motifs ?

Dans les grandes voies de circulation les contribuables préfèrent le pavé, l'entretien étant annuellement moins coûteux.

Quelles sont les rues de Londres où l'on a substitué le pavé au macadam ; et pour quels motifs ? En quelles années cette substitution a-t-elle eu lieu ?

Oxford-street il y a deux ou trois ans, et Blackfriars bridge il y a environ quinze ans.

Que pense M. Freeman de l'emploi du bitume dans la confection des chaussées ?

Nous ne croyons pas que le bitume puisse être avantageusement employé dans les rues.

TITRE SECOND.

1° COMMISSION SANITAIRE MÉTROPOLITAINE
SOUS LA PRÉSIDENCE DE LORD ROBERT GOSVENOR.

Mardi, 30 novembre 1847.

Déposition de Richard KELSEY, *esq.*

—Vous avez été autrefois inspecteur du pavé et des égouts dans la Cité de Londres ?

—Oui.

— Cela vous a naturellement familiarisé avec tous les détails de la construction des chaussées ?

— Oui, j'ai obtenu les connaissances que je pouvais recueillir, dans mes fonctions.

— Combien d'années avez-vous été inspecteur ?

— J'ai été inspecteur pendant 14 ans, mais j'ai été d'abord commis d'inspecteur pendant 17 à 18 ans.

— Sous la même commission?

— Oui.

— Avez-vous, durant ce temps, fait votre étude de la construction des chaussées?

— Oui nécessairement.

— Votre esprit s'est-il arrêté à une conclusion quelconque, quant à la meilleure méthode à suivre, dans la construction des chaussées, des trottoirs et du pavé en général?

— Oui. Le président actuel de la commission m'a demandé quelques renseignements sur ce sujet, pour son instruction personnelle. J'ai consigné mes idées par écrit et les membres de la commission ont fait imprimer mon mémoire.

— Ce n'était qu'une communication faite au président.

— Je ne sais si les membres de la commission en retireront quelque lumière, c'est l'expression de mon opinion personnelle sur ce sujet, et je serai heureux de déposer ces notes sur le bureau.

(Le témoin déposa une lettre adressée à W. A. Peacock, esq., président du comité des égouts de Londres, par Richard Kelsey.)

— Depuis votre entrée en fonctions, quels sont les changements qui ont été faits dans la construction des fondations des chaussées?

— Les changements ont été très-considérables. C'est en 1826 que, pour la première fois, j'ai eu sérieusement à m'occuper de cet objet, sous mon ancien chef, Sa-

muel Acton. Nous nous consultâmes ensemble sur la
question, car le pavé de la Cité était tombé par vé-
tusté, dans un état déplorable. Il était posé depuis quarante à cinquante ans, et l'on était obligé d'y faire des
réparations continuelles, qui excitaient beaucoup de mé-
contentement. Nous résolûmes M. Acton et moi de pro-
poser la reconstruction des fondations en fragments de
pierres, que l'on se procura au dépôt de la Cité, où ils
étaient considérés comme rebut. On en forma un lit de
6 pouces d'épaisseur couvert d'une couche de cailloux,
variant en dimensions, depuis la grosseur d'un œuf de
pigeon, jusqu'à celle d'un œuf de poule, et par-dessus le
tout, l'on versa du gravier pour remplir les interstices.
Le motif qui nous fit adopter cette espèce de *stratum*, fut
la nécessité de pourvoir à la réparation des tranchées des
conduites. L'antique méthode des Romains était généralement de donner trois pieds d'épaisseur à leur pavé qui était
composé de deux couches de pierres plates au fond, d'une
couche de matériaux plus grossiers par dessus et ainsi de
suite, en couches régulières, dont la dernière n'était
autre qu'un béton dans lequel on fixait les pierres de la
surface. On ne pouvait point suivre ce système pour la
Cité dont le sol est occupé par des conduites dirigées en
tous sens; car cette construction romaine était une maçonnerie véritable, que l'on ne pouvait songer à démolir
à tout moment; l'inégalité de dureté des mortiers aurait
rendu d'ailleurs son parfait rétablissement impossible.
C'est pourquoi l'on trouva préférable de composer les fondations de matériaux que l'on pût extraire avec facilité,
et remplacer aussi aisément.

— Quelle était, avant l'adoption de ce système, la
marche suivie pour préparer la fondation?

— On n'employait que de la terre ordinaire et des décombres provenant de l'accumulation graduelle des ruines
de la Cité.

— Consistant en matériaux de toutes espèces ?

— Oui de toutes sortes.

— Comme le hasard les présentait?

— Oui. Le sol de la Cité s'est tellement exhaussé que, dans certains endroits, il y a jusqu'à 17 à 18 pieds de décombres; dans d'autres on n'en trouve que 2 ou 3.

— Quelle est la profondeur à laquelle on rencontre le pavage de l'antique Cité romaine?

— Elle varie beaucoup. Dans Aldgate-High-street, elle n'est que de 3 ou 4 pieds; nous reconnûmes la voie romaine, aux débris de poterie antique, amassés dans la rigole du milieu de la voie.

— Le mode de construction que vous avez recommandé pour la Cité et que vous venez de décrire à la commission a-t-il été adopté?

— Oui; il a été adopté après essai. La première tentative eut lieu dans Fleet-street, depuis New-Bridge-street jusque près de Salisbury-Court. Cette portion se maintint en très-bon état près de six ans, et on la trouva tellement supérieure à tous les autres spécimens faits en concurrence à la même époque, que les membres de la commission l'adoptèrent en principe. Les autres pavages étaient composés : l'un de vieux granit retaillé et fixé avec du mortier, d'après le brevet de Hobson : il résista assez bien pendant six ans. L'autre était formé de blocs de Macnamara; c'était du granit de Haytor, posé par la compagnie de ce nom : il fallut l'enlever au bout de deux ans, sur les plaintes de l'administration des postes qui le signala comme dangereux.

— Votre système a-t-il été suivi jusqu'à présent?

— Oui.

— Maintenant que vous avez décrit la nature du *substratum* des chaussées, voulez-vous avoir la bonté d'expliquer les changements qui ont été opérés à la surface?

— Les différentes pierres qui ont été employées au pavage de la cité étaient celles d'Aberdeen, de Guernsey, de Herm, de Haytor, de Foggintar (ces dernières venaient du Devonshire); une roche blanche tirée des limites de Cornouailles et Devon, près du Tamar et du mont Sorrel; une petite quantité de budle-stone venant du Northumberland.

— Avez-vous jamais fait usage de la pierre d'Ighthan?

— Non. L'expérience a appris qu'il y a une sorte de pierre d'Aberdeen, connue sous le nom de *old blue*, d'une couleur *gris de fer*, et qui est d'une longue durée; mais lorsque la pierre d'Aberdeen porte une teinte rouge mêlée au bleu, elle devient moins dure; malheureusement on ne peut pas obtenir le granit en grande quantité, sans la présence de cette teinte rouge. La tache se montre souvent dans un bloc qui ne l'annonçait point. En général, les granits bleus sont meilleurs que ceux d'autres nuances.

Dès qu'elle eut le service du pavé, la commission adopta cette pierre bleue et le granit de Guernsey; car auparavant, chaque habitant pavait le devant de sa maison jusqu'au milieu de la chaussée. Ce système avait de grands inconvénients : ainsi A élevant son pavage 1 pouce au-dessus de B, ce dernier était forcé d'en faire autant, et deux voisins travaillaient constamment à l'encontre l'un de l'autre. Les paveurs, dans le but de réaliser quelques bénéfices, avaient l'habitude d'employer le gravier d'une manière abusive; si bien qu'en 1700, une résolution solennelle fut prise contre cette pratique frauduleuse. L'irrégularité de la surface du pavé occasionnait tant d'inconvénients, et il existait tant d'ordure venant des gouttières, des gargouilles et des toits, que la commission trouva nécessaire de s'adresser au parlement, pour obtenir un acte lui donnant pouvoir de faire disparaître tout encombre-

ment, de prendre possession du sol des voies publiques de la Cité, et de les repaver entièrement.

— Vous dites que ce fut en 1700; est-ce bien la date de l'acte?

— L'acte fut passé en 1766; 1700 est la date où fut prise, par les autorités de la Cité, la délibération contre les abus de l'usage du gravier. Je n'ai cité cette circonstance que pour expliquer les variations extrêmes du revêtement du sol de la Cité. A cette époque, la commission, dans le but de se renseigner le mieux possible sur la meilleure pierre à employer, s'adressa à un lapidaire nommé Phillips qui fit l'essai du granit dit *blue whin*, que je suppose avoir été la pierre de Guernsey, et de celui de *Brown Rook*, aujourd'hui d'Aberdeen : il les fendit, les brisa et les polit, afin de les essayer tous deux. Un comité composé de MM. Muir, Mylne, Yeoman, Deputy Easton, fut chargé d'étudier la question. M. Mylne était, je crois, l'ingénieur du pont de Blackfriars. Sur le rapport de ces messieurs, la commission émit l'opinion que la pierre d'Aberdeen, alors appelée granit écossais, ou roche brune, était la pierre la plus propre au pavage des grandes rues de la Cité. Les rues furent donc pavées avec de nouvelles pierres et en partie avec de vieux cailloux; les plus petits furent rejetés et les plus grands taillés de manière à servir comme pavés : on trouve encore une grande quantité de ceux-ci en place aujourd'hui.

— Sont-ils bien usés?

— Non, pas beaucoup; car ce sont ordinairement des granits de *Blue whin*, de *Perth whin* et autres, recueillis sous forme de cailloux, au bord de la mer. La difficulté, quant à la fourniture des pierres pour le pavage de la Cité, consiste en ce que vous ne pouvez vous procurer, en grande quantité, que le granit d'Aberdeen : vous ne sauriez compter sur un grand approvisionnement de granit de Guernsey : il faut en commander d'avance, puis

attendre que les pavés soient taillés. Quant aux autres
espèces, il n'en est comparativement arrivé qu'une très-
petite quantité à Londres.

— Quelle est votre expérience sur l'usure de ces
pierres ?

— On fit un essai lors de la construction du pont de
Londres (London-bridge) : il fut pavé avec divers genres
de pierres, granit de Guernsey, Aberdeen bleu et Aberdeen ordinaire. Le mélange de ces pierres d'Aberdeen
était inévitable ; mais celle de Guernsey fut employée
seule, et l'on trouva en les enlevant que l'Aberdeen commun avait perdu d'un pouce à un pouce et demi, en s'usant
en cercle ; tandis que l'Aberdeen bleu et le Guernsey
n'avaient pas diminué d'un demi-pouce ; l'usure était à
peine sensible : ces dernières pierres étaient en petit
nombre, mais elles étaient toujours faciles à reconnaître.
Toutes avaient été posées dans le même système, c'est
pourquoi l'expérience pouvait être considérée comme
aussi concluante que possible. Le granit du mont Sorrel
ne s'use que d'une manière insensible, mais il se polit ;
il en vient très-peu de cette espèce à Londres. Je ne sais
si l'on en prépare beaucoup ; mais je m'imagine que les
propriétaires de la carrière ne sont pas bien pourvus de
fonds, et conséquemment leur opération ne peut pas être
conduite sur une grande échelle ; indépendamment de
cela, il y a des frais de transport par canal.

— Avez-vous jamais essayé la pierre du mont Sorrel
à côté de la pierre de Herm ?

— Nous avons fait l'essai de toutes deux, mais sans
les juxtaposer.

— Êtes-vous d'avis que le granit du mont Sorrel soit
plus dur que l'autre ?

— La pierre du mont Sorrel surpasse toutes les autres,
quant à l'usage. Je n'ai jamais connu son égale : on peut la
voir aujourd'hui dans Milk-street, qu'elle couvre depuis

l'extrémité sud jusqu'à Russia-road, près Cheapside. Ce
pavé a été posé il y a dix-huit à dix-neuf ans : il a été certainement entamé, mais il est probable qu'il durera encore
de dix-huit à dix-neuf ans. Le granit de Haytor est d'une
irrégularité si grande, que l'on ne saurait s'y fier pour le
pavage des chaussées. Je dirai qu'il n'est pas propre au pavage de la cité. Le granit de Foggintar, qui, je crois, nous
vient des environs de Haytor, est plus bleu et plus dur.
On en a posé dans Upper-Thames-street, vers l'est de
Queen-street. Il a été placé à côté du granit d'Aberdeen,
et ils ont bien résisté tous deux. Quant à la pierre de
White-Rock, on en a pavé tout Arthur-street ouest. C'est
la seule rue de la Cité ou même de Londres, je crois, où l'on
ait employé cette pierre. Les propriétaires de cette carrière
ont réussi, à l'aide des sacrifices de M. Treffry, l'ingénieur
qui leur avançait de l'argent, à produire assez de pavés
pour cette rue, mais ensuite ils n'ont plus cherché à l'exploiter ; c'est vraiment une très-jolie pierre. Le granit
de Cornouailles nous arrive quelquefois, mais très-rare-
ment, et il est impropre au pavage. Son grain est gros-
sier, et dans certains cas, après quelques années d'usage,
vous pouvez en détacher avec les doigts les morceaux de
féldspath.

— Pendant combien d'années a-t-on continué des essais
sur la qualité de ces pierres ?

— Depuis 1826.

— Et ce que vous nous donnez ici est le résultat de ces
dernières vingt années ?

— Oui.

— Vous avez fait l'essai de bien des formes ou dimensions de pierres. Voulez-vous nous dire quelles sont celles
que vous avez posées ?

— La forme a toujours été oblongue, mais de différentes
largeurs. Lorsque M. Acton, pour la première fois, proposa l'emploi des pierres taillées, l'on éprouva quelque

5

peine à se procurer les dimensions voulues, à raison des
habitudes anciennes. Un pareil changement ne s'opère pas
facilement, et l'on ne saurait brusquement changer la
forme des matériaux, sans beaucoup de frais. J'avais d'a-
bord fait couper une pierre comme échantillon, pour
les premiers pavés à faire ; elle avait été préparée dans
l'atelier de la Cité, et le contre-maître, qui était un vieux
tailleur de pierre, s'était donné à cette occasion plus
de peine que d'ordinaire. J'avais recommandé qu'on lui
conservât une surface un peu rude ; au lieu de cela, on
avait compris une surface bien unie, et l'on me demanda
27 sh. par yard. La commission répondit naturellement
qu'elle ne pouvait pas songer à faire usage de pareilles
pierres, et l'on trouva nécessaire de faire des pavés plus
larges que nous ne l'avions désiré. Nous accordâmes d'abord
la largeur de 7 à 8 pouces, et comme le marché s'amélio-
rait, on adopta 6 pouces comme largeur minimum ; plus
tard on descendit à 5 pouces. Lorsque je devins inspecteur, je fixai le minimum à 4 pouces, avec une tolérance
d'un demi-pouce. Des informations *que je pris sur la
conformation du pied d'un cheval me firent adopter
cette mesure.* Le sabot du plus petit poney que j'avais
pu rencontrer ne mesurait que 4 pouces, et j'en avais
conclu que ce qu'on pouvait désirer de mieux comme
garantie de la solidité du cheval, c'est que le devant et le
derrière de son pied rencontrassent chacun un joint. Il est
fort difficile de déterminer quelle est là largeur la plus durable ; mais nous trouvons généralement, en enlevant un
pavé, que les pierres de 6 pouces sont beaucoup moins
usées que celles de 5 et de 4. On n'a pas encore eu suffisamment de temps pour juger à fond cette question. Il
faudra une longue suite d'années. Par exemple, les pavés
dans Cheapside étaient en rangées de 6 pouces ; ils avaient
été posés depuis seize ans. Une partie s'usa très-mal ; on les
enleva, on les retailla et on les replaça dans Eldon-street,

dans Blomfield-street et aussi dans London-Wall, où ils dureront encore seize ou dix-sept ans, si ce n'est davantage.

— Avez-vous fait des essais relatifs à la disposition des rangées de pavés?

— Oui ; on les a placés diagonalement. La première proposition de ce genre me vint de M. Chadwick ; j'objectai le peu de durée des caniveaux. Cependant ce procédé fut suivi ailleurs, et il réussit très-bien, au point de vue de la sécurité de la circulation. J'étais un jour assis à côté du cocher d'une voiture publique qui s'arrêta par hasard sur une division de pavé en diagonales ; le cocher, sachant que je m'occupais de pavage, me dit : « Voici l'espèce de pavé qu'il nous faut. » Il ajouta qu'il donnait plus d'assurance au pied du cheval. Trouvant ce mode en usage dans bien des endroits du comté, je l'introduisis aussi dans la Cité. Il y avait cependant à faire l'objection que j'avais signalée de suite, le peu de durée des ruisseaux, dont le pavage, une fois entamé, s'usait beaucoup plus promptement dans ce genre de construction que dans l'ancien mode. Il est avantageux de recourir au pavage diagonal dans le cas où l'on a le projet de réemployer des pavés usés en rangées normales aux trottoirs ; car ils présentent alors une nouvelle surface pour le service : les blocs sont d'abord raboteux, mais cela passe bientôt.

— Fait-on aujourd'hui toutes les pierre plus petites qu'autrefois?

— Oui. J'aurais dû mentionner que, lors du repavage de Blackfriars-bridge, M. Walker alla plus loin que moi. Il fit usage de pierres de 3 pouces de largeur. Sur ce sujet, vous obtiendrez de bons renseignements du comité du domaine de Bridge-house ou de son inspecteur, M. James Montague.

— Vous avez parlé de pierres de 6 pouces de largeur ; ayez la complaisance de nous dire quelle était leur hauteur?

— Elles avaient partout 9 pouces, excepté dans quelques rues moins fréquentées, où on ne leur donna que 7 pouces.

— Quelle est leur longueur?

— La longueur a varié. Je crois qu'elle ne devait pas dépasser 18 pouces dans le principe; quelques pierres comptaient 2 pieds et même 2 pieds 1/2; mais généralement elles n'ont que 12 à 14 pouces..

La commission a-t-elle, d'après votre avis comme inspecteur, adopté une différente espèce de pierre, dont elle aurait dernièrement commandé une grande quantité?

— Ce n'était point d'après mon avis. Il est fait mention de cela dans la lettre que j'ai déposée; en général, je suis peu au courant de ce qu'a fait la commission depuis ma retraite.

— Quelle est la date de votre retraite?

— A la Saint-Michel, en 1846.

— Vous avez parlé de pavage diagonal; ce mode est-il fréquemment employé dans la Cité?

— Oui, presque tout Upper-Thames-street est pavée de cette façon.

— Il paraît plaire généralement?

— Oui, à l'exception de l'usure dans le ruisseau. C'est une difficulté que l'on ne peut surmonter dans ce genre d'ouvrage.

— N'avez-vous pas dit que les cochers des voitures publiques préféraient ce mode à raison de la plus grande assurance qu'il donnait aux pieds des chevaux?

— Oui.

— Comment expliquez-vous cela?

— Si les pierres sont disposées en diagonales, il arrive que lorsqu'un cheval glisse de côté en avançant, son pied se trouve arrêté par un angle ou joint.

— Par un joint, entendez-vous la ligne séparative de deux rangées de pavés?

— Oui. Un paveur dirait que c'est le joint courant, ce n'est point celui de tête.

— Avez-vous fait quelques remarques sur les joints longitudinaux?

— Oui. S'il arrive accidentellement dans les réparations que des joints de tête se rencontrent, la pierre s'usera certainement dans la direction de ces joints. New-Bridge-street est à moitié comprise dans le ressort de la Cité, à moitié dans la circonscription de Bridewell; afin de bien marquer cette séparation, on posa, à différents intervalles, des pierres à dentelures longitudinales; mais, comme ces dentelures étaient dans le sens de la rue, leur approfondissement fut tel que, d'un commun accord, on remplaça ces blocs par d'autres qui complétèrent les rangées ordinaires.

— Alors la commission comprend que les pavés doivent être placés de manière à n'avoir pas de lignes de joints longitudinales?

— Oui. Le grand art du paveur consiste à savoir bien rompre les joints.

— Savez-vous si, dans quelques cités à l'étranger, le pavage à joints longitudinaux est en usage, à Milan, par exemple?

— J'en ai entendu parler; j'ai remarqué cela moi-même, il y a quelques années, dans un panorama de Milan; mais je crois que la fatigue du pavé de Milan peut être considérée comme nulle, en la comparant à celle que subissent les rues de Londres.

— Vous n'avez point essayé le pavage longitudinal dans la Cité?

— Non, jamais.

— N'avez-vous pas posé des trams dans quelques-unes des rues étroites de la cité de Londres?

— Oui.

— Voulez-vous nous dire les circonstances qui vous ont
amené à poser ces trams ?

— Mon prédécesseur, M. Acton, a commencé à en établir dans Coleman-Street-Buildings, et, je crois, dans
Great-Swan-Alley ; il y a de cela vingt-cinq ans. On en a
aussi posé dans Wych-street. L'alderman Mathew Wood
s'était rendu à Milan ; à son retour, il désirait beaucoup
convaincre la commission de l'importance qu'il y aurait à
poser des trams ; je crois que c'est à l'influence de ce
personnage plus qu'à toute autre chose que l'on doit l'introduction de ces trams dans la Cité. Je ferai voir, par
une coupe en travers, la manière d'en faire usage.

— Les a-t-on établis à la requête des particuliers?

— Oui, dans bien des cas.

— On a pensé que cela diminuerait le bruit et les
cahots?

— Oui, c'était là le motif. Dans Swithin's-Lane, on les
introduisit à la demande de M. Travers. Les habitants de
Bread-street et de Finch-Lane en firent également la demande, mais ce fut M. Wood qui en provoqua la grande
application.

— Mais il y a eu des demandes de beaucoup d'habitants, auxquelles on n'a pas donné suite ?

— Les demandes ont été fort nombreuses.

— Avez-vous fait l'épreuve de l'avantage qui en résultait pour le tirage des chevaux?

— Je ne puis vous satisfaire sur ce point.

— Avez-vous entendu dire que cette méthode ait été
essayée dans le Commercial-road, et que l'économie pour
la traction s'y soit élevée à un cheval sur trois?

— Je crois la chose possible sur une surface très-peu
inclinée ; mais je suppose qu'il en serait autrement sur
un terrain qui ne serait point de niveau : je crois que le
cheval du brancard éprouverait ou un tirage plus fort,
ou un entraînement plus rapide, suivant qu'il aurait à

monter ou à descendre. Je me rappelle avoir vu construire les trams du Commercial-road, puis les avoir vu réparer ; mais je ne suis pas passé dans cette rue depuis quelques années.

— Les habitants doivent y gagner le grand avantage de n'avoir plus à subir la vibration occasionnée par les voitures ?

— Oui, mais il faut considérer que les dégâts sur les trams sont si considérables que, dans certaines rues où ils avaient été placés à la requête des habitants, comme dans la partie sud de Wood-street, ces derniers en demandèrent à l'unanimité l'enlèvement. Il était arrivé (ce que, du reste, l'on ne peut empêcher) que l'affaissement du pavé de la rigole qui borde le joint longitudinal extérieur du tram était si grand, que toutes les fois qu'une voiture entrait dans la ligne du ruisseau, la roue descendait avec un choc assez fort. Il faut aussi songer que pour un attelage à deux chevaux de front, dans un passage aussi étroit, chaque cheval est exposé à poser deux pieds sur les trams, où il ne trouve pas de point d'appui suffisant.

— Basinghall-street est une autre rue à trams ?

— Oui ; il y a très-peu de circulation aujourd'hui. Les habitants avaient demandé l'établissement des trams à cause du bruit que faisaient les camions qui se rendaient à l'auberge de l'Ours-Blanc. Presque immédiatement après la pose du trams, l'auberge de l'Ours-Blanc fut fermée ; elle est aujourd'hui convertie en logements privés, et la circulation de la rue est, pour ainsi dire, nulle. Dans Finch-Lane, cette construction est fort avantageuse ; car c'est un passage qui sert autant ou plus aux piétons qu'aux voitures ; et les lignes de trams servent d'auxiliaires aux trottoirs.

— C'était un avantage de plus à ajouter ?

— Oui, le tram est encore fort utile de cette manière, mais l'usure y est très-grande.

— Parlons des vibrations imprimées aux pierres par une grande circulation. Avez-vous connaissance de l'effet qu'elles produisent sur les maisons ?

— Il est à peine une seule maison dans toute la Cité qui ne surplombe, et je ne puis expliquer ce phénomène que par la vibration causée par les voitures, vibration communiquée aux maisons par le pavé. Voici comment je comprends cet effet : si, par exemple, vous frappez contre la base d'un livre placé debout, il tombera en avant ; or, les maisons recevant un choc constant par le bas, il faut que le haut se penche en avant ; et cette inclinaison équivaut, dans bien des cas, à 2 pouces sur la seule hauteur du rez-de-chaussée.

— Trouvez-vous que les maisons des rues étroites éprouvent plus de mouvements que celles des rues larges ?

— Je n'en ai jamais fait la remarque ; je n'ai jamais eu occasion de faire des observations de ce genre par comparaison. Quant à l'inclinaison des maisons, elle m'a été révélée par la circonstance que lorsque nous accordions 3 pouces pour la saillie d'une devanture de boutique, on en prenait *cinq* en partant du dessus du rez-de-chaussée. Cet abus devint si général, que dans ces dernières années, je fis toujours partir la projection des 3 pouces, *à hauteur de coude* de la base des maisons.

— Combien coûte l'établissement d'un tram en comparaison d'un pavage ordinaire de la même qualité de pierre ?

— Le tram revient à 17 shillings 6 deniers le yard linéaire. Il est généralement fait d'une pierre plus facile à tailler que celle des pavés.

— Quel est le surcroît de dépense par yard quarré ?

Trois yards linéaires d'un tram de 24 pouces de largeur, à 17 shillings 6 deniers par yard (ou deux yards superficiels), donnent. . . . . $2^l.12^s.6^d.$

Deux yards de superficie, granit d'Aberdeen de 3 pouces, à 14 shillings 9 deniers par yard. . $1^l.7^s.6^d.$

Deux yards de superficie, granit d'Aberdeen
de 4 pouces à 12 shillings le yard. . . . . $1^l.4^s.0^d$.

Je dois ajouter que la chaussée entre les 2 lignes du
tram ne se pave qu'en vieilles pierres retaillées.

— Pouvez-vous dire si en tenant compte de l'avantage
obtenu pour la traction, l'économie est en faveur du tram
ou non?

— Cela doit dépendre beaucoup de la localité. En
comptant l'économie du travail des chevaux, il y aurait
sans doute avantage; mais cette considération est étran-
gère à la commission du pavage. Son objet est de faire
exécuter de bons travaux, offrant le plus de solidité possible à la circulation. Le tram n'est applicable que dans
les rues étroites où il ne peut passer qu'une voiture de
front; autrement, s'il y avait deux voies de tram, les
véhicules finiraient par sortir de leurs lignes et, en se
jetant de côté, embarrasseraient les autres lignes.

— La facilité de traction sur le tram ne les retiendrait-
elle point sur leur ligne?

— Il ne paraît pas.

— N'observe-t-on pas cet ordre dans Commercial-
road?

— C'est là une circulation spéciale. Elle appartient
aux docks et le tram est *leur* voie particulière. D'ailleurs
la route n'a pas été créée pour le public, mais pour les
docks, quoique le public n'en soit pas exclu. Au reste,
nous voyons dans les rues à trams que les charretiers
s'inquiètent peu d'en suivre les lignes, et que tandis qu'ils
laissent une roue frotter contre la bordure du trottoir,
l'autre écorne les bords du tram parallèle. Et si l'on examine la grande variété qui existe dans la largeur des roues
des voitures de place ou de maître surtout, on verra que
c'est là un fait inévitable. La distance entre les roues d'un
fiacre ne dépasse guère 5 pieds; celle des voitures à un
cheval est moindre, les charrettes de ville mesurent

5 pieds 9 pouces, et les camions encore davantage. Il est impossible de faire un tram qui convienne à toutes ces largeurs.

— Si l'on avait à recommencer *de novo*, l'on pourrait faire une ordonnance concernant la largeur des roues?

— Oui, on le pourrait. Et il est un point auquel on devrait songer dans l'intérêt de la Cité, et pour les rues les plus étroites particulièrement : c'est à l'augmentation toujours croissante de la largeur des camions. Dans les rues étroites nous laissons une largeur de 7 pieds 6 pouces entre les trottoirs, ce qui non-seulement suffit pour la largeur des voitures ordinaires, mais encore leur permet de se retourner. Il y a deux ou trois cas de rues n'ayant que 7 pieds et même 6 pieds et demi. Les charrettes de ville peuvent encore généralement circuler dans une largeur de 6 pieds et demi. Mais on a coutume, depuis peu, de placer les roues des chariots dans une position plus perpendiculaire, ce qui donne à ces voitures une largeur totale de 7 pieds 6 pouces à 7 pieds 9 pouces au bas des roues, et les expose à se trouver prises entre les trottoirs, dont les bordures ont plus ou moins à souffrir dans ce cas.

— Dans quelques endroits de la Cité, on fait usage de rigoles en fer?

— Oui.

— N'avez-vous pas remarqué que les charretiers ou conducteurs font descendre une de leurs roues dans la rigole, pour faciliter la traction?

Je serais disposé à attribuer cela plutôt à un accident. Cette espèce de rigole fut d'abord introduite par mon prédécesseur, M. Acton; mais elle entraîna beaucoup d'inconvénients; car il est difficile d'en faire sortir la roue lorsqu'elle s'y est introduite une fois; c'est surtout pour ce motif, et à raison de la manière inégale dont s'usaient le métal et la pierre, que l'emploi de ce système a été discontinué. La rigole en fonte était toujours au-dessus ou au-dessous de *ses bordures* en pavé.

— Mais pourquoi n'établissez-vous point votre rigole le long de la bordure du trottoir?

— On a fait cela dans certains cas, par exemple dans Finch-Lane.

— Avez-vous fait l'essai des routes macadamisées dans la Cité?

— Oui.

— Quelles espèces de pierres a-t-on employées?

— M. Mac-Adam se servit des pavés qui se trouvaient dans la rue et les brisa, puis enleva ce qui restait. Je crois pouvoir donner les dépenses de cette opération. M. Mac-Adam entreprit de briser les pierres de la partie de New-Bridge-street dans le ressort de la commission (c'était un peu plus de la moitié de la totalité de la rue), pour la somme de 672 livres, et il devait recevoir 10 deniers par yard pour l'entretien annuel. Il fit la même chose dans Old-Bailey pour 323 livres 15 shillings, avec 86 livres par an de réparations pendant *trois* ans. Dans Bishopsgate-street (extérieure), la dépense fut de 1350 livres 7 shillings 6 deniers. Dans Liverpool-street de 330 livres et 25 livres par an pour l'entretien, pour à peu près la moitié de la rue. Dans Coleman-street, 560 livres et 400 livres par an pour *trois* ans de réparation; mais la commission réduisit ensuite ce temps à une année, et entreprit de se charger elle-même de l'entretien. Coleman-street tomba dans un état de dégradation si fâcheux que la commission en mit l'entretien en adjudication, et M. Green proposa de l'effectuer à raison de 400 livres par an, mais à condition de n'être point sous le contrôle de l'inspecteur; il voulait être libre de faire comme il l'entendait. La commission rejeta cette proposition et répara la rue avec des matériaux de ses propres dépôts. Dans une enquête à ce sujet, M. Acton déclara qu'avant

d'être macadamisée, cette rue pendant *trois* ans n'avait
coûté pour réparation annuelle que 5o livres moyennement ; tandis que, macadamisée, cette dépense, pour une
seule année, s'était élevée à 368 livres, *ce qui faisait 3 shil-*
lings 3 deniers par yard. La commission prescrivit alors
le rétablissement du pavage en granit. Elle reçut bien
des demandes de macadamisage : car le public avait alors
une sorte de fureur pour ce procédé. Les réclamations
vinrent de Eastcheap, de Saint-Paul's-church-yard, de
Lombard-street et de Cornhill ; en présence du peu de
succès des premiers essais dans la Cité, la commission ne
voulut plus entendre parler du macadam, et même lorsque
fut faite la demande de macadamiser Lombard-street,
M. Mac-Adam lui-même écrivit à M. Martin le ban-
quier, et reconnut que son procédé avait échoué dans
la Cité ; cette lettre figure dans les procès-verbaux de la
commission.

L'activité de la circulation dans la Cité est telle, que
l'on peut à peine trouver un pavage capable d'y résister ;
il faut qu'il soit exécuté avec les meilleurs matériaux possibles.

— Mais n'avez-vous pas dit que les matériaux employés par sir J. Mac-Adam étaient les pavés eux-
mêmes ?

— Oui, mais concassés.

— C'étaient donc les mêmes pierres sous une forme
différente ?

— Oui.

— Les habitants se sont-ils plaints de la poussière produite dans les rues macadamisées ?

— Oui ; il y eut plusieurs plaintes fondées sur ce
motif.

— Le macadam fut posé en 1824 dans Bishopsgate-
street, et en 1826 les habitants demandèrent au conseil
son enlèvement en s'appuyant sur le mauvais état de la

chaussée. Old Bailey fut macadamisée en 1824, et en avril 1825, ses habitants demandèrent avec instance le rétablissement de l'ancien pavé. Cette rue est sale de tous temps, dans toutes les circonstances ; mais avec le macadam, elle était tellement remplie d'ordures, que les piétons pouvaient à peine y passer.

— Les rues ne sont-elles pas nettoyées beaucoup mieux qu'elles ne l'étaient alors ?

— On les nettoie généralement mieux.

— Les rues ne sont-elles pas balayées tous les jours ?

— Oui, actuellement.

— Était-ce le cas autrefois ?

— Non : je crois que celle d'Old Bailey n'était balayée que deux ou trois fois par semaine.

— Pensez-vous que le maintien d'une plus grande propreté dans les rues pourrait opérer quelque diffé-rence sur la comparaison à faire entre le macadam et le pavé ?

— Peut-être. Mais je répéterai une remarque très-sensée d'un de nos vieux paveurs qui disait : « Ne cassez-vous pas » le sucre en morceaux pour le faire fondre plus vite? » Quel autre effet produisez-vous avec le macadam ? Vous » réduisez les pierres en petits fragments, et vous vous » figurez leur donner ainsi une durée plus longue; c'est » impossible. »

— La surface des pierres s'est-elle usée moins vite, lorsqu'elle reposait sur du béton ou d'autres fondations du même genre ?

— Je pense qu'elle s'est usée plus uniformément.

— Les pavés présentant alors moins de dépressions, n'ont pas à résister à autant de chocs?

— Oui, et l'usure n'a lieu qu'à la surface.

— Ainsi l'on peut attribuer l'usure plus uniforme à de meilleures fondations ?

— Certainement.

— Voulez-vous dire quelles modifications a subies le bombement des chaussées depuis que vous êtes attaché à la commission ?

— Les modifications ont été très-grandes. Lorsque la commission commença à paver les rues, on exécuta des travaux dans Fore-street; la chaussée avait environ 24 pieds de largeur, qu'elle présente encore aujourd'hui. Les instructions recommandaient une pente de 10 pouces du centre au ruisseau : c'est ce que l'on appelait *un bel et bon baril*. Je trouvai cette courbe si désavantageuse que je la diminuai par degrés jusqu'à 3 pouces, bombement que l'on regarde encore aujourd'hui comme suffisant. On pourrait le rendre moins sensible encore. Sur les côtés, l'inclinaison est plus forte ; mais au sommet elle diminue, et ne dépasse pas un demi-pouce par yard.

— Avez-vous, dans les rues étroites, mis le ruisseau au milieu de la chaussée ?

— C'était l'ancienne pratique, mais elle est entièrement tombée en désuétude. Lorsque la commission commença l'entreprise du pavage, l'une des plaintes principales fut dirigée contre l'existence du ruisseau au milieu de la chaussée; l'on remédia partout à cet inconvénient en faisant un ruisseau de chaque côté. Ce dernier système avait aussi des inconvénients, et les habitants de Pater-Noster-Row et de plusieurs endroits encore adressèrent une pétition à la commission pour que le ruisseau fût replacé au milieu, comme il l'était auparavant. On ne donna pas suite à cette demande. Je ne connais pas une seule rue dans la Cité qui ait gardé le ruisseau au milieu.

— Quelle était l'objection à ce que le ruisseau fût au milieu ?

— L'accumulation des eaux. Dans ce temps-là, toutes les ordures des maisons étaient jetées dans les rues, et le ruisseau était transformé en égout commun.

— N'auriez-vous pas un meilleur écoulement pour l'eau, s'il n'y avait qu'un ruisseau au lieu de deux?

— Oui; je l'ai souvent pensé : quoique ce fût un vieux système, il avait bien ses raisons; mais les cochers s'en plaignaient beaucoup : s'il arrivait qu'un cheval mît les pieds dans le ruisseau central, il se débattait dans l'eau, et souvent s'abattait.

— Les voitures ne sont-elles pas moins exposées à se heurter dans les chaussées fendues?

— Non; c'est le contraire, à cause de l'inclinaison des deux côtés vers le centre, laquelle tend à amener le haut des voitures au contact.

— Est-ce que la forme de voûte donnée à la chaussée ne contribue point à en augmenter la force et la solidité?

— Il est impossible d'avoir pour chaussée une voûte. Vous pouvez faire votre construction en forme de voûte, mais vous n'avez pas de culée. Prenez pour la hauteur des pavés ou des voussoirs 9 pouces, vous arrivez au trottoir dont la bordure n'a que 9 pouces, puis derrière sont des dalles de 3 pouces d'épaisseur; le reste n'est que de la terre : il n'y a point de culée dans tout cela.

— M. Telford construit ses routes sans caniveaux sur les côtés, faisant servir à cette fin la partie inclinée de la voie contiguë à la pierre bordant le trottoir; avez-vous fait l'essai de ce mode?

— Oui. Je crois qu'il est actuellement en usage dans Ludgate-Hill; mais il présente aussi ses inconvénients, quoique avantageux en principe. Les voitures, en effet, rasent les bordures des trottoirs et finissent par faire un ruisseau artificiel précisément de la largeur de la roue, et lorsque ce ruisseau a acquis la profondeur de 2 ou 3 pouces, les roues s'y trouvent souvent engagées. Je me rappelle avoir vu, en passant dans Thames-street, où un ruisseau avait été creusé de cette manière, des chevaux s'épuiser en vains efforts; l'on fut obligé d'atteler quatre ou cinq chevaux de renfort pour tirer le camion hors de cette espèce d'ornière. Je me gardai bien de parler, car je me sentais coupable jusqu'à un certain point; j'eus soin de porter remède à cet inconvénient le lendemain.

— Ainsi les pressions qui devraient porter sur les culées de la voûte, si la construction était bonne, portent actuellement sur les fondations et le rez-de-chaussée des maisons ?

— Oui; ces pressions se perdent en partie dans la terre avant de se communiquer aux maisons; mais si vous aviez des trottoirs faits en blocs aussi gros que la bordure, comme par exemple devant la douane, ce seraient autant de conducteurs qui transmettraient l'ébranlement aux maisons. Je pourrais donner, pour exemple de ce fait, la précaution que nous prenons en plaçant des bornes sur les côtés des portes cochères ou contre les maisons pour les protéger. Nous avons toujours soin de les tenir à une distance d'un demi-pouce du bâtiment; car si nous les posions contre la maison, elles lui communiqueraient immédiatement leur mouvement; par une séparation d'un demi-pouce ou d'un pouce, on évite cet inconvénient.

— Derrière les bornes destinées à protéger les colonnes à réverbères, vous placez des pierres plates ?

— Oui; mais si elles sont bien disposées, elles ne sont point placées au contact des colonnes. Dans un endroit de New-Road où le pavé en bois avait été très-bien construit et les morceaux aussi serrés que possible, sa dilatation renversa la bordure du trottoir et le trottoir lui-même, mais n'occasionna aucun dommage au mur placé devant les maisons et à la grille portée par ce mur : tout l'effet avait été produit sur les trottoirs.

— Voulez-vous nous dire ce que votre expérience vous a appris sur le pavage en bois ?

— Cette espèce de pavage a été pour moi un sujet si pénible, que j'aimerais mieux n'en point parler. J'ai été si cruellement et si outrageusement traité à cet égard, que je préférerais beaucoup garder le silence sur cette question.

— Voulez-vous nous donner le prix des pavages neufs, selon les différentes dimensions des pavés ?

— Les variations dans le prix du fret, et d'autres circonstances, ont fait changer la teneur des contrats à différentes périodes. Les prix actuels sont :

Pour des cubes de granit de 4 pouces d'épaisseur, 12 sh. par yard quarré ;

Pour des cubes de granit de 3 pouces d'épaisseur, 14 sh. 9 d. par yard quarré.

Les marchés passés par la commission sont tous pour trois ans.

— Dans le repavage des rues, il est très-important pour le public que l'interruption de la circulation soit aussi courte que possible. Avez-vous dans ces dernières années augmenté la rapidité de cette opération ?

— Beaucoup ; mais il y a aussi une limite à cette rapidité. Je vais citer Poultry, qui a environ une superficie 1050 yards. Le pavé fut enlevé, les fondations nivelées et le pavage exécuté en trois jours, et cela aurait pu être fait en moins de temps encore sans une rupture d'égout. Cet endroit étant un passage d'une grande importance fut livré au public aussitôt après l'achèvement des travaux ; mais, en raison de cette circulation prématurée, tandis qu'un repos de quelques jours aurait été nécessaire pour donner à la construction le temps de se consolider, des défectuosités se manifestèrent et il fallut les réparer. On ne peut pas prétendre que le mortier introduit à l'état fluide puisse prendre et durcir immédiatement. Ce qui nuit donc le plus à la solidité du pavage de la Cité, c'est l'urgence extraordinaire de l'opération ; nous sommes obligés d'ouvrir au public une voie qui aurait au moins besoin de trois jours de repos. Les personnes qui ont visité

6

le continent savent qu'en Italie particulièrement, après le repavage d'une rue, on y dépose des décombres qu'on y laisse pendant un mois, afin de protéger les pavés; mais nous ne saurions faire pareille chose dans une localité comme la Cité.

— Combien avez-vous employé d'hommes à ce repavage de Poultry, que vous avez exécuté en trois jours?

— Au moins cent, en comptant les paveurs, les manœuvres, les charretiers et autres.

— Pouvez-vous dire le travail qu'un ouvrier fait en un jour?

Anciennement l'on comptait 30 yards par jour pour le travail d'un homme, mais il s'est depuis lors élevé à 60 et même à 70; nous avons eu un exemple d'un homme excessivement actif et robuste qui pavait 120 yards par jour dans Old-Bailey; un cabaretier du voisinage fut si enchanté de l'exploit, qu'il donna à ce paveur de la bière à discrétion, disant que ce n'était point un homme, mais un diable. C'était là un fait extraordinaire.

— En moyenne, vous diriez de 50 à 60 yards par jours?

— Oui.

— Les paveurs sont-ils payés à la tâche?

— Oui; l'entrepreneur s'engage pour un certain prix. Un ouvrier ne ferait point cette quantité en petite réparation.

— Payait-on autrefois à la journée?

— Oui.

— Alors on peut attribuer cette augmentation dans le travail à une habileté plus grande, autant qu'à une meilleure direction des travaux?

— Oui.

— Pensez-vous que la manière de préparer les pierres y soit aussi pour quelque chose?

— Oui, cela y contribue; les pavés sont beaucoup mieux faits aujourd'hui qu'ils ne l'étaient autrefois, et le public doit surtout à mon prédécesseur les améliorations dans cette partie du pavage.

— La circulation a-t-elle beaucoup augmenté dans la Cité?

— Oui, infiniment. Je ne saurais donner une idée de cet accroissement.

— A-t-on jamais, dans une période antérieure, calculé cette circulation?

— Je l'ignore. J'ai seulement entendu parler d'un comptage fait par curiosité, à l'occasion d'un pari : et l'on trouva qu'environ 80 000 *piétons* avaient passé dans Ludgate-Hill dans une journée.

— On ne possède aucun relevé authentique de la circulation à deux époques différentes?

— Non, que je sache; mais la différence est énorme, autant que je puis me le rappeler.

— Quel a été l'effet de cet accroissement dans la circulation sur l'usure du pavé?

— C'est une question qui exige une si longue série d'années pour arriver à solution, que j'éprouverais quelque difficulté à donner mon opinion à cet égard; mais on pourrait peut-être dire, comme impression générale, que les pierres dans la Cité ne dureront guère que la moitié du temps qu'elles servaient jadis.

Pouvez-vous établir une comparaison entre les effets produits sur le pavé par une circulation pesante comme dans *Thames-street*, et celle des rues à omnibus et autres voitures légères?

— Une circulation de voitures rapides et légères détruit le pavé beaucoup plus rapidement que celle d'un mouvement lent et pesant, et cela dans une grande proportion : la meilleure preuve que je puisse donner de mon assertion est fournie par Ludgate-Hill et Dunstan's-

Hill. Ces rues furent toutes deux pavées en pierres den-
telées, c'est-à-dire inclinées de manière que leurs angles
fissent une saillie d'environ 1 pouce. Or, à la montée de
Dunstan-street, où la circulation est lourde, où l'on ne
voit guère que des camions, le pavé se conserva bien des
années, tandis que sur Ludgate-Hill, les pierres n'étaient
pas posées depuis une semaine, que déjà les bords étaient
usés.

Cependant le bruit des voitures était si grand, que les
habitants demandèrent l'enlèvement de ce pavé. Ils firent
même un tel récit de ce désagrément, que la commission
accéda à leur demande. En moins d'une semaine cependant, l'extrémité en saillie du pavé était tellement, je ne
dis pas usée, mais altérée, que si les habitants avaient
en la patience d'attendre seulement un mois, le pavé serait devenu parfaitement uni.

— La même opération n'a-t-elle pas eu lieu à la montée
de Holborn ?

— Oui ; là le pavé résista plus longtemps ; car une partie
de cette rue est beaucoup plus large ; mais je crois qu'au
bout de deux ou trois ans, l'on fut obligé d'enlever ces
pierres pour les retourner.

— N'arrive-t-il pas fréquemment, dans la Cité de Londres, que les limites des districts de la commission sont
sur l'axe même des rues ?

— Oui ; nous divisons par longueurs Petticoat-Lane,
New-Bridge-street, Long-Lane, une partie de Swan-street ;
mais, dans ces cas, les autorités de la Cité s'entendent
avec celles du comté, et l'on s'arrange pour paver des
longueurs de profil équivalentes aux bandes que l'on aurait à paver chacun au droit de soi.

— Indépendamment de ces divisions longitudinales, il
y avait dans la Cité des localités qui échappaient à votre
juridiction par des priviléges particuliers ?

— Oui.

— Voulez-vous nous les nommer ?

— Ce sont Saint-James, Duke's-place et Bridewell-Precincts, Cloth-Fair, le reste de la paroisse de Saint-Barthélemy-le-Grand et de Saint-Barthélemy-le-Mineur, etc. Il faut compter encore certaines cours et places qui, bien que fréquentées par le public, sont réclamées comme propriétés particulières.

— Voulez-vous nous dire ce que vous savez au sujet de la construction des trottoirs ?

— En 1827, M. Acton et moi nous convînmes de demander à la commission d'opérer tout le pavage d'après un nouveau système. Le ruisseau était autrefois au milieu de la rue, et le pavage s'étendait jusqu'aux maisons; là où il existait des trottoirs, ils étaient de niveau avec le pavé. Des poteaux, placés de distance en distance, protégeaient les dalles contre des voitures. Lorsque la commission entreprit le repavage de la Cité, elle adopta l'usage des bordures, en élevant les trottoirs. Dans bien des cas, les trottoirs étaient si étroits qu'ils pouvaient à peine donner passage aux piétons, aux femmes surtout. D'après le nouveau système, chaque fois qu'il y avait plus de largeur qu'il n'en fallait pour une seule voiture de front, et pas assez pour deux, cette largeur était réduite au passage d'une seule voiture, et l'excédant était ajouté aux trottoirs : la même chose avait lieu pour les largeurs au delà de deux voitures, mais insuffisantes pour trois, et ainsi de suite.

Un des inconvénients de l'ancien système consistait en ce qu'un conducteur de cabriolet impatient d'attendre, cherchait à couper la ligne des voitures et entravait souvent toute la circulation. Le système nouveau a cela de bon que, bien qu'impraticable dans beaucoup de nos rues irrégulières, il a pour effet d'empêcher radicalement dans les autres, les embarras de voiture, chacun étant obligé de rester à sa place avec sa voiture, de suivre la queue, et

d'attendre son tour. M. Acton recommanda ensuite de
donner plus de solidité aux pierres de bordure : 12 pouces
sur 9 devint la dimension régulière ; c'est ce que l'on appelle encore de nos jours, *la dimension des bordures de la
Cité.* Les dalles devaient avoir une épaisseur de 3 pouces,
et 4 pouces dans les passages principaux , tels que ceux de
Cheapside et autres ; cette mesure a été jugée nécessaire,
pour empêcher la rupture des dalles sur lesquelles les garçons des magasins sont dans l'habitude de jeter des ballots
de marchandise.

M. Acton remplaça ensuite l'ancien caniveau en pierre
de Purbeck par des gargouilles en fonte : mais comme ces
dernières s'engorgeaient dans les endroits où l'eau ne
coule pas constamment, on leur substitua le caniveau en
fonte , mais à ciel ouvert et celui en pierre de York de
4 pouces.

— A quelle date dites-vous que ces améliorations ont
été introduites ?

— En 1827 : partout l'irrégularité produite par les différences des matériaux qui servaient autrefois à couvrir
les trottoirs , a fait place à une surface dallée, et je crois
même que l'on trouverait difficilement aujourd'hui dans
la Cité une allée, une cour, un endroit public quelconque,
qui ne soit pas recouvert en dalles ; de là une propreté
beaucoup plus grande, un écoulement d'eau plus facile, et
un état sanitaire plus rassurant.

— Avez-vous quelque cour ou allée qui ne soit point
encore pavée et qui ne l'ait jamais été ?

— Je ne crois pas ; je ne peux me rappeler qu'un seul
endroit qui soit dans ce cas , c'est Haber-Dasher-square
dans Milton-street. Le pourtour était pavé, mais le centre
ne l'était pas. Cet emplacement paraissait avoir été un
jardin, mais les grilles étaient enlevées. La commission
prit sur elle de paver la totalité de la surface.

— Quelle est votre opinion quant à la largeur des chaussées et des trottoirs? la croyez-vous suffisante?

— Il est certain que l'accroissement de la circulation des voitures a rendu la chaussée un peu étroite.

— Et à l'égard des trottoirs?

— Je pense qu'ils suffisent au mouvement des rues principales. Quant à plusieurs rues secondaires telles que Watling-street, par exemple, dont le trottoir n'a quelquefois que 2 1/2 pieds, il est certainement insuffisant.

— Pouvez-vous nous donner une idée de la dépense du pavage de la Cité de Londres, comparée à celle d'un district moins étendu et présentant une circulation égale, mais dans lequel on ne saurait, à raison du petit nombre de rues, employer les matériaux rebutés dans les rues principales?

— Non, et je ne crois pas d'ailleurs qu'il existe un endroit dont la circulation puisse être comparée à celle de la Cité.

— Quelques-unes des lignes sortant de la Cité n'ont-elles pas à peu près la même circulation?

— Je ne le pense point, car tout afflue au centre : dans la Cité, tout vient s'agglomérer autour de Saint-Paul ou de la Bourse; le mouvement s'y précipite de tous les quartiers continuellement.

— Ne trouverait-on pas dans le Strand, en dehors de Temple-bar, et sur une certaine distance, autant de circulation qu'en dedans de Temple-bar?

— Il est possible qu'il en soit ainsi, mais je ne me souviens point avoir jamais vu dans le Strand, cette masse de voitures que nous remarquons dans la Cité; et dans certaines parties du Strand, la largeur de la rue est, d'ailleurs, beaucoup plus considérable que dans Fleet-street.

— Les travaux occasionnés par la pose des conduites

de gaz et d'eau, nuisent-ils beaucoup aux chaussées
pavées?

— Les dégâts provenant de ces deux causes sont in-
calculables : le pavage d'une rue est à peine achevé qu'on
vient le couper par une tranchée : et jamais vous ne pouvez lui rendre sa solidité première. En effet, en ouvrant
un passage à travers les fondations du pavé, vous ne pouvez point empêcher une confusion, un mélange dans les
matériaux : ce qui souvent amène à la surface, la terre qui
devrait être au-dessous.

— Si vous aviez à construire une rue ou une route
de novo, ne serait-ce pas une économie considérable de
poser les conduites sous les trottoirs, plutôt qu'au centre
de la rue?

— C'était là l'idée favorite de mon vieux patron, mais
nous la trouvâmes irréalisable à l'égard des rues anciennes; dans bien des cas nous rencontrâmes jusqu'à 7
et 8 conduites principales avec des tuyaux secondaires,
et sous les trottoirs on trouva des caveaux, des fours et
des obstacles tels que ce système devint totalement impraticable; mais lorsqu'on songea à bâtir King-William's-
street, notamment la partie conduisant d'Eastcheap à
Mansion-House, je fis des efforts particuliers pour obtenir qu'on revînt à notre idée. La compagnie du gaz était
tout à fait disposée à poser ses tuyaux sous les trottoirs.
Sir Robert Smirke fut chargé de conduire les travaux de
cette rue; je ne dirai pas qu'il nous opposa des obstacles,
mais l'opération était sous sa direction, et lorsque le comité chargé de l'affaire fut invité à régler les niveaux de
manière à permettre l'établissement des conduites sous les
trottoirs, il ne fut pas obtempéré à cette demande, bien
que cela n'eût entraîné qu'une différence de deux ou
trois marches en plus, pour descendre dans les caveaux
à houille. Il est hors de doute que c'eût été un avantage.

— N'en serait-il point aussi résulté éventuellement une grande économie ?

— Il n'y a pas de doute, et c'est ce que l'on comprend. Je ne dirai rien de mon intervention dans cette affaire, car elle se réduisit à la production d'esquisses : je dessinai la coupe d'un passage souterrain avec égouts et tuyaux et la chose en resta là. Quelque temps après M. Williams prit un brevet pour des passages souterrains. Il se ruina, comme il arrive malheureusement souvent aux inventeurs ; on proposa très-sérieusement l'adoption de cette idée à la commission ; une députation s'adressa même au conseil de la Cité, lequel renvoya la question à la commission : celle-ci fit une enquête très-volumineuse sur ce sujet, et la soumit au conseil de la Cité. Nous nous attendions à voir imprimer les pièces, mais cela ne se fit pas.

— Voulez-vous avoir la complaisance de nous remettre votre dessin ?

— Un calque avec texte explicatif est resté, je crois, attaché aux documents de l'enquête ; quant à l'esquisse originale il m'est impossible de la retrouver à présent. Autant que je me le rappelle, je proposais d'établir un passage souterrain sous la chaussée des rues étroites, et des galeries sous les trottoirs, de manière à n'avoir jamais à entamer aucune partie de la surface des rues.

2° COMMISSION DE SALUBRITÉ DE LA MÉTROPOLE.

30 novembre 1847.

Déposition de M. James CHADWICH.

D. Voulez-vous avoir la bonté de nous dire quelle est votre profession ?

R. Je suis marchand de granit et maître paveur.

D. Avez-vous exécuté de grandes entreprises pour le pavage de la métropole ?

R. Oui.

D. Quelle portion de la métropole avez-vous pavée ?

R. J'ai pavé, depuis dix ans, toute la Cité et une partie de White-Chapel; je travaille également pour le compte de sa majesté et des paroisses Saint-Jean, Sainte-Marguerite, Saint-Jacques, Sainte-Anne, Westminter et Saint-Luc, Chelsea ; comme marchand de granit, je fournis des matériaux à la paroisse Saint-Giles, qui, du reste, fait elle-même ses pavages.

D. Voulez-vous nous dire les essais auxquels vous avez soumis les différents matériaux de pavage, et quelles indications vous en avez tirées ?

R. En qualité d'entrepreneur, je me borne à exécuter les ordres que je reçois ; de sorte qu'en réalité, je ne fais pas d'essais par moi-même.

D. Ne pouvez-vous cependant, à ce sujet, communiquer à la commission le résultat de votre expérience ?

R. Je puis rapporter les faits relatifs aux travaux que j'ai exécutés.

D. Pensez-vous qu'une espèce de granit soit supérieure à une autre ?

R. La question a été très-agitée, et, au fond, elle se résout par le prix de revient et la facilité d'approvisionnement. On ne préfère une espèce à une autre que parce qu'on peut l'obtenir plus tôt et à moindres frais. Ainsi, on emploie à Londres six espèces de granit, tirées d'Aberdeen, du Devonshire, de Cornouailles, de l'île de Guernsey, de l'île de Herm et du Leicestershire ; tous ces granits sont bons, les trois derniers sont solides et plus denses que les autres ; mais si vous calculez que l'aberdeen dure quarante ans, comme pavage à Londres, la question de résistance perd beaucoup de sa valeur : le prix de revient est bien autrement important.

D. Mais les éléments essentiels dans le calcul des frais comparatifs des pavages, ne sont-ils pas le prix de revient et la durée.

R. La facilité d'approvisionnement est tout. Supposons qu'un fort approvisionnement soit requis dans un temps très-court pour paver la métropole : où pourrait-on le trouver ? naturellement aux carrières où l'on fabrique des pavés de chaussées ; l'île de Herm produit un excellent granit très-convenable pour le pavage de Londres ; mais les ouvriers ont tant de peine à vivre dans l'île qu'il n'y a jamais de fourniture régulière à espérer. Guernsey, qui fait un grand commerce de granit d'empierrement, n'exploite pas les granits de pavage ; le prix du granit de Guernsey est beaucoup plus élevé que celui du granit d'Aberdeen. Si donc vous voulez du Guernsey, vous le payerez plus cher que l'Aberdeen.

D. Sans doute, parce qu'il y a fabrication montée sur un point, et exceptionnelle sur l'autre ?

R. Oui, et, en outre, parce que le Guernsey est plus difficile à travailler.

D. En prenant en considération la facilité d'approvisionnement et la durée, quelle est la pierre dont vous recommandez l'usage à Londres ?

R. Celle d'Aberdeen.

D. Avez-vous observé l'usure des différentes pierres ?

R. Je rapporte des faits : le pavé de Bridge-street, Blackfriars, est posé depuis vingt ans ; c'est une des principales traverses de la Cité ; or il peut être maintenu longtemps encore sur ce point, et resservir en outre vingt ans après, dans une rue moins fréquentée ; le granit d'Aberbeen, qui résiste ainsi de quarante à cinquante ans, répond donc à toutes les conditions de durée.

D. Avez-vous comparé des rues exposées à une même circulation, pavées en pierres de même dimension et de même arrangement, mais de nature différente ?

R. Je ne me rappelle rien de ce genre.

D. Quant à la forme des matériaux, avez-vous exécuté des rues en pavés d'échantillons divers ?

R. Oui, mais pas à la même époque dans la même rue ; on suit la mode, en fait de pavage, comme en toute autre chose. Il y a environ trente ans, on ne voulait que des pavés de 10 pouces de largeur sur 10 à 12 de hauteur ; la pratique a démontré qu'ils s'usaient en s'arrondissant, comme on le peut voir dans Bread-street, Saint-Giles's.

Dans la Cité, il y a environ vingt ans, on essaya, pour la première fois, d'un pavage régulier en blocs de 6 pouces de largeur, posés sur lits de pierres cassées : c'est ce qui m'a paru le premier système rationnel de pavage : il a fort bien réussi.

D. L'échantillon a-t-il été constamment en diminuant ?

R. Oui, de *six* pouces à *cinq*, puis à *quatre*, et enfin à *trois*.

D. Pensez-vous que cette réduction de surface soit une amélioration ?

R. Oui, mais les petits cubes ne dureront pas si longtemps ; en réduisant la largeur, vous diminuez la résistance.

D. Mais vous avez dit que les gros échantillons s'arrondissaient en s'usant ?

R. Oui, mais ils se détruisent peu ; l'avantage de petits échantillons est de procurer une usure égale sur toute la surface, d'amortir le bruit, d'offrir plus de sécurité et un moindre tirage aux chevaux de trait.

L'expérience est de date trop récente, je le reconnais, pour établir des différences précises dans la durée de l'un et l'autre échantillon ; mais, à en juger par les apparences actuelles, elle serait considérable ; il faut tenir compte d'ailleurs de l'immense augmentation qui a eu lieu dans la circulation des voitures à roues étroites.

D. Quelle différence avez-vous remarqué sur l'usure d'une même pierre posée avec des fondations diverses ?

R. La grande cause d'usure est le déplacement des conduites de gaz et d'eau dans toutes les grandes rues de la

Cité; il faudrait une fondation spéciale. Là, où il existe une fondation en pierres cassées, le pavage ne souffre pas, à beaucoup près, autant du déplacement des conduites; car le sous-sol de Londres n'est dur que lorsqu'il est sec; la première averse le convertit en boue.

D. Les frais d'établissement d'un pavage en granit sont-ils compensés par la plus grande dureté des blocs?

R. Je ne pense point. Vous employez, je suppose, le granit de Guernsey qui devient très-glissant; au bout de vingt ans, la surface sera tellement détériorée que le pavé, malgré sa dureté relative plus grande, ne pourra être maintenu plus longtemps dans la même rue; il devra être arraché et retaillé.

D. Depuis que vous travaillez à Londres, y a-t-il des progrès dans la fabrication du pavé?

R. De très-grands : les pavés sont beaucoup mieux faits aujourd'hui qu'autrefois.

D. Est-ce une amélioration?

R. Une très-grande, au point de vue de la circulation; mais il ne faut pas aller trop loin : si *les pavés étaient trop bien taillés, on devrait renoncer à y faire passer les chevaux,*

D. Pouvez-vous dire ce qui use le plus les chaussées; est-ce la grande ou la petite vitesse?

R. La grande vitesse : mon avis est qu'il n'y aura pas de limites aux frais de réparations, si l'immense développement du traffic continue sur le même pied.

D. Avez-vous jamais posé des *trams*?

R. J'en ai posé beaucoup dans les rues étroites de la Cité, là où il n'y avait place que pour une voiture. Le tram est alors utile; il diminue le bruit des voitures, et réduit le tirage des chevaux; mais je ne sais comment le système serait applicable aux larges traverses.

D. Pourquoi?

R. A cause de la difficulté de garder la ligne. Ainsi,

dans Cheapside, je ne sais où vous pourriez placer le tram.

D. Ne serait-il pas possible d'établir une double voie?

R. Le stationnement des voitures et des waggons à la porte des maisons couperait la double voie à chaque pas.

D. Connaissez-vous les trams du Commercial-road ?

R. Oui, très-bien; ils sont posés dans des circonstances particulières ; la chaussée est si large que les waggons s'approprient, pour ainsi dire à eux seuls, un des côtés; mais si l'on établissait une double voie dans Cheapside, elle prendrait moitié du profil entier, attendu qu'il n'y a place que pour quatre voitures. Dans Holborn-hill , par exemple, le système du tram épargnerait aux chevaux une grande fatigue en rampe.

D. Savez-vous quelque chose sur le pavage diagonal?

R. Oui ; j'en ai moi-même exécuté beaucoup.

D. Est-il assez estimé?

R. On en a fait beaucoup de cas d'abord, mais plutôt pour l'apparence que pour l'utilité réelle.

D. Pensez-vous qu'un cheval glisse davantage sur un pavage diagonal?

R. Je ne le crois pas, pourvu que les rangées soient bien faites : neuf fois sur dix , un cheval qui s'abat tombe en glissant sur le côté; le pavage diagonal ferait arrêt au moment où le pied glisserait.

D. Ne placez-vous pas de lignes longitudinales de pavés pour arrêter latéralement le pied des chevaux ?

R. Non.

D. Pour monter à l'échelle , préférez-vous des échelons droits ou courbes?

R. Droits.

D. Le cheval ne cherche-t-il pas son point d'appui sur les rangées transversales ?

R. Oui, quand il tire.

D. Mais si les rangées transversales sont courbes? est-ce que le pied ne tend pas à glisser de côté ?

R. C'est au départ que se développe le grand effort; une fois en route, le tirage est faible; aussi, sur un bon pavé, l'inconvénient n'existe pas.

D. Mais si un point d'appui est nécessaire, le cheval ne le trouve-t-il pas plutôt sur des rangées droites que sur des rangées courbes?

R. Certainement. Le pavé s'use aux joints de tête; là se fait l'arrondissement, et l'usure gagne toute la longueur; c'est pour remédier à cet inconvénient que l'on a imaginé le pavé diagonal; l'usure alors ne suit point les joints; le remplacement des pavés s'opère aussi plus facilement.

D. Est-il à votre connaissance que le pavé tienne plus longtemps dans les rues bien balayées ?

R. Je regarde le balayage comme une fort bonne chose; mais elle peut avoir son abus; plus une rue est balayée et plus vite elle s'use; il n'y a pas de doute à cet égard.

D. Pourquoi cela ?

R. Parce que l'opération enlève la couche de boue qui empêche le contact entre le fer du cheval et le pavé. Le pavé, qui n'est pas protégé par une mince couche de boue, se brise ou s'écorne.

D. Cette boue n'entretient-elle point le pavé dans un état d'humidité constante, qui tend à l'amollir et à faciliter sa rupture?

R. Je ne crois pas qu'il y ait d'humidité semblable, excepté les jours de pluie : le granit, étant impénétrable à l'eau, sèche bien vite.

D. Lorsque la boue séjourne, il y a forcément de l'humidité?

R. Oui.

D. Une rue sale est en même temps une rue humide?

R. Mon observation porte sur l'abus du nettoyage, sur un balayage continuel, par exemple; elle ne s'applique nullement aux mesures ordinaires d'entretien et de propreté des rues.

D. Le dérangement continuel du pavé pour la pose des conduites d'eau et de gaz n'est-il pas, pour vous, une grande cause d'inconvénients?

R. L'inconvénient est non pour moi ; mais pour le public?

D. Ces opérations ne font-elles pas beaucoup de mal au pavé?

R. Sans doute. Il est difficile de présenter des données exactes à cet égard, mais je dirai que, dans ce quartier, le pavé durerait bien plus longtemps s'il n'était constamment remué par ces travaux.

D. Quand un pavé est une fois posé et qu'on le dérange, pouvez-vous le rétablir aussi ferme et aussi solide qu'auparavant.

R. Jamais.

D. Pourquoi?

R. A cause des inégalités du tassement. Aussitôt une réparation faite, la circulation y passe. On a donné au raccordement un certain bombement pour tenir compte du tassement et regagner le niveau des pavés d'entourage ; l'appréciation peut être trop forte ou trop faible. Dans les deux cas, que le pavage de la tranchée descende trop bas ou reste trop haut, les pavés voisins sont promptement détruits.

D. N'y a-t-il pas quelque chose à faire pour empêcher par des dispositions convenables l'interruption de la circulation pendant les réparations?

R. Avec l'organisation actuelle des commissions, je ne vois pas le moyen de changer ce qui se fait. Les réparations concernent surtout les voies principales, chaque commission désire que le travail s'exécute pendant la morte saison du traffic ; la morte saison arrive à la même époque pour les quartiers du centre et de l'est. Les com-

missions marchent isolées ; si le pavage doit être remanié ,
chacune veut qu'on prenne l'heure et le jour des plus gros
contribuables , les commerçants. Comment éviter le mal ,
comment faire pour gêner un peu moins le public? C'est
ce que je ne puis dire ; cependant je crois que les plaintes
ont été trop vives, quoiqu'il soit, je l'avoue , bien dés-
agréable de se détourner deux ou trois fois dans une seule
course.

D. Surtout lorsque deux voies parallèles sont intercep-
tées à la fois ?

R. Oui.

D. Il y a certainement quelque chose à faire ?

R. Dans l'état actuel des choses , je ne vois point comment y remédier. La paroisse A croirait sa dignité blessée
si elle avait à consulter la paroisse B , sur l'époque des
travaux de réparation ; il faudrait une autorité centrale.

D. Serait-il utile au public que l'on fît un règlement
général ?

R. Sans aucun doute ; comme entrepreneur de transports je souffre moi-même avec le reste du public.

D. Avez-vous pavé beaucoup de cours ?

R. Un grand nombre dans la Cité.

D. Presque toutes les cours de la Cité sont pavées aujourd'hui ?

R. Oui, et je ne connais plus un seul endroit dans la
Cité qui ne soit pavé.

D. Il y a cependant des parties de Londres en dehors
de la Cité, où vous êtes entrepreneur, et où les cours ne
sont point pavées?

R. Oui.

D. Les lacunes y sont-elles considérables ?

R. Oui.

D. Ces lacunes sont en terre ?

R. Oui, dans bien des cas; dans d'autres les particuliers ont couvert le sol de petites pierres ; c'est ce que l'on

7

appelle des cours privées. Un constructeur, par exemple,
bâtit des maisons avec cour réservée en arrière et fermée ;
c'est la cour privée. La paroisse n'y a pas autorité, le
propriétaire échappe à toute contribution ; la cour n'est
pas imposable.

D. C'est donc pour échapper à l'impôt?

R. Précisément.

D. Et dans ce cas le pavage est généralement détestable?

R. Détestable.

D. Le service du nettoyage n'y pénètre jamais ?

R. Jamais.

D. Comment s'enlèvent les ordures?

R. C'est aux locataires à les enlever eux-mêmes, et
cela leur convient.

D. Où dépose-t-on les ordures?

R. Généralement dans la rue où les balayeurs en pro-
fitent. Il existe un grand nombre de ces cours privées,
dans les paroisses, en dehors de la Cité.

D. Sont-elles dépourvues de pavés et sans moyens de
nettoyage.

R. Oui.

D. N'y a-t-il aucun moyen de les soumettre à un règlement de salubrité?

R. On prétend que les paroisses n'ont pas le pouvoir
de s'incorporer les cours. Je crois cependant que certains
actes du parlement en donneraient le droit. Mais là où
les paroisses le pourraient faire, elle ne le veulent pas.
Cela augmenterait leur charge, sans leur amener de ressources suffisantes. Dans la pauvre paroisse de Saint-Jean
l'Évangéliste, il existe un grand nombre de cours habitées
par des pauvres ; la paroisse en est surchargée : si elle
s'incorporait les cours, elle accepterait un surcroît de dépenses, sans gagner de contribuables. La commission est
déjà bien assez embarrassée pour trouver les fonds nécessaires au pavage des voies principales.

D. Les ressources sur les districts que vous connaissez ne sont donc appliquées qu'aux voies principales?

R. Oui, excepté dans la Cité ; là on s'occupe de l'ensemble : la Cité forme une administration unique ; les dépenses sont réparties entre tous.

D. Croyez-vous que ce soit par la centralisation des districts, et la réunion en un seul corps, que la Cité ait obtenu les avantages ?

R. Précisément ; pour la Cité, le bénéfice d'une large juridiction est incontestable. Les difficultés que les paroisses du dehors ont à combattre en matière d'égouts, sont très-grandes ; l'on y éprouve même beaucoup d'embarras pour l'écoulement ordinaire des eaux : on s'adresse à la commission qui, suivant son bon plaisir, accorde ou refuse. C'est un grand obstacle aux améliorations : il faudrait qu'un règlement rendît les branchements obligatoires, dès qu'il y a moyen d'atteindre un égout. Il faudrait aussi des branchements conduisant à l'égout les eaux infectes qui coulent dans les rues, au préjudice des habitants ; mais cela ne peut se faire sans le concours et l'autorisation de la commission. Dans la Cité où le pavage et les égouts sont réunis, rien de pareil n'existe.

D. Et en plaçant les deux services dans la même main, tous deux y gagnent ?

R. Certainement.

D. L'avantage d'un service centralisé, c'est que l'individu est considéré dans ses rapports avec l'ensemble?

R. Oui.

D. Ne pensez-vous point qu'il y ait grand avantage en cela?

R. Certainement. Je pense que toutes les commissions de pavage devraient avoir le droit de faire des égouts. Je ne vois pas comment, sans cela, elles peuvent convenablement remplir leurs devoirs à l'avantage des paroisses.

D. Dans le cours de vos travaux avez-vous remarqué

qu'un changement dans le pavage ait amélioré les conditions hygiéniques des classes pauvres?

R. Je n'ai fait aucune remarque à cet égard, leur état
hygiénique échappe au cours habituel de mes observations;
mais plus que tout autre, je suis à portée de constater
une amélioration dans leur bien-être, en comparant leur
état avant et après le pavage. Quelques cours dans la Cité
avaient, il y a quelques années, un aspect repoussant;
l'autorité s'en occupa : les cours, même les cours privées,
furent dallées ou pavées; le bien-être des habitants fut
accru au delà de toute expression. Il n'est pas jusqu'aux
cours du voisinage de Petticoat-Lane, quartier le plus
sale de la Cité, qui ne soient aujourd'hui aussi propres
que cette salle.

D. Et c'est depuis le pavage que vous avez trouvé ces
changements?

R. Oui.

D. Autant que vous avez pu le voir, les habitants con-
tribuent-ils pour leur part à y entretenir la propreté?

R. Oui, ils le font.

D. Votre observation est générale?

R. Oui, donnez les moyens de nettoyage et on en fera
bon usage. Ces cours, aujourd'hui fort propres, sont ainsi
tenues par leurs habitants.

D. Si donc, le même plan était adopté en dehors de
la Cité, la malpropreté et la misère que nous y voyons tous
les jours disparaîtraient également?

R. Je le crois, aucun nettoyage au dehors n'enlèvera
les ordures du dedans; mais si le dehors est propre, il y a
tendance à obtenir le même résultat en dedans.

D. En tous cas, l'air des cours s'en ressent?

R. Oui, beaucoup.

D. Il y avait une partie d'Hounds-ditch qui, il y a deux
ans, aurait pu être citée comme un des plus sales cloaques;
des étrangers venaient y voir un exemple de la malpro-

preté qui pouvait se trouver à Londres, en présence d'une civilisation aussi avancée et de la bonne tenue des grandes rues situées dans le voisinage : n'avez-vous point observé que ces lieux, depuis leur pavage, ont fait des progrès frappants, en ce qui concerne la propreté et le bien-être ?

R. Oui ; ces cours étaient dans la situation dont j'ai parlé, elles étaient considérées comme cours privées sur lesquelles la commission n'avait point de contrôle ; depuis lors, l'incorporation a eu lieu, du consentement des propriétaires. Mais il existe encore beaucoup de cloaques dans les paroisses du West-End, tels qu'ils ont toujours existé, et que les étrangers peuvent voir, sans aller si loin.

D. Le pavage des cours s'est donc étendu depuis Gravel-Lane, jusqu'à Petticoat-Lane.

R. Oui, pour toutes celles qui se trouvaient dans la Cité. La Cité coupe en deux le centre de Petticoat-Lane.

3° COMMISSION DE SALUBRITÉ.

Déposition de J. Witworth.

1. Vous êtes constructeur de machines à Manchester et auteur de la machine à balayer ?

Oui.

2. Avez-vous quelque chose à ajouter à votre déposition de 1843 ?

Rien, sinon que l'expérience a confirmé mon opinion sur l'utilité et l'économie de la machine.

3. Dans quelles villes a-t-elle fonctionné ?

A Manchester, Sheffield, Leeds, Birmingham, Liverpool, Belfast, Dublin, Wesminster, etc.

4. A-t-elle parfois manqué son résultat ?

Oui.

5. Quelles étaient alors les causes de l'insuccès ?

Au lieu d'employer la machine à produire plus de propreté, on s'en servait seulement pour diminuer les frais de nettoyage ; d'autres fois on la manœuvrait mal.

6. Est-elle difficile à manœuvrer ?

Nullement, mais comme toute machine, elle a besoin d'être propre et bien entretenue.

7. Est-elle économique dans le cas d'un nettoyage moyen ?

Non, à moins que la décharge ne soit très-rapprochée.

8. Le travail par machine est-il beaucoup plus avantageux lorsqu'il s'agit de produire un nettoyage parfait ?

Oui, surtout si la décharge est loin : la raison en est simple ; la boue diminue en raison du balayage, sans que le temps perdu pour le transport aux décharges augmente en proportion. Il y a là une observation à faire sur la durée relative des opérations. Supposez une ville dont l'étendue et la circulation exigent un service de dix machines réglées à raison de cinq heures de balayage par jour, et cinq heures de transports. Cela représentera une force de cinquante machines travaillant au balayage une heure par jour. Mettez vingt machines : les boues seront enlevées dans moitié du temps, c'est-à-dire en deux heures et demie. Le balayage pourra par suite durer sept heures et demie, et la force effective équivaudra à cent cinquante machines travaillant une heure. Ainsi en doublant le nombre, on a triplé la force. Les frais ne varieront pas de la même manière, parce que plusieurs articles de dépense ne changent pas : l'excédant d'ailleurs sera compensé par l'économie des matériaux d'entretien, et surtout par le bénéfice d'un nettoyage plus parfait.

9. Le travail est-il pénible pour les chevaux ?

Non, pas pour les forts chevaux qu'exige la machine : le poids à traîner est d'une tonne à vide, avec charge additionnelle de 22 quintaux quand la bâche est pleine ; nos chevaux travaillent dix heures et sont parfaitement tenus.

10. Quelle est leur consommation?

20 livres d'avoine ou de fèves; le foin et le son à discrétion.

11. N'est-ce point une ration excessive?

Peut-être, mais nous achetons de bons chevaux qui dépériraient, si on leur donnait moins, en exigeant d'eux autant de travail.

12. Lorsque vos machines fonctionnaient dans la Cité, n'a-t-on pas constaté que le travail tuait les chevaux?

Cela est vrai, mais les chevaux ne convenaient pas. Il ne faut pas d'un cheval habitué à traîner les voitures ordinaires du service des boues, voitures qui s'arrêtent et chargent à chaque pas. Quand les machines furent employées au balayage de la Cité, elles étaient sous la direction d'un ancien entrepreneur avec qui la commission des égouts avait traité. Cet entrepreneur avait demandé 4 200 livres pour l'enlèvement des boues, plus 1 700 livres pour la poussière. On avait accepté, en écartant ma soumission qui s'élevait à 6 500 livres sterling, la poussière non comprise. Je prévins la commission qu'aucun arrangement ne me liait à l'entrepreneur, et que, très-certainement, la machine fonctionnerait mal. Enfin, j'offris de prendre les termes du marché, savoir 4 200 livres pour le balayage de toutes les rues où la machine pourrait fonctionner, un autre entrepreneur se chargeant du balayage à la main pour la poussière.

Je ne réussis pas près de la commission; on me répondit qu'il fallait louer mes machines. J'eus le tort de céder pour ne pas perdre l'occasion de voir mon système en service dans la Cité.

13. Combien de temps dura l'épreuve?

Après trois ou quatre mois d'un service qui dégoûta tout le monde, je demandai à l'entrepreneur la faculté de fournir hommes et chevaux, et de faire à mes frais le nettoyage d'un de ses districts de la Cité : la proposition

fut repoussée. J'en informai la commission dans la conviction que, vis-à-vis d'une preuve aussi évidente de
mauvais vouloir, elle se déciderait à rompre le traité. La
commission n'employa pas ce moyen extrême, mais força
l'entrepreneur à m'abandonner le balayage du district que
j'avais demandé ; je remplis l'engagement jusqu'à l'expiration du bail, et presque tous les magasins témoignèrent
en faveur de nos machines ; l'année suivante les anciens
entrepreneurs soumissionnèrent à 2 000 livres de rabais ;
j'abandonnai la partie.

14. Votre compagnie a passé marché pour la ville de
Manchester ?

Oui, et elle l'a rempli à la satisfaction du conseil municipal. En fait, pour le prix du balayage à la main, le travail aujourd'hui se répète trois fois au lieu d'une.

Du temps du balayage à la main en 1839, une surface
de 430 yards produisait un tombereau de boue : en 1841
par l'introduction de la machine, cette surface parcourue
sans décharge devint de 860 yards, et elle est maintenant
de 4000. Une partie de l'amélioration doit être attribuée
au pavage ; une autre à la meilleure répartition du traffic,
répandue sur une plus grande surface. Mais la forte part
revient au balayage plus fréquent, et à son action con-
servatrice de la chaussée et du sous-sol.

15. A-t-on fait des essais pour déterminer la dépense
relative du balayage à la main et du travail par machine ?

Plusieurs fois, et notamment à Salford, les agents du
conseil municipal louèrent nos machines et y attelèrent
leurs propres chevaux. Une première épreuve donna à nos
machines un avantage de 67 pour 100 ; une seconde de
50 pour 100 seulement ; mais les balayeurs avaient été pous-
sés à faire les plus grands efforts. A Leeds, on trouva également économie dans les frais et meilleure besogne. A Birmingham, deux machines firent plus d'ouvrage que quatre
tombereaux, six chevaux et deux hommes ; il y avait ici

des conditions toutes particulières : la boue était liquide et la décharge à proximité.

16. Avez-vous des rapports détaillés sur ces expériences ?

Oui ; les voici : je suis resté étranger aux opérations comme aux calculs ; tout a été dirigé par les autorités de Salford, et je n'eus connaissance des résultats que plus tard.

> *Voir* (C) deux notes d'expériences constatant que les machines ont
> travaillé de 50 et 66 pour 100 d'économie sur les balayeurs à la main. »

17. Quels sont les principaux avantages que possède, à votre avis, le balayage par machine sur le balayage à la main ?

J'ai fait des deux systèmes la comparaison suivante, dans un mémoire lu à l'Institut des ingénieurs civils : « Le balayage à la main exige deux opérations, l'une
» pour ramasser la boue, l'autre pour la charger ; les ma-
» chines balayent et chargent du même coup : dans le ba-
» layage à la main, la boue relevée en tas est sujette à
» éclabousser les passants et à se répandre sur la chaussée ;
» par la machine elle est enlevée aussitôt. Ces tas de boue
» laissés par les balayeurs sur les accotements sont une cause
» d'inconvénients et même de danger pour les voitures et
» les piétons : avec les machines rien de pareil n'existe.

» Le balayage à la main oblige les tombereaux à s'ar-
» rêter dans les rues pendant qu'on les remplit, ce qui est
» à la fois une perte de temps et un embarras ; les ma-
» chines chargent au moment même où elles balayent, et
» marchent à la vitesse ordinaire : avec le balayage à la
» main, la propreté d'une ville ne peut être augmentée
» qu'à grands frais ; l'économie du balayage par machines
» croît au contraire en proportion de la propreté produite.
» Des ateliers de balayage ne se recrutent pas facilement,
» au moment où les circonstances exigent un surcroît de
» travail, tandis qu'on peut avoir à peu de frais des ma-
» chines de réserve toujours prêtes : le balayage à la main

» améliore et consolide peu la chaussée; la machine tend
» puissamment à effacer les frayés et à régulariser la sur-
» face. L'emploi des balayeurs entretient une classe de
» travailleurs dégradés et mal payés, que l'usage des ma-
» chines relèvera ou qu'elle remplacera par des hommes
» mieux payés et mieux traités : tous ces avantages sont
» unis à une plus grande propreté, et la machine les
» donne sans augmenter les frais du nettoyage. »

18. Vous trouvez sans doute que la propreté des rues
est très-importante au point de vue de la salubrité?

Sans nul doute, car la boue en décomposition dans les
rues est une des causes qui vicient le plus l'air respiré par
les habitants des grandes villes ; c'est aussi l'un des plus
grands obstacles au développement des habitudes d'ordre
et de propreté domestiques. Toutes les personnes qui ont
vu de près les classes pauvres en ont la conviction. Quand
les rues sont sales ou mal tenues, la poussière ou la boue
pénètrent dans chaque maison et annulent tous les moyens
de propreté. Quant, au contraire, les rues sont en bon
état, il faut peu de soins et de travail pour entretenir
l'intérieur des maisons, et l'on arrive à un degré de propreté tout autre que celui qu'on aurait cherché dans des
conditions moins favorables. Viennent en même temps des
habitudes de bien-être domestique, et du seul fait d'une
plus grande propreté dans les rues, découlent des conséquences d'un ordre bien plus élevé, et qu'un observateur
superficiel ne découvrirait pas d'abord.

19. Les inconvénients du mode actuel de balayage sont
donc bien grands?

Oui, et entièrement évités par l'usage des machines ;
avec elles, ni tas de boue, ni amas d'ordures sur les
accotements; point d'éclaboussures pour les passants;
point d'encombrement du fait des balayeurs, des tombereaux et des charretiers : les boues sont du même coup enlevées et emportées, la machine travaille en marchant et

ne cause pas plus d'embarras qu'une voiture ordinaire.

20. Quelle surface peut nettoyer en un jour un balayeur robuste?

Cela dépend du temps : par la pluie, quand la boue est liquide, un homme peut travailler deux ou trois fois plus que lorsque la boue est épaisse.

21. Quelle est, selon vous, la moyenne d'une journée de balayage?

De 1 000 à 1 200 yards quarrés. D'après les rapports du bureau de police de Manchester, un ouvrier libre balayait environ 1 190 yards par jour; un pauvre, seulement 600 : chiffres moyens en une année.

Le meilleur renseignement à cet égard est peut-être le prix de tâche donné par l'entrepreneur : le prix était de 1 s. 8 d. par 1 000 yards.

22. A Londres, dit-on, les balayeurs font plus de besogne?

Cela est possible, parce que les entrepreneurs, pour travailler à moindres frais, choisissent les circonstances d'atmosphère les plus favorables, et leurs hommes, bien exercés d'ailleurs, sont capables, au moyen de *leurs longs balais*, d'agir sur de larges surfaces.

23. L'arrosage n'est-il pas souvent nécessaire pour obtenir un bon balayage?

Oui; en temps de sécheresse pour abattre la poussière, et en temps humide pour détacher la boue qui est collante. Il est alors impossible d'opérer sans eau, soit par la machine, soit à la main : c'est le cas surtout pour le temps de novembre.

24. Avez-vous assez d'eau sur les routes que vous êtes chargé d'entretenir et qui dépendent de l'administration des forêts?

Les bouches de prise d'eau sont éloignées les unes des autres, et les orifices sont trop petits, ce qui empêche d'arroser autant que je le voudrais. A la demande de sir

James Mac-Adam, on a introduit dans notre contrat une clause qui nous défend d'employer l'eau et de délayer la boue; prohibition étrange, puisque l'eau, dans ce cas, est d'un très-bon effet sur les chaussées. Si la boue est collante, elle s'attache aux roues, est enlevée et projetée par la force centrifuge; s'il y a vitesse, elle attaque la chaussée : la boue augmente aussi beaucoup l'usure des matériaux; elle ne peut s'enlever qu'après une pluie, naturelle ou artificielle.

Si la chaussée est arrosée, puis balayée, la surface se trouve débarrassée du dépôt qui l'entretenait humide et diminuait sa résistance; les dégradations s'arrêtent aussitôt.

25. Les machines ne produisent-elles pas des nuages de poussière, lorsqu'elles fonctionnent par un temps sec?

Oui, à moins que l'arrosage n'ait précédé l'opération : arroser une rue sans la balayer, c'est convertir la poussière en boue; la poussière et la boue ne sont pas seulement un inconvénient, mais encore elles augmentent le tirage des voitures, l'usure des matériaux en produisant une boue et une poussière nouvelles.

26. Le nettoyage est donc favorable à l'économie des matériaux d'entretien?

Certainement, et à un très-haut degré : comme je l'ai montré dans la première enquête, l'économie résulte surtout de la rapidité avec laquelle se sèche une chaussée bien nettoyée.

Quand nous n'avions pas Manchester entier, il arrivait parfois que partie d'une rue était balayée par la machine, et partie à la main; on remarquait souvent que la dernière était encore humide plusieurs heures après que l'autre était parfaitement sèche; cela tenait à ce qu'il n'y avait plus de boue pour retenir l'eau qui coulait alors aux égouts, tandis que l'humidité s'évaporait à l'air.

27. Ainsi l'air des rues est d'autant plus sec que la propreté est plus grande?

Sans doute, et par suite l'air intérieur des habitations
est également moins humide : dans un climat comme celui
de l'Angleterre cette considération est importante.

28. Quelle est à peu près la dépense nécessaire pour entretenir dans une ville un degré convenable de propreté?

Manchester et Salford sont aujourd'hui mieux tenus
que la métropole; les frais annuels n'atteignent pas 8 000
livres ; c'est moins d'un demi-farthing par habitant et par
semaine : si l'on portait le taux à un farthing, je crois
que même à Londres on arriverait, à l'aide de l'eau et
des machines, à entretenir une propreté parfaite dans les
rues et sur les trottoirs; ce qu'on accepte de pertes, de dégradations et d'inconvénients, pour épargner un si faible
sacrifice, n'est donc que le résultat d'une économie mal
entendue.

29. Si l'on avait dans les rues des bouches livrant à intervalles rapprochés de l'eau à haute pression, ne pourrait-
on pas faire économiquement et efficacement un service de
nettoyage à la lance?

Quand les machines ont emporté le gros de la boue, le
jet à la lance laverait et produirait l'effet d'une averse ;
on pourrait aussi les appliquer au nettoyage des trottoirs.

30. Pensez-vous que le service à la lance avec ample
provision d'eau puisse remplacer la machine?

Le procédé est utile comme auxiliaire, mais impuissant
s'il agit seul ; car il faudrait d'abord une force suffisante
pour détacher la boue des pierres, puis pour la pousser à
plusieurs yards de distance, d'abord vers les ruisseaux
d'accotement, et enfin vers les bouches d'égout; ce qui
nécessiterait une masse énorme d'eau : de pareilles opérations auraient de grands inconvénients pendant les heures
de circulation.

31. Approuvez-vous le mode actuel qui laisse le balayage des trottoirs à la charge des riverains?

Cela est assez mauvais; le balayage n'est guère fait que

par les propriétaires des magasins, qui, assez fréquemment, poussent les ordures de leurs boutiques et de leurs trottoirs sur la chaussée, quand le balayage public est terminé. Si les trottoirs et la chaussée ressortissaient du même service, les choses pourraient être réglées de manière que les ordures du trottoir fussent enlevées par les machines; le travail serait mieux fait, plus régulièrement exécuté et reviendrait à un prix qui ne représenterait qu'une fraction de la dépense actuelle.

32. Si les machines présentent tant d'avantages, pourquoi ne sont-elles pas adoptées partout?

Si les machines diminuaient toujours les dépenses, et si les entrepreneurs pouvaient les employer avantageusement, quel que fût le degré de la malpropreté existante, sans doute l'emploi deviendrait général; mais dans beaucoup de localités, on dépense fort peu pour le balayage, presque tous les frais passent en transports; l'économie du procédé par machines porte sur les mains-d'œuvre combinées de balayage et d'enlèvement, mains-d'œuvre aujourd'hui si inégalement réparties que le procédé ne réalise qu'une économie insignifiante. Dans certains cas, la résistance est venue de petites influences du service existant; dans d'autres, de la répugnance à supprimer encore une branche de travail manuel, et du désir de garder une misérable occupation pour les pauvres.

33. Dans quelles localités les machines fonctionnent-elles de la manière la plus satisfaisante?

A Manchester, Ardwick, Hulme, Chorlton-Upon-Medlock, Salford, Birmingham, Leads et Newcastle-Upon-Tyne.

34. Avez-vous éprouvé des résistances plus grandes, quand il y avait diversité d'autorités dans une même localité?

Constamment plus grandes; nous avions des hommes opposés à nous concilier; des préjugés différents à com-

battre, des intérêts occultes à surmonter. Ensuite nous
ne pouvions entreprendre au même prix un petit district
ou un grand. Dans la métropole, l'existence d'une série
d'autorités indépendantes semble présenter des difficultés
insurmontables ; ainsi de Fleet-street à White-Hall, il y
a cinq ou six commissions qui s'efforcent chacune de réduire les dépenses à leur plus simple expression : pour
elles, la propreté est une question secondaire : une paroisse qui s'imposerait des charges pour faire mieux n'y
gagnerait pas grand'chose, à moins que les paroisses voisines ne fissent de même, car la poussière et la boue y
seraient rapportées des alentours ; en fait, on aurait balayé pour les voisins. Si la métropole ressortissait d'une
seule autorité, les décharges pourraient servir aux districts
avoisinants ; tandis qu'avec le système actuel les entrepreneurs sont continuellement obligés de traverser les districts
qu'ils ne servent pas.

35. Ainsi votre compagnie prendrait un grand district
à des conditions meilleures que celles faites à un district
plus petit?

Sans doute ; une fois la limite de propreté atteinte, les
machines iraient continuellement d'une décharge à l'autre,
en balayant les rues sur leur passage et en évitant ainsi
le temps perdu du transport ; ce qui est aujourd'hui la
grande cause de dépense.

36. Quels sont les autres obstacles que vous avez ren-
contrés?

Une difficulté assez générale est venue de la répugnance
à livrer aux machines un travail fait à bras jusqu'à ce
jour ; on se figurait que l'introduction de la machine ferait
du tort aux travailleurs.

37. C'est ce qui vous semble une erreur?

Certainement, une ville qui voudrait un nettoyage à
fond, dépenserait 3,000 livres pour un travail que la compagnie peut garantir à 1 000 livres.

Dépenser sans nécessité une taxe additionnelle de 2 000 livres donnerait certainement de l'emploi à un plus grand nombre de balayeurs, mais priverait les contribuables d'une valeur de 2,000 livres, c'est-à-dire leur enlèverait les moyens de payer du travail pour pareille somme. Cela reviendrait à dépenser 2,000 livres pour un objet complétement inutile.

38. Avez-vous encore rencontré d'autres obstacles?

Un des principaux venait de la difficulté de trouver des dépôts pour les boues. C'est ce qui est surtout arrivé à Londres et à Liverpool. L'embarras serait notablement diminué par la construction de citernes dans lesquelles on verserait la boue liquide recueillie par les machines, et d'où l'on tirerait de grand matin les matières solides, que l'on emporterait au tombereau.

39. Cela ne serait guère possible que si le balayage, les égouts et l'entretien de la chaussée étaient réunis dans la même main?

Oui, ce procédé présenterait de grandes difficultés sans la centralisation des administrations locales.

40. Vous avez probablement souffert, en d'autres circonstances, du défaut de centralisation des administrations locales?

Constamment. A Manchester, le pavage est sous le contrôle des inspecteurs des grandes routes; le balayage ressort de la corporation. Les inspecteurs persistent à faire des rigoles latérales, disposition condamnée par les meilleurs constructeurs, parce que les rigoles ne servent qu'à retenir l'eau et la boue, qu'elles sont difficiles à nettoyer et qu'elles réduisent inutilement la largeur des routes. — Le mal le plus grave résultant du défaut de centralisation des services se révèle à propos de ces tranchées continuelles faites pour la pose des conduites d'eau ou de gaz, ou pour les travaux des égouts; les remaniements seraient ou moins fréquents ou mieux réglés, si tous les services obéissaient à un chef unique. — D'autres inconvénients

proviennent aussi de la même cause ; ainsi la véritable
économie veut qu'une chaussée soit entretenue parfaitement unie, sans poussière et sans boue ; mais si la chaussée
est sous une direction et le balayage sous une autre, il arrivera souvent que l'on ne verra pas l'importance de la
propreté au point de vue de la conservation de la chaussée,
ou qu'au point de vue du balayage, l'utilité des réparations
immédiates restera inaperçue ; chacun tirant à soi, tous
deux ont à souffrir. Et, en définitive, le public est con-
traint de payer un mauvais service avec la division, beaucoup plus cher qu'un bon service avec l'unité.

41. Connaissez-vous des exemples d'une meilleure
organisation ?

A Birmingham, tous les services sont réunis sous l'habile direction de M. Pigott Smith : égouts, chaussées,
réparations, balayage, arrosage, tout dépend de lui. Là,
on a bientôt découvert que l'économie dans l'entretien,
comme la bonté d'une route, exigent qu'elle soit toujours
tenue en parfait état ; qu'il en coûte moins de prévenir la
dégradation que de la réparer, et qu'il faut remplir une
flache plutôt que de laisser se former un large trou, qui
devient une mare d'eau et de boue où le nettoyage est impossible : état de choses qui entraîne la destruction rapide
de la fondation.

42. Mais ne faut-il pas aussi attribuer le bien produit à
l'habileté du directeur ?

Dans une grande proportion, sans doute ; mais c'est là
une conséquence de la concentration des pouvoirs. Trois
hommes supérieurs coûtent cher et sont souvent difficiles
à trouver ; mais en supposant même qu'on les réunisse,
ils ne conduiraient point trois affaires qui se touchent de
si près, pavé, égouts et balayage, comme le ferait un
chef unique de même capacité ; à plus forte raison, trois
hommes médiocres réussiraient-ils moins bien qu'un seul
homme capable, et coûteraient cependant plus cher.

8

43. Pensez-vous que les chaussées macadamisées con-
viennent dans les villes ?

Elles coûtent davantage et exigent un soin plus constant
que le pavé, mais elles sont moins bruyantes, causent
moins de secousses, et sont plus agréables pour la circulation. *Si j'avais à construire et à entretenir une route
pour mon propre usage, pour le passage de mes chevaux,
je la ferais en macadam, à moins qu'il ne s'agît de lourds
transports marchant à petite vitesse.*

44. Accepteriez-vous l'inconvénient de la poussière et
de la boue, dont on se plaint tant aujourd'hui ?

Non ; je tiendrais les chaussées propres : c'est le seul remède. Les rues macadamisées à Manchester sont exemptes
de tout désagrément : elles sont bien balayées et bien arrosées.

45. C'est alors un service fort dispendieux ?

Oui ; mais l'on pourrait dire que la dépense est considérablement réduite par l'économie des mains-d'œuvre et
des matériaux de réparations ; non-seulement il y a moins
de dégradations à la surface et aux fondations, mais encore
la chaussée se sèche plus tôt, les matériaux, une fois fixés,
gardent leur assiette, et leur frottement mutuel est considérablement diminué.

46. Le nettoyage le plus efficace ne s'opère-t-il pas en
temps de pluie ?

C'est vrai ; et nous profiterions de la pluie mieux que
nous ne le faisons, si ce n'était la quantité d'eau que les
machines enlèvent alors et dont le transport devient dispendieux. — On pourrait éviter ces frais par la construction de petits réservoirs du genre de ceux dont j'ai déjà
parlé.

47 De quelle dimension feriez-vous ces réservoirs ?

Je pense qu'ils devraient être plus petits et plus nombreux que je ne l'avais proposé. Je les établirais sur le côté
de la rue, près d'une bouche d'égout ; ils devraient avoir

trois pieds de largeur et autant de profondeur, sur une longueur de trois à quatre yards.

48. Comment les emploieriez-vous?

Les machines devraient fonctionner lorsque les rues seraient assez mouillées pour que l'on puisse arriver à la plus complète propreté. La grande quantité d'eau emportée par la machine n'épuiserait pas beaucoup les forces du cheval, puisque la bache verserait, en passant, son contenu dans les réservoirs. Elle aurait, en outre, plusieurs charges liquides à déverser avant de s'emplir de substances solides. Je mentionnerai que, dans une des premières expériences, la machine eut à fonctionner sur une voie sale dont la boue était très-liquide. Nous remarquâmes le temps, pesâmes la boue, et nous trouvâmes qu'elle avait été enlevée à raison d'une demi-tonne par minute. La machine se remplissait donc presque immédiatement, et il fallait aller la vider dans une cour; — si des réservoirs, pareils à ceux que j'ai décrits eussent existé, cette perte de temps aurait été évitée en grande partie.

4° QUESTIONS SUR LE PAVAGE ADRESSÉES PAR LA COMMISSION SANITAIRE DE LA MÉTROPOLE A WILLIAM HAYWOOD, INSPECTEUR PRÈS LA COMMISSION DES ÉGOUTS DE LA CITÉ DE LONDRES, AVEC LES RÉPONSES.

Décembre 1848.

D. Énumérez les diverses espèces de pavages employés sur les chaussées de la Cité?

R. Il existe aujourd'hui dans la Cité de Londres plusieurs sortes de pavés qui diffèrent quant à la dimension des pierres et quant à la nature des matériaux; le mode le plus ancien, presque entièrement abandonné maintenant, est le pavé de cailloux; le granit de *quatre*, *cinq* et *six* pouces de largeur est employé dans la plus grande partie de nos chaussées pavées.

Les grandes voies de l'est à l'ouest sont actuellement, pour la plupart, pavées en blocs de granit d'Aberdeen de *trois* pouces de largeur ; ce pavé fut d'abord adopté pour le pont de Blackfriars, et son introduction ne date que de quelques années. Il y a aussi dans la Cité *trois* espèces de pavages en bois, ainsi qu'une petite portion isolée de route macadamisée.

D. Donnez, s'il est possible une idée de la longueur de chaque espèce de pavage?

R. Voici quelques chiffres qui indiquent approximativement l'étendue des diverses espèces de pavés des rues de la Cité. Je ne garantis point leur parfaite exactitude. Il eût été nécessaire auparavant de procéder avec soin à un métrage des pavages exécutés dans ces différents systèmes dont les proportions sont, du reste, continuellement modifiées par l'exécution de nouveaux travaux ; elles ont même subi quelques changements, peu importants il est vrai, depuis la rédaction de la note ci-jointe.

Longueurs approximatives des différentes sortes de pavages posés aujourd'hui, dans les rues, cours et allées situées dans l'enceinte de la Cité de Londres.

Novembre 1848.

Chaussée en cailloux, environ.	1 mille.
Chaussée en blocs de granit de 6, de 5 et de 4 pouces de largeur (la plus grande partie est en blocs de 6 pouces). . .	28 1/2
Chaussée en blocs de 3 pouces.	3
Divers modes de pavage en bois.	» 3/4
Route macadamisée dans le cirque de Finsbury.	» 1/4
Cours, allées, etc., pavées en dalles.	16 1/2
Total.	50 milles.

D. Adopte-t-on une classification quelconque des rues quant au degré de fréquentation et d'usure auquel elles sont soumises?

R. Il n'y a point eu de stricte classification des rues, et il serait difficile d'en établir une convenable, nos rues augmentant graduellement en fréquentation et en fatigue ; de voies parcourues, chaque jour, par quelques piétons et quelques véhicules, où par conséquent le pavé semble devoir durer un nombre considérable d'années, elles deviennent de grands courants traversés par une circulation, je puis dire sans égale, qui occasionne annuellement une diminution très-appréciable dans l'épaisseur des pavés; cependant j'ai essayé de classer ci-dessous les rues en certaines catégories qui, tout arbitraires qu'elles sont, montrent d'une manière générale les rapports existant entre la longueur des rues de la Cité classées suivant leur importance.

Longueurs approximatives des rues, cours, etc., de la Cité de Londres (divisées en classes).

Voies ou rues principales, environ.	7 milles.
Rues secondaires.	22
Cours, places, allées, etc.	21
Total.	50 milles.

D. Quel est le pavé le plus convenable pour les rues très-fréquentées au double point de vue du prix de revient et de la convenance envers le public?

R. La commission de la Cité a, je pense, fait l'essai de presque tous les genres de pavés, depuis le pavé en cailloux ordinaires employé à Londres dans l'origine, jusqu'aux pavés de *huit* pouces, de *six* pouces et de presque toutes les largeurs possibles; on a été jusqu'à faire usage de pavés de *huit* pouces de largeur sur une longueur de *dix* à *vingt* pouces, et l'on a construit récemment des voies publiques dont les pavés n'ont que *trois* pouces sur *cinq* ou *trois* pouces sur *quatre* (mesures de superficie). On a fait usage de granit de Guernsey, de Herm, du Devonshire, dn Leicestershire, de Cornouaille et d'Écosse. On a essayé également les routes macadamisées et le pavé de bois, dans le but de trancher cette importante question du pavage le meilleur et le moins coûteux.

Il n'est point facile de faire un choix entre les divers modes, en prenant en considération ce que l'on pourrait appeler leurs qualités opposées ; car le pavage composé des pierres les plus grandes est d'un premier établissement moins dispendieux et dure plus longtemps (je ne fais point ici allusion à la différence du granit), mais, d'un autre côté, c'est celui qui offre le moins de sécurité à la circulation des voitures et des cavaliers. Au contraire le pavé de petites dimensions superficielles, qui est le plus onéreux à établir et le moins durable, est en même temps le moins dangereux pour les chevaux ; les pavés de *trois* pouces de largeur qui recouvrent aujourd'hui plusieurs des principales rues de la Cité sont d'une introduction récente et ont besoin d'être expérimentés quelques années de plus, afin que l'on soit en mesure de déterminer leur durée et leur prix d'entretien comparativement à ceux des pavés plus larges qu'on a évalués avec assez de soin ; il est probable que ces petits pavés nécessiteront une plus grande dépense d'entretien, mais ils forment un pavage bien préférable pour les chevaux et même pour les piétons.

En examinant donc la question sous ses différentes faces, je dirai que les pavés étroits de 3 pouces avec certaines restrictions, quant à la longueur, forment le pavage le plus sûr et offrent la meilleure surface pour les principales voies publiques des grandes villes malgré leur coût plus élevé ; car ce léger surcroît de dépense sera plus que compensé par la facilité de traction des chevaux, et aussi par l'économie que ces pavés étroits permettront de réaliser sur l'entretien des voitures.

Je ferai en même temps la remarque que puisque, suivant toute probabilité, l'entretien des rues pavées avec ces petits blocs occasionnera un excès de dépense, il était naturel d'essayer de poser des pavés de dimensions aussi grandes que pourra le permettre la sécurité de la circulation des voitures. La commission du pavage de la Cité fait donc construire en ce moment, dans quelques-unes des principales rues, des chaussées en blocs de *quatre* pouces de largeur (cette dimension n'ayant point encore été essayée sur une grande échelle), afin de lui permettre de juger s'il suffira de recourir à un pavage formé avec des pierres de cette dernière grandeur.

Le granit dont on a fait le plus généralement usage est celui d'Aberdeen regardé jusqu'à présent comme le plus avantageux. Il est à la fois moins dispendieux, moins glissant et plus durable.

La même commission de la Cité a très-récemment adopté la proposition que j'ai eu l'honneur de lui soumettre, consistant à poser dans la même rue un pavage composé de blocs de diverses dimensions et de différentes provenances, dans le but d'arriver à une solution plus précise sur la valeur relative de chaque espèce de pavage.

D. Quel est le pavage qui facilite le plus le tirage des chevaux?

R. Il y a deux conditions qui facilitent la traction des véhicules: la première, est un bon point d'appui pour le cheval; la seconde, une surface unie pour le mouvement des roues; une ligne de dalles de chaque côté pour les roues, et des pavés entre ces dalles pour les pieds des chevaux (pavés et dalles reposant sur un lit très-résistant), donneront cette condition au pavage. C'est là un système très-employé dans la Cité, pour les rues à une seule ligne de circulation. Les pavés offrant au cheval la faculté de poser son pied avec assurance, lui permettent de consacrer l'entier développement de ses forces à la traction, sans en rien perdre par les glissements, comme cela arrive lorsque le point d'appui est mauvais: les pierres plates faisant disparaître autant que possible, à raison du poli de leurs surfaces, les frottements, les chocs, les soulèvements des roues, diminuent notablement le tirage ; d'où résulte que ce mode de pavage est, en principe, le plus favorable aux chevaux ; et là où la largeur des rues ne permet point l'emploi de ce système de dalles, le pavé de 3 pouces de largeur paraît être le plus avantageux pour la traction. Il conserve en effet une surface plus unie que celle des pavés plus larges qui s'arrondissent en s'usant.

Dans cette réponse comme dans les précédentes, je n'établis, comme on le voit, aucune comparaison avec les routes macadamisées ou le pavage en bois ; je me suis entièrement borné au pavage en pierres.

D. Quel pavé se tient propre le plus aisément ?

R. En théorie, c'est celui qui présente le moins de joints ; cependant en pratique, l'on n'éprouve pas plus de difficulté à tenir propre, un pavé en pierres de 3 pouces qu'un autre en pierres de 6 pouces, bien qu'il y ait, dans l'un, deux fois plus de joints que dans l'autre. Le système avec dalles, décrit plus haut, se conserve plus facilement propre que le pavé entièrement composé de pierres ordinaires ; cela vient de ce qu'il participe du caractère d'un trottoir dallé.

La facilité qu'il y a à tenir le pavé propre dépend beaucoup de son état d'entretien ; un pavé en bon état de réparation, avec une surface unie, peut être balayé à peu de frais, tandis qu'un pavage en mauvais état ne s'entretient que difficilement dans une condition de propreté désirable. Que l'on jette des ordures, de l'eau, etc., sur un bon pavé, elles descendront promptement dans les ruisseaux qui les conduiront aux égouts ; mais sur un pavé en mauvais état, les trous et autres irrégularités dans la surface les retiendront jusqu'à ce qu'elles soient enlevées par un travail manuel. En résumé, si un pavé est en très-mauvais état, il est impossible de le tenir propre, avec les soins ou l'attention ordinaires.

Dans la Cité de Londres, toutes les cours publiques qui

n'admettent point l'entrée des voitures, sont pavées en dalles, avec une inclinaison superficielle aussi grande que possible ; cette sorte de pavés s'entretient plus aisément propre que ceux qui sont à l'usage des voitures.

D. Quel est le pavé le plus convenable pour les rues d'une circulation comparativement faible ?

R. Dans la Cité, la plupart des rues secondaires sont pavées avec des pierres ayant déjà servi dans les rues principales et taillées de nouveau ; le pavé des rues secondaires est donc en général le même que celui des voies principales, et l'on peut dire qu'il n'y a point de différence réelle entre eux.

D. Quel est le pavage habituellement employé pour les squares ?

R. Le même que dans les rues : il n'y a que deux ou trois squares dans la Cité, et la circulation y est fort restreinte ; deux d'entr'eux sont pavés comme les rues secondaires, avec des pierres apportées des voies les plus fréquentées et retaillées à cet effet.

D. Quel est le pavé préféré par les habitants des squares ?

R. Je ne puis satisfaire à cette question, mais n'ayant jamais entendu proférer de plaintes, je dois présumer avec raison que l'on est parfaitement satisfait de l'état de choses actuel.

D. Pouvez-vous donner le prix de revient et le montant des réparations annuelles des différentes sortes de pavé en faisant ressortir les degrés divers de détérioration et d'usure suivant l'importance de la circulation ?

R. La dépense première du pavé varie considérablement soit en raison des dimensions des pierres, soit à cause de la qualité du granit, soit enfin par suite des changements fréquents que le prix subit sur le marché. Le prix moyen par yard de superficie est de 11 à 17 shill. pour les pavés de 9 pouces de hauteur.

Le tableau suivant est extrait d'un rapport fait par mon prédécesseur, M. Kelsey, en 1840. Il fait voir quels étaient jusqu'à cette époque les frais de réparation du pavé en granit de 6 pouces de largeur.

NOMS DES RUES.	PRIX MOYEN par yard annuellement.
Aldgate-high-street.	Un peu plus d'un farthing.
Aldgate-street et Aldgate.	Un peu plus de trois farthings.
Aldersgate-street.	Un peu plus d'un farthing.
Arthur-street-west.	Trois farthings.
Bishopsgate-street en dehors.	Un peu plus de trois farthings.
Bishopsgate-street en dedans.	Un peu plus d'un demi-penny.
Budge-row et Watling-street.	*Idem.*
Cannon-street.	Un penny et un huitième.
Cheapside and the Poultry.	Pas tout à fait un penny.
Coleman-street.	Un penny et demi.
Cornhill.	Moins de trois farthings.
Dowgate-hill.	Un peu plus d'un demi-penny.
Farringdon-street.	Près d'un demi-penny.
Fenchurch-street.	Moins d'un farthing.
Fleet-street.	Un peu plus de trois farthings.
Fish-street-hill.	Un peu moins d'un penny, 3 farthings.
Gracechurch-street.	Moins d'un farthing.
Holborn-bridge et Skinner-street. . . .	Moins d'un penny.
Holborn-hill.	Moins d'un demi-penny.
Holborn.	Un penny trois farthings.
King-street, Snow-hill.	Un peu plus d'un penny.
King-street, Cheapside.	Un peu plus d'un demi-penny.
Leadenhall-street.	Moins d'un demi-penny.
Long-Lane.	Près de deux pence.
Lombard-street.	Moins d'un farthing.
Ludgate-hill et street.	Près de cinq farthings.
Newgate-street.	Moins d'un demi-penny.
New-Bridge-street (en partie).	Trois pence.
Old-Bailey (en partie).	Moins de trois farthings.
Pavement.	Deux pence et demi.
Queen-street.	Moins d'un demi-farthing.
Shoe-Lane (en partie) et Stonecutter str.	Moins de trois farthings.
Saint-Paul's Churchyard.	Moins de trois farthings.
Treadneedle-street.	Un peu plus de trois farthings.
Walbrook.	Moins d'un penny.
Wood-street.	Deux pence trois farthings.
	Un peu plus d'un penny.

Le prix moyen de l'entretien de ces trente-six rues peut être estimé à environ un penny par yard par an, pour le temps où cette estimation a été faite.

Les pavés de ces chaussées avaient 9 pouces de hauteur, 6 pouces de largeur et de 9 à 15 pouces de longueur ; ce prix par conséquent n'égale point le montant probable des frais de réparation annuelle des pavés de 3 pouces de largeur, posés maintenant dans la Cité de Londres.

Pendant les dix dernières années, ou depuis que ces prix d'entretien ont été établis, la circulation des voitures dans la Cité a augmenté dans une immense proportion; l'on suppose même qu'elle a presque doublé; et cette circonstance augmentera notablement dans l'avenir le prix de l'entretien du pavé?

D. Est-on arrivé à rendre les surfaces pavées plus unies et plus roulantes qu'elles ne l'étaient autrefois.

R. Les blocs de 3 poucés, introduits dans ces dernières années, donnent la surface la plus unie, avantage que ce pavage conserve d'ailleurs plus longtemps que les autres modes employés jusqu'alors. Le pavé de la Cité a été, dans mon opinion, maintenu depuis nombre d'années, jusqu'à ce jour, dans l'état le plus satisfaisant, quant au nivellement de sa surface et à son entretien en général; il est soumis à une inspection journalière, et tout abaissement ou dégât quelconque est réparé aussitôt que possible.

D. Que pensez-vous du pavage en bois?

R. Je le considère comme étant fort agréable aux piétons et aux habitants des rues ainsi pavées. Le bruit qui s'élève des chaussées en granit disparaît, en effet, presque entièrement sur celles en bois. Je suppose aussi qu'il est également apprécié par les personnes qui circulent en voitures; mais je présume que les cochers ou ceux qui ont charge de conduire les chevaux sont d'une opinion bien différente, attendu que la surface des pavés de bois est fort glissante, dans certaines conditions de l'atmosphère; cependant je pense (en faisant abstraction de ces désavantages) que sa grande dépense comparative empêchera seule, et pour toujours, son adoption pour le revêtement général des rues de Londres, quoiqu'il puisse encore convenir à certaines localités, pour des raisons particulières; la commission du pavage de la Cité a fait l'essai de la plupart des genres de pavage en bois qui ont été placées dans la métropole, mais il n'en est aucun dont les frais d'entretien ne se soient élevés beaucoup plus haut que ceux du granit. Au demeurant, le pavage en bois peut être considéré comme un objet de luxe, et il doit naturellement être payé en conséquence.

Le bois, à mon avis, ne saurait réussir comme pavé d'un usage général pour les rues d'une grande ville.

D. Que pensaient à l'égard de ce système les habitants des rues où il était adopté?

R. Autant que j'ai pu l'apprendre, il avait toute leur approbation et ils en regrettent l'enlèvement; mais il faut dire aussi que ce sont les personnes qui tirent le plus d'avantages d'un pavage en bois, et qui en subissent le moins les inconvénients, leurs habitations se trouvant ainsi presque entièrement délivrées du bruit des voitures.

D. Des plaintes se sont-elles élevées quant à l'odeur ou l'émanation particulière attribuée au pavage en bois?

R. Je me rappelle avoir lu des mémoires relatifs aux dangers que pourraient présenter pour la santé les émanations provenant d'une grande surface de pavage en bois; mais je n'ai jamais entendu parler de plaintes de ce genre faites par les habitants de rues où ce pavage était adopté. Il est vrai cependant que, dans un cas isolé, une plainte à ce sujet est venue des locataires des bureaux appelés Old Jewry Chambers; la cour particulière de ce bâtiment était pavée en bois; cet espace, qui ne comptait qu'une largeur de 23 pieds, était enfermé sur trois côtés par des bâtiments de 50 pieds de hauteur; le soleil n'y pouvait guère pénétrer; l'air d'ailleurs ne circulait pas suffisamment dans ces constructions, et les eaux pluviales étaient presque entièrement retenues et absorbées par le pavage en bois. Les caves environnantes devinrent humides; les locataires se plaignirent de l'odeur du pavage en bois, et l'on fut obligé de l'enlever : c'est là la seule plainte que j'aie entendu porter contre l'odeur qui s'exhalait de ce pavage.

J'ai trouvé moi-même que des odeurs désagréables provenaient des parties d'un pavage en bois où se tenaient des voitures de place ; et durant les chaleurs de l'été après une averse, j'ai vu de la vapeur s'élever d'un pavage en bois, mais cette fois sans répandre de mauvaise odeur. Cependant il m'est aussi arrivé de remarquer que des champignons croissaient à la surface d'un pavage en bois renfermé dans une cour peu fréquentée, ce qui annonçait évidemment une décomposition végétale.

D. Quel est l'état ordinaire du pavage avant que l'on donne l'ordre de le réparer ?

R. Aucune condition précise de pavage n'est nécessaire pour qu'un ordre de réparation intervienne ; le pavage de toute la Cité et plus particulièrement celui des voies de communication principales est soigneusement et fréquemment inspecté, et dès que l'on y aperçoit des affaissements sensibles, la réparation en est immédiatement ordonnée. Ce soin, cette attention conduisent à une économie réelle ; car pour peu que l'on tarde à porter remède aux avaries, aux dégâts produits dans ces rues soumises pendant *seize heures du jour sur vingt-quatre heures* à un courant continuel de circulation, le mal grossit rapidement, et exige une dépense beaucoup plus considérable. En effet, les pierres qui environnent un affaissement sur une chaussée pavée, dans une localité bien fréquentée, souffrent plus par le frottement et la percussion qu'elles ont à subir pendant une semaine de circulation, qu'elles ne souffriraient pendant un mois si elles étaient dans de bonnes conditions ; c'est pourquoi de petites réparations s'opèrent constamment sur nos grandes lignes de communication, sans entraver la circulation, puisqu'elles sont presque invariablement terminées avant huit heures du matin.

Toutefois, malgré ce soin, le pavage tombe naturellement, avec le temps, dans de mauvaises conditions, auxquelles ne sauraient remédier ni les petites réparations
ni les relevés partiels ; c'est alors un repavage général qui
devient nécessaire.

D. Quelle est la méthode ordinairement employée pour
paver les passages (crossings)?

R. On les pave actuellement en blocs de 3 pouces ; et
je puis affirmer ici qu'en tous temps et dans toutes les
conditions de l'athmosphère, les rues pavées avec des
pierres de cette dimension offrent autant de commodité
que de sécurité pour les piétons ; ce mode de pavage
permet de traverser la rue bien plus facilement que lorsque les chaussées sont en pierres plus larges.

D. Tous les principaux passages (crossings) de la Cité
sont-ils bien pavés?

R. Je le crois.

D. Trouvez-vous une grande différence dans l'usure
et la détérioration des trottoirs dans les différentes rues?

R. Une rue d'une grande fréquentation voit naturellement ses trottoirs s'user plus rapidement que ceux d'une
rue d'une faible circulation ; mais les trottoirs des grandes
voies de la Cité sont comparativement très-larges, et
comme la circulation est répandue sur plus d'espace, ils
s'usent uniformément sur toute la surface ; dans les rues,
au contraire, d'une circulation plus restreinte, les trottoirs sont pour la plupart relativement plus étroits, et
comme la circulation est réduite à suivre constamment la
même ligne, il en résulte que les trottoirs des rues moins
fréquentées sont exposés à une détérioration plus grande
que ceux des voies plus importantes.

D. Indiquez les matériaux ordinaires qui entrent dans
la construction des trottoirs, avec leurs prix d'établissement d'entretien?

R. On emploie le plus souvent la pierre d'York,

l'épaisseur qu'on lui donne ordinairement est de 3 pouces, son prix a varié d'environ 6 shillings à 6 shillings 6 deniers par yard.

Le tableau suivant donne le prix de réparation des trottoirs, dans quelques-unes des rues de grande circulation dans la Cité.

NOMS DES RUES.	Nature et épaisseur de la pierre.	Prix de réparation par yard annuellement.	Époque de leur placement.	ÉPOQUE de leur enlèvement.
	P. d'York.	deniers.		
Coleman-street.	3	17/20	1828	Encore en place.
Bread-street.	3	17/20	1832	»
Fenchurch-street.	3	9/10	1829	»
Fleet-street.	4	1 3/40	1829	1846-1847
Lombard-street.	3	1 3/40	1828	1846
Tower-street, Great et Little. .	3	1 7/10	1829	1847
Wood-street.	3	2/5	1831	Encore en place.

Le prix moyen de la réparation de ces trottoirs, pour tout le temps qu'ils ont duré, est d'environ un penny par yard annuellement.

Le prix des réparations, pour les rues d'une circulation moindre, est notablement inférieur. Dans bien des rues et des cours, la dépense de l'entretien annuel se réduit presqu'à zéro.

Une grande partie des dalles des rues, marquées comme ayant eu leurs trottoirs renouvelés, ont reçu un nouveau taillage, et ont été employées soit pour la réparation de trottoirs voisins, soit dans des rues et des cours d'une circulation moins grande, où l'on peut présumer qu'elles dureront de quinze à vingt-cinq ans.

Beaucoup de dégâts et de réparations sont occasionnés sur les trottoirs de la Cité par les balles de marchandises qui y sont constamment jetées et traînées ; ces dépenses ont été comprises dans l'estimation qui précède, ainsi que tous les autres changements ou travaux nécessités par des constructions nouvelles ou des modifications d'alignement.

D. Combien de fois arrose-t-on les rues?

R. Je l'ignore; la commission du pavage n'a point le contrôle de l'arrosement des rues. Il s'exécute au moyen d'une taxe perçue sur les habitants des localités qui en reconnaissent l'utilité.

D. Quelle longueur de rues arrose-t-on?

R. Je ne saurais répondre.

D. Quel est le prix de l'eau, et qu'elle est la quantité d'eau consommée?

R. Je ne puis le dire.

D. Quelle est la dépense totale de cette opération?

R. Je ne sais.

D. Pouvez-vous envoyer à la commission une copie de la lettre de sir James Mac-Adam, dans laquelle il admet que le pavage macadamisé a échoué dans la Cité?

R. Vous trouverez ci-joint un extrait des minutes de la commission des égouts de la Cité sur les routes macadamisées, contenant la seule lettre de sir James Mac-Adam dont j'aie connaissance.

31 octobre 1826.

Il a été lu une pétition de quelques habitants de Lombard-street. Informés que plusieurs de leurs voisins avaient demandé que cette rue fût macadamisée, ils prient la commission de ne pas faire droit à cette demande.

Il a été lu aussi une lettre signée John Martin, lequel demande que l'on macadamise Lombard-street. Le pétitionnaire annonce qu'il a reçu à cet effet une lettre de M. Mac-Adam ainsi conçue :

« Bureau des routes, 28 octobre 1846:

« Monsieur, en réponse à la lettre que vous m'avez fait l'honneur de m'adresser en date du 26 de ce mois, au su-

jet de la formation d'une chaussée en granit concassé dans
Lombard-street, je crois devoir vous informer qu'il est
vrai que j'ai eu occasion de combattre l'introduction de
ce système dans la Cité de Londres, et qu'il est également
vrai que j'ai encore aujourd'hui des motifs pour déplorer
que cette introduction ait eu lieu; mais si j'allais ajouter
*qu'une route de granit concassé, semblable à celle qui a
été construite et entretenue dans Regent's-street, ne pourrait point être faite et maintenue dans la Cité de Londres, votre bon sens se refuserait certainement à ajouter
foi à une pareille assertion.*

» A une époque où les matériaux qui m'étaient nécessaires pouvaient s'obtenir à très-bas prix, j'ai été entraîné
par quelques essais à entreprendre la construction et
l'entretien de quelques endroits isolés, dans les lieux les
plus fréquentés et exposés à la plus grande quantité de
boue, ignorant tout à fait, en passant ce contrat, que je serais tenu d'opérer moi-même l'enlèvement de ces boues,
opération dont la dépense égale presque la somme qui m'est
allouée pour réparations et nettoyage; les membres de la
Commission des égouts étaient tellement convaincus de
cette circonstance, qu'à une certaine époque ils m'ont relevé des frais du balayage de Bishopsgate-street, quoique
depuis ce temps-là ils m'aient soumis de nouveau à cette
obligation. Il ne m'appartient point à moi, simple particulier, de mettre en question les droits des membres de la
Commission des égouts.

» Je remplirai mes engagements, mais j'éprouverai de
grandes pertes, et *j'aurai appris trop tard que le sol, à
l'est de Temple-Bar, n'est point favorable à cette plante
qui fleurit à l'ouest de la ville, autant qu'elle est étouffée
et dépérit à l'est.*

» J'ai l'honneur, etc.,

» JAMES MAC-ADAM.

» M. John Martin Esq. »

9

Conformément à la résolution adoptée dans la dernière séance, la pétition des habitants de Lombard-street, relative au pavage de Lombard-Street, a été prise en considération, et il a été résolu à l'unanimité :

Que le pavage de la dite rue ne serait point converti en route de granit concassé.

TITRE TROISIÈME.

1° MÉMOIRE SUR LA SUPÉRIORITÉ DES CHAUSSÉES MACADAMISÉES DANS LES RUES DES GRANDES VILLES, PAR J. PIGOTT SMITH, surveyor à Birmingham.

(Lu à la section de mécanique de l'association britannique.)

L'établissement des routes macadamisées, dans l'intérieur des villes, rencontre une opposition assez générale et très naturelle ; car, construites et entretenues comme elles le sont aujourd'hui, elles offrent de grands inconvénients aux propriétaires de maisons et à tous les habitants, à raison de la boue et de la poussière qu'elles occasionnent. Elles sont aussi plus coûteuses à entretenir et à réparer, et fatiguent les chevaux et les voitures par un tirage plus difficile. J'ai cherché à prouver dans ce rapport, après de nombreux essais, que le macadam ne doit pas inévitablement faire naître des objections semblables. J'ai voulu aussi indiquer les moyens sûrs et économiques de remédier à ces inconvénients.

Depuis plusieurs années, j'ai étudié cette question avec soin, étant chargé de la surveillance d'une longueur de rues de 107 milles formant une superficie macadamisée de près d'un quart de million de yards quarrés, ainsi que d'une grande étendue de routes à péage. Une expérience aussi longue m'a convaincu qu'un macadam bien établi et bien entretenu, suffisamment lavé et arrosé, doit être préféré, comme chaussée des rues, à tout autre système essayé jusqu'à présent.

En examinant cette question, il faut considérer les intérêts de chacun, de ceux qui usent le plus des routes, *les propriétaires et les loueurs de chevaux et de voitures*, et de ceux aux frais de qui elles se construisent, *les contribuables*.

La route pour laquelle on débourse le moins est à tort regardée comme la moins coûteuse; car si cette prétendue route peu dispendieuse fatigue les chevaux et les voitures par un tirage laborieux, ralentit le commerce par une circulation lente, et incommode les habitants par la boue et la poussière qu'elle produit, il est certain que cette route, moins coûteuse en apparence, le devient en définitive bien davantage.

A première vue, il paraît y avoir une différence sensible entre les intérêts de ceux qui possèdent des chevaux et des voitures ou qui s'en servent, et de ceux imposés pour la construction de la route. Une route mauvaise, en effet, porte surtout dommage à ceux qui la parcourent à cheval ou en voiture, tandis que le contribuable se préoccupe principalement du prix des réparations. Mais, en réfléchissant un peu, on s'aperçoit que cette différence d'intérêts est presque imaginaire; il est dans l'intérêt de tous que la circulation soit facile, sûre et peu coûteuse; toute augmentation dans le prix du transit est un surcroît de dépense même pour celui qui n'a ni cheval ni voiture. Car cette augmentation élève le prix de toutes choses, denrées et moyens de transport.

Il est certain que, pour les possesseurs de chevaux et de voitures, la meilleure route est celle qui peut être parcourue rapidement, facilement et économiquement, ce que l'on n'obtient qu'en ayant une chaussée solide, unie (sans être glissante), exempte de boue, de poussière et de matériaux roulants. Ajoutez à ces qualités l'absence de tout bruit, et cette route sera telle que les habitants d'une grande ville peuvent la désirer.

Il faut maintenant examiner si les avantages d'une

bonne route compensent les frais qu'elle exige. La réponse
ne serait pas douteuse s'il s'agissait seulement des intérêts de ceux qui ont chevaux et voitures, ou qui en emploient.

Quelle que soit la nature de la chaussée, il est essentiel
que la fondation soit faite avec de bons matériaux, qu'elle
soit solide et que le terrain soit mis bien à sec. Si l'on néglige de prendre ces précautions, la surface se désagrége;
elle devient inégale et rude, et se couvre de trous et d'ornières. Quand la fondation est bien établie, on la couvre
d'une couche de pierres cassées, bien compacte, impénétrable à l'eau, et d'un profil en travers convenable. Les
pierres doivent être cassées également; il faut les niveler
au rateau et les relier ensemble avec la poussière pierreuse
ramassée par les machines à balayer, et conservée pour cet
usage. Cette opération doit se faire avec la même régularité que s'il s'agissait de pavage, et il faut avoir soin
d'arroser jusqu'à ce que les matériaux neufs soient raffer-
mis; ce qui a lieu promptement. Cette méthode préserve
les angles aigus des pierres, permet de réaliser une grande
économie sur les matériaux, et la chaussée est plus solide
qu'en suivant le procédé ancien, dans lequel les pierres
ne se lient qu'avec la poussière résultant de leur usure; de
telle sorte que près d'un tiers des matériaux se dépense
mal à propos. Par le système nouveau, les matériaux de
toute nature s'utilisent.

Plusieurs constructeurs de routes prétendent que, par
le procédé nouvellement imaginé, les routes se détériorent
plus vite, et que lorsque la chaussée a fait prise, on est
obligé d'enlever ce qui a servi à la consolider. Cela peut
être vrai, lorsque le travail est mal fait, et si de la terre a
été employée pour consolider les pierres; car elle devient
boue immédiatement, et empêche la route de prendre de
la consistance. Mais la grosse poussière pierreuse, obtenue
par les machines à balayer de *Withworth*, substance pa-

reille à celle produite par l'usure des angles des pierres,
si elle est employée judicieusement sur une chaussée
neuve, sert à la consolider rapidement. Le succès de ce
procédé peut être constaté à Birmingham, dans la rue qui
conduit à la station du chemin de fer; rue tellement fa-
tiguée que j'ai été forcé, pendant l'été, de la couvrir
d'une couche de matériaux neufs. Elle a été posée le
28 août; le 29, on a étendu la poussière destinée à lier
cette masse de pierres, et le 1er septembre, la surface,
nettoyée et arrosée, présentait déjà la solidité et l'uniformité nécessaires. On avait obtenu en trois jours ce qui, par
l'ancien procédé, n'était accompli qu'au bout de trois mois.

L'ancien système produit non-seulement une grande
perte de matériaux, mais une véritable perte de temps, par
le retard qu'apporte à la circulation la résistance provenant des pierres roulantes. Une telle route est dangereuse
et fatigante pour les chevaux et les voitures, et le bruit
des pierres en se broyant fatigue singulièrement les habitants. D'après les améliorations introduites, les réparations du macadam ne présentent pas plus d'inconvénients
que celle d'un pavage; les réparations et l'application
d'une couche de matériaux neufs n'entravent pas la circulation. Il faut éviter avec soin toute inégalité à la surface.
S'il se fait un creux, comblez-le sans délai, autrement il
s'étendrait. Toute pierre détachée doit être enlevée immédiatement; car, si en passant sur elle les voitures ne
l'écrasent pas, elle brisera la surface de la route. L'eau
qui séjourne sur une route cause de grands dégâts. Si ces
précautions sont négligées, les routes macadamisées deviennent plus dispendieuses; mais elles ne sont coûteuses
que parce qu'on les néglige. C'est le cas d'appliquer le
vieux proverbe anglais : *A stitch in time saves nine.*

Les fortes pluies nettoient avantageusement une route
bien faite; les arrosements artificiels sont également fort
utiles si la route est proprement entretenue; autrement,

il faut avoir le soin de la faire balayer aussitôt qu'elle est arrosée. Une route sèche perd de sa cohésion, et la surface se réduit en poussière ; il y a donc économie à arroser judicieusement pendant les chaleurs d'été. On s'oppose par ce moyen à l'usure de la route, et l'on évite aux habitants l'ennui que cause la poussière. L'usage, assez général à Londres et ailleurs, d'arroser abondamment une route sale sans la balayer est très-préjudiciable à la chaussée ; on convertit ainsi une incommodité en une autre, *la poussière en boue.*

La malpropreté d'une route est inévitablement une cause de perte pour celui qui s'en sert, et pour celui aux frais duquel elle se répare.

Le tirage est double sur une route boueuse, c'est-à-dire qu'un cheval doit employer deux fois plus de force pour marcher avec la même vitesse. Les frais qu'occasionne cet accroissement de tirage sont si grands, que l'on préfère diminuer la vitesse.

La résistance produite par la boue ralentit souvent la vitesse d'un quart ou d'un cinquième. L'effet de la boue est donc d'augmenter les frais de *vingt à vingt-cinq* pour cent.

Une telle perte excède certainement les dépenses qui seraient nécessaires pour obtenir la plus grande propreté. L'entretien ne devient ruineux que par le système du raclage, l'ennemi le plus puissant d'une route macadamisée. En usant de ce procédé, on désagrége les pierres et on n'enlève qu'à moitié cette boue si tenace.

Le balayage seul peut être utilement employé dans les rues et sur les routes à péage ; le balayage avec *les larges balais de la machine de M. Withworth doit être préféré à tout autre système de balayage essayé jusqu'à présent.* Il est évident que les larges balais de cette machine, agissant longitudinalement avec une pression qui se modifie suivant les circonstances, ménagent la chaussée et consolident la surface. Ils appuient plus fortement sur les points élevés que sur les creux; ils remplissent ainsi les seconds en faisant disparaître les premiers.

Si la boue est dure et tenace, elle s'attache fortement aux pierres; il faut donc arroser, afin que la machine puisse tout enlever, sans ébranler la croûte de la route, laissant ainsi la chaussée parfaitement ferme et compacte.

De très-hautes autorités combattent l'emploi de l'eau, prétendant qu'elle enlève la poussière utile. L'expérience prouve qu'il y a erreur dans cette assertion. J'ai constaté qu'en employant la machine de Withworth avec un arrosement suffisant, on diminuait d'un tiers le montant des matériaux nécessaires pour les réparations des routes de Birmingham, c'est-à-dire de 20 000 à 13 000 yards cubes. Le premier chiffre est la moyenne pendant sept ans, avant l'introduction des machines, et le second, celle pendant les trois années qui ont suivi leur introduction. Je donnai connaissance de ces détails à un de mes amis, qui voulut vérifier l'exactitude de ce fait. Voici le résultat de l'expérience qu'il fit pour s'assurer si, en balayant avec la machine et en arrosant, on n'enlevait pas une portion de poussière utile. Le 22 mars, le *Quadrant-regent-street* était couvert d'une épaisse couche de boue; cette boue, fort incommode aux habitants, gâta promptement la route; il y avait impossibilité de la faire disparaître au racloir, sans enlever en même temps une certaine quantité des matériaux neufs. Il fut arrêté que l'on nettoyerait moitié de la rue sans arrosement, et l'autre moitié après l'avoir arrosée. Les deux produits furent lavés, afin de séparer la matière pierreuse qui s'y trouvait mélangée. Le tiers de la boue, enlevée à sec, était une poussière pierreuse qui aurait encore pu être utile sur la route; dans le second cas, un douzième seulement de la matière enlevée était pierreuse, et encore elle était tellement pulvérisée, qu'elle ne pouvait plus être utile; son effet était produit.

Ces deux portions de route nettoyées offraient un aspect bien différent; celle balayée à sec était encore couverte de matières qui s'attachaient aux roues, en même temps que les pierres de la chaussée, auxquelles ces matières adhéraient : toute la surface était de plus, rude et inégale. La portion arrosée était parfaitement unie et ferme. Le 24, on nettoya ces deux portions, et sur celle qui avait été arrosée, on n'enleva pas le quart de la boue que l'on rencontra sur l'autre. Le 26 il plut, et la route, balayée à sec, donna trois fois plus de boue que l'autre. Il était donc évident que le balayage avec la machine et l'arrosement produisaient un bon effet.

Une des grandes objections qu'on fait à l'emploi du macadam dans les rues est la boue et la poussière qu'il produit; beaucoup de personnes, pour éviter cet inconvénient, préfèrent encore supporter le bruit étourdissant du pavé; mais, je le répète, on éviterait cette boue et cette poussière si l'on se servait de la machine de M. Withworth et si l'on arrosait; et les dépenses que ce système exige seraient compensées par une diminution dans les frais de réparation.

L'état suivant représente les dépenses d'arrosement et de balayage à Birmingham pendant une année terminée en juin 1849. Il est extrait des comptes des commissaires chargés de surveiller l'entretien des rues de Birmingham.

	liv.	farth.
Arrosement de la ville (y compris 1 207 livres 13 shillings pour l'eau seulement)	2 677	5
Balayage	2 322	15
Total.	5 000	»

Cette somme produit à peu près 1 penny par semaine pour chaque maison, ou 1/2 farthing par habitant. Il faut remarquer que l'arrosement est plus cher à Birmingham que le balayage, à cause du prix très-élevé de l'eau : chaque mille gallons coûte 3 sh., somme double de celle qu'on donnerait dans une autre ville.

L'on objecte encore que le tirage est plus difficile sur le macadam que sur le pavé; ce qui peut être vrai si, dans les deux cas, on emploie la même nature de voiture, et surtout si les voitures marchent lentement. Mais il faut considérer que la différence du tirage n'est qu'un seul des éléments au moyen desquels on doit calculer le travail d'un cheval. Un point important encore est le plus ou moins de solidité que la chaussée présente pour le pied du cheval, et certainement il ne profite pas complétement de la diminution du tirage sur les voies pavées, son pied y étant moins assuré que sur le macadam.

Les voitures, surtout en marchant vite, éprouvent sur le pavé des secousses beaucoup plus fréquentes et plus fortes; elles demandent donc à être construites d'une façon plus lourde et plus solide. Ces commotions fréquentes entraînent une plus grande perte de force, ce qui contre-balance la diminution dans le frottement. Il n'est pas douteux que chevaux et voitures s'usent beaucoup plus vite sur une route pavée que sur une route macadamisée. En estimant le prix d'une route, il faut compter toutes les dépenses qu'elle occasionne, et dans ce cas la route pavée serait la plus coûteuse.

Les voitures roulent doucement sur le macadam bien entretenu, les chevaux tombent moins et emploient moins de force. Je suis convaincu que sur le macadam l'usure est moitié moins forte que sur le pavé.

Les points sur lesquels j'ai voulu surtout fixer l'attention de la commission sont les suivants :

1° Nécessité d'établir une fondation solide, sèche et compacte;

2° Nécessité de protéger cette fondation contre l'humidité en la recouvrant d'une croûte de pierres cassées, formant une chaussée assez arrondie pour que les eaux n'y séjournent pas;

3° Économie qui résultera du maintien de la chaussée

en parfait état d'entretien ; convenance, par conséquent, d'empêcher toute formation de trous et d'ornières ;

4° Utilité de la grosse poussière qu'on enlève sur les routes pour relier ensemble rapidement tous les nouveaux rechargements, en pierres cassées ; économie notable résultant de ce procédé, qui permet aux matériaux de se lier sans se broyer entre eux ;

5° Économie résultant du maintien de la chaussée dans un grand état de propreté, *du balayage au lieu du raclage*, et surtout de l'emploi de la machine de M. Withworth, qui agit longitudinalement avec de larges balais ;

6° Nécessité d'arroser pour détacher, en la liquéfiant, la boue qui adhère à la surface, et preuve qu'en agissant ainsi l'on économise une notable quantité de matériaux ;

7° Avantages généraux du maintien des rues dans un grand état de propreté, et en dernier lieu, préférence à accorder aux routes macadamisées sur les routes pavées.

La lecture de ce rapport terminée, *M. Stephenson*, président, se leva et proposa à l'assemblée de voter des remercîments à M. Smith, pour un travail aussi habile et aussi concluant. Sa manière de traiter la question de la construction des routes, dit-il, est pleine de sens et de simplicité, et quant à lui (le président), il n'avait jamais lu, sur l'établissement et l'entretien des routes, un traité qui dénotât autant d'expérience et de savoir faire. Le point important du rapport est le système indiqué pour lier ensemble les pierres de la chaussée en étendant sur elles une couche d'une substance de peu de valeur et de même nature que les matériaux dont elle est formée. Il a été frappé de la sagesse de cette mesure et des avantages pratiques qui doivent en résulter.

Le vice-président, M. Webster, fit aussi observer que le sujet en discussion était d'autant plus important qu'il touchait non-seulement aux intérêts commerciaux de tout un pays, mais que de plus l'état des routes exerçait une influence matérielle sur le bien-être de la société. Il lui semblait donc que l'exposé si complet de M. Smith devait intéresser tous ceux qui s'occupent de routes, et que quant à lui, il lui paraissait que c'était un pas vers la perfection dans l'art de faire des routes, perfection à laquelle on était encore loin d'arriver.

La proposition de M. Stephenson passa avec acclamation.

2° PAVAGE TAYLOR.

M. Taylor, de l'Institut des ingénieurs de Londres, a lu un mémoire intitulé :

« Observations sur le pavage des rues de la métropole,
» avec la description d'un système particulier de pavage
» adopté à Londres et à North-Western railway, station
» d'*Euston Square*, par William Taylor. »

Cet ingénieur remarque que les voies pavées de Londres ont été pendant un grand nombre d'années construites d'après un système unique.

Il consistait dans la pose de blocs en granit de *huit* à *quatorze* pouces de longueur, de 6 à 9 pouces de largeur, et de 9 pouces d'épaisseur.

Ces blocs étaient simplement posés sur le *sous-sol*, et après le procédé accoutumé *du coulis dans les joints et du damage, of grouting and ramming*, la rue était livrée à la circulation chargée d'accomplir le dernier devoir du paveur, ou l'assujettissement du pavé sur son lit de pose.

Les hies du plus grand poids, en effet, étaient insuffisantes pour arriver à ce résultat, comme le prouvait toujours le dérangement du pavé causé par les premières voitures qui circulaient sur la voie.

A ce genre de pavage, trois défauts s'attachaient donc :

Bruit assourdissant; défaut de sûreté pour le pied des chevaux; rupture des essieux et des ressorts.

Cependant ce système dura longtemps par deux motifs :

1° A cause de l'opinion où l'on était que la résistance

individuelle des matériaux était la seule chose à désirer, résistance représentée par les dimensions du bloc ;

2° A raison de la facilité de la pose.

M. Mac-Adam fit faire un progrès à l'art de construire les routes ; mais, dans les rues si fréquentées des grandes villes, ce système soulève des objections graves à raison des dépenses d'entretien qu'il exige.

Cette considération a donc déterminé à essayer, depuis dix années, un mode en petits blocs, reposant, d'après le principe de M. Mac-Adam, sur un fond élastique.

C'est en 1838 que l'expérience a été faite à Birmingham, au passage d'une rue livrée à la circulation la plus pesante et la plus active.

Or, aujourd'hui, en 1850, ce passage est aussi parfait qu'après sa pose.

Depuis cinq ans, un essai de ce même pavage a été effectué à la station d'Euston du chemin de fer de Londres et de North-Western, et ce pavage est aussi parfait que celui de Birmingham.

Voici quel est le mode de la construction :

Le sol est d'abord déblayé à la profondeur de 16 pouces, au-dessous de la surface projetée du pavage, et nivelé suivant la forme à adopter pour la chaussée.

Une couche de 4 pouces de gros gravier est ensuite répandue sur le sol et parfaitement damée.

Une seconde couche de gravier, mêlée avec une petite quantité de chaux, est placée sur la précédente et pareillement damée ; le but du mélange est de donner de l'élasticité à la couche.

Une troisième couche est établie, en tous points pareille à la seconde.

Lorsqu'elle est prête à recevoir le pavé, on la recouvre d'une couche de sable fin d'un pouce d'épaisseur.

C'est sur cette dernière que repose le pavé en granit *provenant du mont Sorrel*, et offrant environ :

4 pouces de longueur ,
3 pouces de largeur ,
3 à 4 pouces d'épaisseur ,

Ces pierres sont aussi bien ajustées que possible, de telle façon qu'aucune d'elles ne puisse tourner sur son lit.

Alors la dame recommence à fonctionner , et on doit la faire agir avec un mouvement rotatoire , jusqu'à ce que le bloc ne reçoive plus aucune impression de son choc.

Une légère couche de sable fin est répandue sur la surface et l'action de la première eau qui tombe , conduit le sable dans les interstices laissés entre chaque pavé.

M. Taylor remarque que l'action de la hie sur ce petit pavé, démontre pleinement les avantages de ce mode de pavage; cette hie pèse *cinquante-cinq* livres , et est garnie d'un cercle de fer au pied.

Son action est telle que sans l'élasticité des couches inférieures les blocs seraient brisés ou épauffrés sous le choc; ils sont donc parfaitement assis. L'expérience a prouvé qu'après le damage de ces pavés , une voiture à deux roues, portant *dix tonnes* , n'y laisse aucune impression.

Que l'on compare maintenant ce résultat avec l'effet produit par une dame sur des pavés de grande surface et de 9 à 12 pouces de hauteur ; ce dernier se réduira presque à rien, et ce sera au traffic futur à achever l'opération du pavage.

Un autre avantage du pavage *Taylor*, c'est la sécurité qu'il donne au roulage à raison de la multiplicité des joints du pavage.

Dans le but de démontrer les avantages de ce genre de pavage, il a été proposé, en 1844, aux commissaires *of Sewers at Guildhall*, de paver dans ce système une rue *de la Cité de Londres* ; le payement ne devant s'effectuer qu'après douze mois, et après leur approbation.

Cette offre fut acceptée sous la condition que l'on commencerait par un petit spécimen, dans *Watling-street* au carrefour de *Bowlane*.

Le payement fut accordé au bout de douze mois ; la *surface* n'avait *pas varié ; il fut établi de plus qu'aucun accident par suite de glissement n'avait eu lieu.*

De plus et en raison des conduites d'eau et de gaz, le pavé ayant été souvent remanié et réparé, le *surveyor de la Cité* exigea que l'ensemble du spécimen fût refait en 1848 ; or, on reconnut que les parties non bouleversées par les tuyaux de conduite d'eau et de gaz étaient aussi belles qu'au moment de leur pose ou trois ans et demi auparavant.

Il devenait convenable d'examiner les avantages de l'emploi comparatif du granit d'Aberdeen et du mont Sorrel.

Lorsque le pavage fut effectué dans Watling-street, on choisit pour les caniveaux de larges blocs de granit d'*Aberdeen*.

Or, lorsque le pavé fut relevé en septembre 1848, c'est-à-dire trois ans et demi après, le granit d'Aberdeen avait perdu un pouce sur leur hauteur ; tandis que nulle usure appréciable ne se laissait remarquer sur le granit du mont Sorrel. Les impressions de la hie étaient même encore apparentes.

Nous avons dit plus haut que l'épaisseur du pavage d'Euston devait être de 3 à 4 pouces ; on a trouvé que pour les plus grands traffics possible, le maximum de l'épaisseur à adopter devait être de 5 pouces.

On sait que les anciens pavés, à larges surfaces, doivent être retaillés avant leur emploi. Cette dépense peut être évitée dans le système d'Euston, car la surface du pavé est si petite qu'elle ne peut s'arrondir, et que les pavés un peu usés peuvent être employés, sans retaille aucune, dans des rues d'un traffic secondaire.

On objecterait en vain que le système du pavage d'Euston en pavés du mont Sorrel de 6 pouces d'épaisseur, n'a point réussi dans quelques rues de la paroisse de Mary-le-Bone, dans les trois années qui viennent de s'écouler ; car, on n'avait point suivi le système de fondation précédemment décrit, et la main-d'œuvre avait été tout à fait différente de ce qu'elle devait être.

Quant au prix, voici la comparaison du nouveau à l'ancien système.

Le prix du pavé ordinaire, en granit, est de 15 shillings, à quoi il faut ajouter le prix du vieux pavé repris par l'entrepreneur, et évalué 3 shillings.

Total 18 shillings par yard quarré (tout compris).

Tandis que le prix du nouveau pavage est, compris la fondation, de 12 shillings, dont il faut déduire le prix du vieux pavé, non repris dans ce cas par l'entrepreneur.

La différence est donc de 9 à 15 shillings.

La comparaison, sous le rapport de l'entretien, est beaucoup plus difficile à faire : l'entretien peut être fait avec soin ou d'une façon négligée ; le traffic peut varier dans les limites très-étendues, etc., etc.

Telle rue dans la Cité est relevée deux fois par an ; beaucoup d'autres qui ne supportent qu'une circulation pareille ne sont relevées à bout que la *deuxième ou la troisième année.*

Ces fréquents relevés à bout, il est vrai, concernent seulement les rues de première classe ; mais ici ces dernières doivent être prises pour comparaison.

Or, le pavé d'Euston n'exigerait pas pour son entretien une dépense supérieure à 1 shilling et 6 pences par yard, en dix années. On est même fondé à croire que ce chiffre est un maximum, lorsque l'on considère que le pavage de *Watling-street* présentait une surface parfaite au bout de trois ans et demi, et qu'il aurait pu durer encore sept ans et même dix ans, sans réparation aucune.

M. Taylor insiste en terminant son mémoire sur la nécessité de maintenir toujours un peu d'élasticité dans les
couches supportant le pavé. C'est, dit-il, la cause du
succès des chaussées macadamisées.

Le système de M. Telford, consistant pour le pavage,
en gros blocs de pierre reliés par du mortier et reposant
sur une couche de béton doit être considéré comme une
maçonnerie réelle, dont la surface est promptement dé-
truite par l'action des roues des voitures, et sur laquelle
décuple le bruit résultant du traffic.

On doit donc reconnaître, suivant M. Taylor, la nécessité de placer sous le pavé une couche qui puisse céder
un peu, afin de protéger la surface.

En conséquence de ce qui précède, l'auteur dit qu'il
serait à désirer que les commissions de pavage fissent un
essai dans les rues de petit traffic, en relevant les larges
pavés, et les faisant tailler en petits cubes de 3 pouces
d'épaisseur pour les pavages futurs.

Ainsi, un bon sujet d'expérience serait donné aux
paveurs, ce qui leur permettrait ensuite d'aborder les
rues de grand traffic.

Par ce moyen, on approvisionnerait une grande quantité de pierres pour les pavages, et on emploierait dans les
chaussées macadamisées, les blocs tout à fait hors d'emploi.

M. Taylor insiste beaucoup pour que l'on étudie avec
soin son système, il ne le présente pas sans doute comme
un moyen d'arriver à une viabilité parfaite, mais surtout,
pour appeler l'attention des ingénieurs sur l'importance
d'une pareille question.

Ce rapport a été soumis à une discussion au sein de
l'Institut des ingénieurs de Londres, le 5 mars 1850.

A cette occasion, M. Haywood s'est exprimé ainsi qu'il
suit :

La question de l'élasticité du sous-sol a été résolue définitivement par M. Telford depuis plusieurs années : les fondations solides ne peuvent plus être mises en discussion.

On a dit que dans la Cité on plaçait les pavés sur le sous-sol sans préparation ; c'est une erreur, on est au contraire dans la coutume de faire une bonne fondation de pierres cassées, ayant de 9 à 12 pouces de profondeur et quelquefois même, dans les principales rues de la Cité, on a placé un *substratum* de 15 pouces en épaisseur.

M. Haywood pense que c'est une erreur de dire que *Ludgate-hill* ait été pavé deux fois en un an ; il croit que la portion entre *the Old Bailey* et *Fleet-street* n'a pas été pavée depuis six années.

Les principales rues de la métropole n'ont pas été relevées à bout aussi fréquemment que M. Taylor l'a annoncé dans son mémoire ; en tout cas, cela n'a point eu lieu pour celles qui étaient sous sa direction.

1. *Fleet-street* a été pavée il y a. . . . . . 3 ans 1/2, et malgré l'énorme traffic, *enormous traffic*, le pavé pourra encore durer. . . . . 3 ans.

2. *The Poultry* n'a pas été pavée depuis. . . 4 *id.*

3. *Newgate-street.* . . . . 3 ans 1/2.

4. *Ludgate - street*, entre *Old Bailey* et *Saint-Paul.* . . . . 2 ans 1/2.

5. *Skinner-street.* . . . . 5 ans.

6. *London bridge.* . . . . 8 *id.*

Considérant ensemble les grandes et les petites rues, la durée moyenne du pavage dans *la Cité de Londres*, sans qu'il soit besoin de le relever, est de. . . . . 8 ans.

En ce qui concerne l'usure des blocs, M. Haywood dit :

Un spécimen de pavé *Euston* a été placé à Watling-street, en 1845, et relevé en 1848.

Il a été annoncé qu'il n'avait présenté aucune trace sensible d'usure ; mais que les caniveaux, *Channel stones*, en pierre d'Aberdeen, avaient perdu 1 pouce de leur épaisseur.

10

M. Haywood a examiné lui-même ces pierres avec soin, et il a reconnu qu'elles n'avaient pas plus souffert que le granit du *Mount Sorrel* qui formait la voie du roulage.

L'usure remarquée dans les *Channel stones* en granit lui paraissait d'ailleurs tout à fait improbable, car deux ou trois mois après que le pavé d'Euston fut relevé, il fit déchausser et examiner avec un soin extrême un pavage joignant le précédent et formé de larges blocs de granit d'*Aberdeen*, offrant 6 pouces de largeur, lesquels avaient été posés depuis dix-sept ans, et il trouva que l'usure n'avait été que d'environ un pouce et un seizième de pouce dans ce temps, ou d'un seizième de pouce par an.

Il doit donc y avoir erreur dans l'appréciation de M. Taylor.

Dans Great-Tower street des pavés posés depuis neuf ans avaient seulement perdu. . . . . 1 p. 1/4.

Dans Fléet-street. . . . . 2 pouces en quatorze ans.

Dans [Saint-Paul's churchyard. . . . . 2 pouces en seize ans.

Et dans Bishopsgate. . . . . 2 pouces et un seizième de pouce en vingt ans.

M. Haywood a examiné le *pavage Euston*, lorsqu'il a été démonté dans *Watling-street*, et il a trouvé que les pierres présentaient dans l'origine une si irrégulière épaisseur que, bien qu'il en eût mesuré environ soixante-dix, il n'a pu arriver à aucun résultat positif ; il croit pourtant qu'elles ont perdu quelque chose de leur épaisseur.

Il termine en exprimant l'opinion que, plus solide est *le substratum*, plus longtemps dure le pavé, et il considère le pont de Londres comme une preuve convaincante de ce qu'il avance, car rien n'est plus solide que le *substra-*

tum du pont de Londres, et le pavé qui le recouvre n'a pas été relevé depuis huit ans, malgré l'énorme circulation qu'il supporte.

M. Radfort prend la parole :

M. Walker attachait une si grande importance à obtenir un *substratum*, solide que le pont de *Blackfriars* fut fermé pendant quelques semaines, afin que le *concrete* (le béton) eût le temps de durcir avant la pose du pavage.

Les pierres furent ensuite placées avec un grand soin, arrangées comme des briques, et non de la manière grossière en usage dans les rues de Londres, bien assises et serrées sur leurs lits et joints; ces derniers étaient remplis de bon mortier; aussi, cette construction a-t-elle parfaitement résisté jusqu'à présent.

Quant à l'usure du pavé, il est assez difficile de l'établir dans cette circonstance, à raison de l'usage que l'on fait du sabot à la descente du pont; de telle sorte que du côté où les voitures montent, l'usure n'est pas observable tandis qu'elle est très-prononcée du côté où elles descendent.

M. Holland dit :

Qu'en prouvant que toutes les rues de *la Cité* et les *voies des ponts* sont bien pavées, on n'a pas répondu à l'assertion que les rues *de la métropole* sont dans un état inférieur de pavage.

Les rues de la Cité, en effet, ont été construites suivant les principes indiqués dans le mémoire de M. Taylor.

Elles sont établies sur une fondation inébranlable, et voilà la cause de la longue durée du pavage.

Le pavé d'Euston remplit les mêmes conditions; ce n'est pas à une fondation élastique qu'il doit sa beauté, mais, au contraire, à une fondation parfaitement rigide.

Sans une rigidité parfaite, point de bon pavage : si

la surface pouvait céder perceptiblement, les voitures seraient dans une oscillation perpétuelle.

Cette surface, de plus, doit être régulière, de sorte qu'elle ne donne lieu qu'au plus petit frottement et à des secousses aussi légères que possible ; elle doit être, en un mot, aussi unie que cela est compatible avec la marche assurée des chevaux.

Toutes conditions merveilleusement remplies par le pavé d'Euston à raison de la petite surface de chaque bloc. Il serait préférable d'accroître un peu leur épaisseur pour augmenter à la fois leur durée et leur solidité.

Leur pose, faite avec le soin dont elle est susceptible, diminue d'ailleurs notablement le tirage, par suite de la disparition des secousses que les autres systèmes de pavage présentent. A ce sujet, M. Holland entre dans quelques détails relatifs à la question de la circulation dans les rues de Londres, où, suivant lui, il passe moyennement par jour plus de cinq mille voitures.

L'économie de construction dans les pavages n'est pas, dit-il, la seule chose à examiner, mais surtout celle de la locomotion.

Cette dernière est plus importante à considérer, et l'on recueille d'un bon système de pavé des avantages, pour le tirage, l'usure, la fatigue des chevaux, etc., hors de proportion avec ceux de la dépense première du pavage.

M. Holland termine par quelques considérations sur l'administration des rues de Londres. Nous les avons fait déjà connaître.

M. le professeur Ansted dit qu'il a vu la pierre du mont Sorrel taillée en pavé et dans la carrière, et que, d'après sa constitution, il la regarde comme le meilleur des matériaux du pays à employer sur les routes.

Elle offre en carrière une grande quantité de joints, ce qui rend son exploitation peu dispendieuse ; elle se décompose difficilement et résiste bien au choc et au frotte-ment.

Elle a une supériorité réelle sur les granits d'Aberdeen ou de Cornouailles , et elle est aussi bonne que le basalte de quelques-uns des comtés de l'intérieur.

M. Taylor soutient son système. On a , dit-il , trop étendu le sens qu'il donne au mot élasticité ; du reste, il n'est qu'un homme pratique , et demande qu'on voie ses œuvres.

Un membre exprime l'opinion que c'est à tort qu'on a présenté les pavages des ponts de Londres et de Black-friars ainsi que ceux de la Cité , de 3 pouces de largeur sur 9 de longueur, comme les spécimens de ce qui se fait dans la métropole entière, tandis que c'est la plus petite partie des chaussées pavées de Londres qui doit être considérée comme bien solide et convenablement exé-cutée.

Le terme *élasticité* , appliqué au système Taylor , ne semble pas bien entendu : il signifie une fondation qui , bien que ferme, présente un certain degré de mollesse à raison de la couche de sable fin placée sur le *substratum* ou *concrete*.

Cette couche suffit pour protéger la surface du pavé qui serait immédiatement usée , si le pavé, par exemple, était placé directement sur une fondation de briques ou sur du béton , etc. , etc.

On évalue à 12 shillings le coût du yard carré, mais il pourrait être réduit à 10 et même à 8 , s'il était géné-ralement adopté.

L'apparence de ce pavé est architecturale et produit l'effet d'une mosaïque.

M. Dokray dit qu'en 1837 ou 1838, au moment où la station d'Euston était sur le point d'être ouverte, on fut dans l'obligation de dépaver une partie de la cour, qui était revêtue, suivant l'usage, de blocs de 6 à 7 pouces de

profondeur. M. Taylor lui fit alors connaître le genre de
pavé dont la description a été donnée dans le rapport. La
première impression de M. Dokray fut que les pierres
seraient trop étroites, qu'elles tourneraient sur leur axe,
que les angles opposeraient de la résistance à la circulation ; en un mot que le système ne réussirait pas. Mais
son attention ayant été attirée sur plusieurs spécimens
posés à Birmingham, et les trouvant établis dans une très-
bonne condition, et n'offrant aucune trace de mouvement,
il pensa que le système méritait d'être essayé.

La fondation lui parut posséder un certain degré d'élasticité. Elle était composée de plusieurs couches de béton
d'une faible épaisseur, recouvertes par un lit de sable sur
lequel reposait ce pavé. Une des particularités du système
était la manière d'employer la hie. Ce n'était plus la méthode ordinaire consistant à laisser tomber, de tout son
poids, une hie très-pesante. La hie au contraire était d'un
poids assez faible, et garnie à son extrémité d'un cercle de
fer. On l'enlevait à deux pieds de terre environ et on la
ramenait avec rapidité sur les pierres. Les ouvriers étaient
rangés les uns derrière les autres ; de façon que le second
et le troisième finissaient l'ouvrage commencé par le premier ; les pavés, après cela, se trouvaient dans un parfait
état de solidité. Ce système fut adopté pour paver une partie de la station du chemin de fer à Birmingham, en 1838,
et, depuis cette époque, ce revêtement n'a point bougé. Le
poids du traffic n'est pas très-pesant, mais la circulation
est rapide et incessante. Dans son opinion, c'était à l'élasticité de la fondation que cette pierre devait de ne pas
s'être usée sous l'action du roulage. La cour de *Euston-
station* où il n'y a qu'une circulation de fiacres était pavée
anciennement avec de larges pierres reposant sur d'excel-
lentes fondations ; ces pierres s'arrondirent bientôt, et durent être remplacées. Toutes les cours sont maintenant
pavées dans le système qui a été décrit et il espère qu'il

sera économique et très-avantageux. *Le pavé en effet est là depuis treize ans et réussit parfaitement.*

Tels sont en résumé les principaux arguments que l'on a fait valoir pour ou contre le pavé Taylor.

Il n'est point dans les habitudes de l'Institut des ingénieurs de Londres, d'approuver ou de désapprouver, dans une délibération définitive, les procédés qu'on soumet à son examen : il laisse chacun des membres exprimer son opinion favorable ou défavorable, et c'est l'expérience qui décide.

Il me paraît toutefois résulter de cette discussion, qu'il serait très-convenable de faire à Paris une application du pavé Taylor. En effet les spécimens de ce pavage que j'ai visités, m'ont paru d'une remarquable beauté.

TROISIÈME PARTIE.

Il est nécessaire maintenant de coordonner sous une forme plus précise et plus nette les documents écrits ou verbaux qu'il m'a été possible de recueillir.

Les divers modes de revêtement de chaussées expérimentées ou en usage à Londres sont :

1º Les pavés en caoutchouc ;

2º Les pavés en bois ;

3º Les pavés en granit de diverses dimensions ;

4º Les pavés également en granit, mais accompagnés de *trams* ou dalles sur lesquelles reposent les roues des voitures ;

5º Les chaussées macadamisées ;

6º Les chaussées en bitume.

1º Pavés en caoutchouc.

Je ne cite cet essai que pour ordre : on a vu que, dans son état actuel, ce procédé paraît sans avenir.

2° **Pavés en bois.**

Les essais de ce pavage ont eu lieu à Londres sur une très-grande échelle : il présentait en effet de notables avantages ; avec le pavé de bois, tout bruit disparaissait : on n'avait plus à redouter la boue et la poussière.

Mais il est dangereux pour les chevaux : on se rappelle qu'on a été obligé de recouvrir Regent's-street d'une couche de granit concassé pour rendre la surface du revêtement en bois moins glissante ; de plus, les réparations annuelles deviennent très-dispendieuses. Enfin ce mode de pavage paraît exercer sur la salubrité une influence fâcheuse à raison des substances qui pénètrent le bois dans les temps humides et qui s'en exhalent pendant les chaleurs.

Les mêmes observations avaient été faites à Paris. Ce procédé paraît jugé dans l'une comme dans l'autre ville. A Paris il a été complétement abandonné ; on est dans la même intention à Londres.

3° **Pavés en pierre.**

On a vu que les premiers pavés employés à Londres n'étaient autre chose que des *pebbles* ou *gros cailloux siliceux ;* système en usage encore dans plusieurs villes de France. Ce mode a été abandonné, la surface d'un semblable pavage n'offre pas une régularité suffisante : les voitures y circulent difficilement, elles résistent avec peine aux cahots perpétuels qu'elles ont à subir.

Les *pebbles* ont été d'abord remplacés par de larges pavés en granit de 8 à 9 pouces anglais de largeur, de 10 pouces jusqu'à 20 pouces de longueur et de 9 pouces de hauteur.

Ces blocs reposaient tout simplement sur le sol, et leurs joints étaient coulés avec un mélange de chaux et de sable.

Ce pavage, malgré les dimensions des pierres qui le

composaient, ne put résister à la circulation. Les blocs
mal fondés se déplaçaient sous l'action des roues : leurs
surfaces s'usaient inégalement ; la rareté des joints per-
mettait difficilement aux chevaux de prendre pied.

A ce genre de pavage, plusieurs inconvénients graves
s'attachaient donc : bruit assourdissant, usure extraordinaire pour les voitures ; fatigue pour les chevaux dont
les pieds glissaient sur les larges surfaces des blocs.

On l'abandonna comme jadis on avait abandonné le
pavage en *pebbles ;* et d'abord, on s'est particulièrement
attaché aux fondations. Dans la Cité, où la circulation
est si grande, la fondation des pavés s'exécute aujour-
d'hui en général avec des précautions extrêmes.

On se rappelle ce que dit à ce sujet *Richard Kelsey
esq.* dans l'enquête du 30 novembre 1847.

On se rappelle également les renseignements que
M. Haywood, surveyor actuel de la Cité, a bien voulu
me donner.

Fondation des pavés. — Il fait creuser la chaussée
jusqu'à la profondeur de 18 pouces, et remplit cette
forme de granit concassé sur la surface duquel il étend
une couche de sable fin : sur ce dernier lit repose le pavé
que l'on assujettit à la hie et dans les joints duquel, suivant l'habitude générale, on coule un mélange de chaux
liquide et de sable (1/6 à 1/7 de chaux pour 1 de sable).

La surface du pavé est ensuite recouverte d'un gros
sable qu'on laisse séjourner pendant deux ou trois semaines.

Je rappellerai que par ce procédé les pavés se soudent
tellement entre eux que, lors qu'on veut les démolir, il
faut pour enlever le premier pavé *un paveur et son ouvrier,* travaillant pendant trois ou quatre heures.

Hors de la Cité, on paraît adopter assez généralement
le mode suivant de fondation :

On commence par creuser de 6 pouces le sol, puis on

affermit le plus possible la surface déblayée : sur cette surface, on place une couche de 6 pouces de *concrete*, espèce de béton composé de 2 parties de cailloutis, 1 de sable, et 1/7 ou 1/8 de chaux.

Sur ce concrete repose le pavé, dans les joints duquel on verse le coulis habituel.

Enfin, on étend aussi une couche de gravier sur la surface ; ce gravier est destiné au remplissage des joints.

Tels sont en résumé les procédés suivis en Angleterre pour la pose des pavés en granit que MM. les ingénieurs emploient.

Quelles sont maintenant les dimensions qu'un long usage a consacrées ?

Dimensions des pavés. — On sait l'énorme quantité d'administrations locales chargées de veiller à la viabilité de Londres ; cependant bien qu'elles n'obéissent à l'impulsion d'aucune autorité centrale, toutes sont arrivées à la même conclusion, c'est-à-dire à la nécessité de supprimer le large pavé pour le remplacer par des blocs, offrant l'épaisseur de 4 pouces (10 centimètres) ; d'environ 9 pouces de longueur ($0^m.225$) et d'une hauteur égale.

Enfin, dans les dernières années, on a fait plus encore et l'usage des pavés de 3 pouces de largeur ($0^m.075$) s'est introduit dans la Cité et dans la métropole.

Il paraît certain que les pavages établis dans ce système coûteront un peu plus d'entretien, mais chacun reconnaît qu'ils présentent de grands avantages. Les pavés étroits s'usent presque également à la surface, au lieu de devenir convexes, après quelques années de pose. Ils rendent un son moins bruyant, et offrent, pour les circulations rapides, beaucoup plus de sécurité aux chevaux.

La convenance de leur adoption n'est donc contestée par personne.

C'est ainsi que le pavage du pont de Londres a été exécuté.

Il est formé de blocs en granit d'Aberdeen

offrant
{
une épaisseur de 3 pouces ,
une longueur variant entre 8 et 16 pouces,
une épaisseur de 9 pouces.

Ce pavé repose sur un excellent béton en pierre cassée de 18 pouces d'épaisseur. Il n'a pas été relevé depuis huit années. Le traffic sur ce pont, comme on l'a vu, n'est pas inférieur à 13 000 voitures par jour, et pourtant la largeur entre les trottoirs n'est que de 9^m.20 : ces derniers ont 2^m.50.

Aussi aperçoit-on le long des trottoirs de véritables ornières creusées dans le granit et d'une profondeur moyenne de 3/4 de pouce.

M. Walker a pareillement revêtu en pavés de 3 pouces d'épaisseur la surface du pont de Blackfriars ; ils reposent sur une fondation en béton ; et ce pont a été fermé pendant quelques semaines, afin de donner à la maçonnerie des fondations le temps de se durcir.

Nature des matériaux employés. — On s'est beaucoup occupé aussi à Londres de la nature du granit à employer. On a vu, dans les enquêtes, qu'un grand nombre de questions étaient faites sur cet objet et sur la durée moyenne que l'on pouvait assigner aux blocs ; et l'on a reconnu que le meilleur granit pour pavage était :

1° Le granit du mont Sorrel d'abord,
2° Le granit bleu d'Aberdeen.

Le granit de Guernsey est spécialement employé dans les chaussées macadamisées ; il se taille difficilement et d'ailleurs devient très-glissant au bout de quelques années.

Durée des blocs. — Quant à la durée des blocs, on a vu dans les enquêtes, par les réponses de MM. Richard Kelsey et James Chadwich, qu'il ressortait des expériences faites dans les rues les plus fréquentées de la Cité, qu'on ne pouvait en général assigner aux pavés de granit une durée inférieure à 50 années.

Intervalles entre les relevés à bout. — La surface, pendant ce long intervalle de temps, se déforme sans doute, mais c'est l'objet des relevés à bout qui, dans les rues les plus fréquentées de la Cité, ne s'exécutent qu'à des intervalles moyens de huit ans. Dans le reste de la métropole, les rues ne sont en général relevées à bout qu'après 14 ans.

Profil de la chaussée. — Un mot maintenant sur le profil de la chaussée. Dans les chaussées de 24 pieds, on donnait, dans l'origine, un bombement de 10 pouces; on l'a successivement ramené à 3 pouces et l'on pourrait le réduire encore.

Une longue hésitation s'est également manifestée sur la question de savoir si l'on devait placer une seule rigole au centre de la chaussée ou border les trottoirs de deux rigoles longitudinales.

Le dernier système a prévalu par les raisons spécifiées dans les enquêtes; avec une seule rigole, un véritable torrent se précipitait au centre des rues, et souvent les voitures, glissant latéralement sur les revers, venaient se heurter au centre de la chaussée.

Enfin, toutes les rigoles transversales que les voitures avaient à franchir rendaient la circulation des voitures excessivement pénible.

Je ferai remarquer qu'à Londres les rigoles latérales sont en général placées à une certaine distance de la bordure des trottoirs; mais, malgré les quelques inconvénients que présente le système en usage à Paris, la tendance actuelle, en Angleterre, est de faire arriver la rigole jusqu'aux bordures.

Rangées inclinées des pavés. — Il est encore un essai que l'on a fait à Londres et contre lequel paraissent aujourd'hui s'élever tous les praticiens; pour éviter l'usure latérale des joints des pavés et l'arrondissement si rapide de leur surface, on les a posés par rangées inclinées sur l'axe de la chaussée.

On a vu, dans les enquêtes, que ce mode ne laissait point aux chevaux la faculté d'exercer, contre les joints transversaux, une pression normale au départ; de plus, lorsqu'ils glissent (et dans ce cas ils tombent neuf fois sur dix sur le côté), le joint incliné qu'ils rencontrent alors ne suffit pas pour les retenir : il faudrait qu'il fût parallèle à l'axe de la chaussée.

Cette double circonstance et l'observation qui m'a été faite sur la rapidité avec laquelle les angles des pavés se brisaient, lorsqu'ils étaient diagonalement posés, paraissent avoir déterminé les surveyors du pavé à repousser le système des rangées diagonalement disposées.

On n'a point osé faire sur une grande échelle un essai du pavage longitudinal tel qu'il paraît être établi à Milan, et qui présenterait sans doute quelques avantages sous le rapport du glissement latéral des chevaux. Avec une circulation pareille à celle de Londres, un semblable pavage serait immédiatement bouleversé; car l'art des paveurs, fondé sur une longue expérience, consiste à bien faire croiser tous les joints du pavé qu'ils établissent, de telle façon que les roues des voitures ne se maintiennent pas toujours dans la même piste.

On a vu, dans les enquêtes, que ce fut M. Acton, prédécesseur de M. Richard Kelsey comme surveyor de la Cité, qui remplaça, pour le pavage des rues, les galets par du granit taillé;

Que l'on commença par employer des pavés à larges surfaces;

Que M. Richard Kelsey arriva au minimum de 4 pouces pour la largeur;

Qu'enfin M. Walker alla plus loin encore, lors du repavage du pont de Blackfriars, et qu'il employa pour ce travail des blocs de 3 pouces seulement de largeur, dont l'usage se répandit avec une extrême rapidité dans toute la métropole.

Pavés Taylor. — Mais ce n'était point encore assez : ainsi qu'on l'a vu dans le résumé d'une séance de l'Institut des ingénieurs de Londres, M. Taylor, de Birmingham, a cherché à démontrer que le système de pavage qui présentait les avantages les plus grands, soit pour la solidité de la construction, soit pour la facilité du tirage, soit pour la sûreté du pied du cheval, soit enfin pour l'affaiblissement du bruit assourdissant que le mode ordinaire occasionne, consistait dans un pavé formé de blocs de 4 pouces de longueur, 3 pouces de largeur et 3 à 4 pouces d'épaisseur, en granit du mont Sorrel.

Je ne reproduirai point les détails relatifs à la pose de ce pavé.

Je me bornerai à dire ici que j'ai vu M. Taylor à Londres, et qu'il désirait vivement qu'on le mandât à Paris pour faire exécuter, sous ses yeux et sous sa responsabilité, un large spécimen de son système de pavage.

Tel paraît être aujourd'hui la limite inférieure des dimensions auxquelles peuvent être amenés les pavés : dans cet état, ils donnent à la surface de la rue dont ils recouvrent le sol l'apparence d'une mosaïque. C'est un véritable pavage macadamisé.

Prix du pavage par mètre quarré. — Avant de passer à l'examen des chaussées bordées *de trams*, j'entrerai dans quelques détails sur les prix de première exécution et d'entretien du système de pavage en usage à Londres.

Le prix par yard carré de pavage, pour première exécution, varie suivant les quartiers de la métropole et suivant aussi le soin plus ou moins grand que l'on apporte aux fondations.

Ainsi :

M. Haywood, ingénieur de la Cité, évalue le prix, par

yard, entre 11 et 17 shillings (16^{fr}.45 à 25^{fr}.40 le mètre), ou en moyenne 20^{fr}.40 le mètre superficiel.

M. Richard Kesley donne pour le prix du yard en pavé, de 4°, 12 shillings ou 18 francs $\Big\}$ par mètre.
de 3°, 14 sh. 9 p. ou 22 francs

M. Lomax évalue le yard quarré pour les pavés de 5 pouces à 14 shillings, ou 21 francs $\Big\}$ par mètre.
de 3 pouces à 17 sh. 6 p.; ou 26^{fr}.15

M. York porte les pavés de 4 pouces, par yard, à 13 shillings 6 pences, ou 20^{fr}.16 le mètre.

On verra (note D), le devis et le détail estimatif des travaux de pavage relatifs à la paroisse dont M. York est le *surveyor*.

Prix de l'entretien du mètre carré de pavage. — Quant à l'entretien annuel, les *surveyors* paraissent tous l'évaluer à 3 pences par yard et par an, ou 0^{fr}. 40 par mètre carré et par an, moyennement.

Valeur de la main-d'œuvre. — Il convient de remarquer que la main-d'œuvre à Londres est un peu plus élevée qu'à Paris.

Ainsi, la journée d'un paveur est évaluée, dans le devis de M. York à. . . . . 5 shillings, ou 6^{fr}.25.
La journée d'un aide à. . . . . 3 sh. 3 p., ou 4^{fr}.06.
Id. d'un tailleur de granit à. . 5 shillings, ou 6^{fr}.25.
Id. d'une voiture à un cheval à. 8 sh. 6 p., ou 10^{fr}.65.

Quant à la quantité d'ouvrage qu'un paveur exécute dans sa journée, on a vu dans les interrogatoires subis par Richard Kelsey, que la surface qu'un homme pouvait paver dans un jour était, en moyenne, de 60 yards ou d'environ 50 mètres.

4° Pavage en granit avec trams.

Il y a une trentaine d'années que l'usage des *trams* s'est introduit à Londres : on appelle *tram* un dallage, en larges pierres plates, sur lequel reposent les roues des voitures.

C'est l'alderman Mathew Wood qui importa ce genre de chaussée à Londres, après un voyage qu'il fit à Milan.

Ce changement avait pour but de diminuer le bruit et les secousses, de faciliter le tirage.

Dans ce système, en effet, les roues sont portées par deux rangées de dalles bien unies, tandis que l'intervalle est recouvert de petits pavés favorables à la traction par le cheval.

Les deux conditions d'un tirage facile sont donc remplies :

1° Surface unie et à joints éloignés sous les roues;

2° Surface à joints multipliés sous les pieds des chevaux.

On a évalué l'économie produite par ce procédé, *dans Commercial-road* à un cheval sur trois.

On a d'abord employé les *trams* dans des rues où une seule voiture peut passer. Les roues sont alors forcément maintenues sur les dalles; mais si ces rues sont fréquentées par des voitures à deux chevaux, ce système présente d'assez graves inconvénients, parce qu'alors deux des pieds de ces chevaux reposent sur la surface glissante des *trams*.

Chaque tram présente une largeur de 0^m.70; il s'exécute en pierres moins difficiles à tailler que les pavés ordinaires, et pourtant son prix de revient est d'environ 40 francs par mètre carré.

On a vu, dans les enquêtes, qu'on en regarde l'emploi comme très-difficile dans les rues larges et passagères, que les blocs du tram se dérangeaient aisément et occasionnaient des chocs violents.

Aussi son usage, à Londres, est limité aux rues accessibles à une seule voiture ou à celles parcourues par un trafic exceptionnel, tel que Commercial-road.

Je ne pense pas que ce moyen puisse être employé avec avantage à Paris, même dans les rues étroites; je crois que, dans ce dernier cas, il serait préférable, ainsi que je

J'ai proposé à M. le préfet de la Seine, de recourir au bitume coulé ou comprimé.

La salubrité de ces voies bordées de maisons élevées y gagnerait singulièrement. M. le préfet de police a souvent appelé l'attention de l'administration sur cette amélioration.

Les devis estimatifs de la dépense à faire ont été remis à la préfecture.

5° Chaussées macadamisées.

Les chaussées macadamisées si multipliées dans la ville de Londres n'ont pu pénétrer dans la Cité; elles s'arrêtent aujourd'hui, ainsi que le fait observer sir James Mac-Adam, aux limites de la Cité et à celles du bourg de Southwark, du côté sud de la Tamise.

A partir de ces limites, elles rayonnent dans toutes les directions, devenant relativement de plus en plus nombreuses au fur et à mesure qu'on s'éloigne des points où le traffic est à la fois le plus pesant et le plus actif. La circulation des omnibus est celle que les chaussées macadamisées redoutent le plus.

On a vu cependant que de nombreux quartiers, où le mouvement est deux fois au moins plus considérable qu'aux Champs-Élysées et sur les boulevards de Paris, avaient encore aujourd'hui leurs chaussées macadamisées malgré les boues de l'hiver et la poussière de l'été, malgré les sommes considérables que leur entretien nécessite.

C'est qu'en aucun lieu de la terre on ne devait souffrir plus qu'à Londres des inconvénients énormes qui résultent des chaussées pavées.

Le bruit qu'elles causent y est intolérable. L'usure des voitures qui les parcourent se traduit, chaque année, en des sommes énormes, et dans un pays où la vitesse des chevaux attelés même aux voitures de louage, n'est jamais inférieure à trois lieues et demie à l'heure, on comprend

11

quel avantage présente une chaussée sur laquelle le pied
du cheval peut s'appuyer avec une entière sécurité.

Aussi, on supporte les inconvénients des chaussées macadamisées pour en recueillir les incontestables avantages.

Le macadamisage des rues n'a pu pénétrer dans la Cité.
— Ce n'est point sans avoir longtemps lutté que l'on a reculé devant la pensée de macadamiser les rues de la Cité,
dans l'enceinte de laquelle presque toutes les maisons surplombent par suite de l'ébranlement que leur communique
la circulation énorme que les chaussées pavées supportent.

On a vu les détails dans lesquels M. Richard Kelsey
entre à ce sujet, devant la commission d'enquête.

Aussi, plusieurs rues de la Cité furent-elles converties
en macadam vers 1824; leurs noms sont donnés dans l'in-
terrogatoire de M. Richard Kelsey, mais on fut obligé en
moins de deux années d'en revenir à l'ancien sytème; et le
28 octobre 1826, M. James Mac-Adam lui-même convint,
dans une lettre dont j'ai précédemment donné la traduction,
que le macadamisage de la Cité lui avait fait éprouver de
grandes pertes et qu'il avait appris, mais trop tard, que
cette plante (c'est ainsi qu'il appelle le système du mac-
adam) ne pouvait croître sur le sol de Temple-Bar, et que
si elle se développait avec vigueur à l'ouest, elle languissait
et dépérissait à l'est de la métropole.

Toutes les tentatives durent cesser en présence de cette
déclaration de l'auteur des chaussées nouvelles, et l'on
s'occupa avec l'ardeur que j'ai signalée de trouver, dans
une nouvelle forme ou dans une nature nouvelle de pavés,
une atténuation aux inconvénients si graves que les anciennes chaussées présentaient.

L'insuccès des chaussées macadamisées dans la Cité
pouvait être prévue; d'une part, elles devaient avoir à
supporter une circulation énorme en voitures de commerce
et en omnibus; de l'autre, elles n'offraient qu'une faible
largeur à cette circulation : les réparations ne pouvaient

donc s'y effectuer qu'avec d'inextricables difficultés; et le prix de revient de l'entretien devait monter à un chiffre qu'il n'était pas possible d'aborder.

On peut se faire une idée de ce chiffre en se rappelant que l'entretien de Coleman-street s'est élevé, d'après M. Richard Kelsey, *après sa transformation en chaussée empierrée*, à 4fr.87 par mètre quarré; en se rappelant également que l'entretien de la voie macadamisée du pont de Westminster est, d'après ce que m'a dit M. Mac-Adam, de 6 francs par mètre quarré.

L'usure seule de cette dernière chaussée est annuellement de 15 centimètres, bien qu'elle soit établie en granit de Guernsey.

On est donc aujourd'hui bien convaincu à Londres que l'on doit restreindre à certaines localités, à certain genre et à certaine activité de traffic les chaussées macadamisées.

On leur a imposé des limites. Ces limites sont encore très-étendues, comme on l'a vu dans la première partie de ce rapport; et il nous reste à présenter le résumé des dépenses que leur confection première et leur entretien exigent dans les directions si nombreuses et si fréquentées où l'on a cru pouvoir les maintenir.

Je ne reparlerai pas du mode usité en Angleterre pour confectionner les chaussées macadamisées.

Sir James Mac-Adam, dans les notes qu'il a bien voulu me remettre, est entré à cet égard dans les détails les plus circonstanciés.

M. York, surveyor de la paroisse de Saint-James, m'a pareillement donné de très-utiles enseignements.

Enfin, le mémoire lu par sir Pigott Smith à la section de mécanique de l'Association britannique, mémoire dont j'ai donné la traduction, complète toutes les informations qu'il m'a été possible de recueillir en Angleterre sur l'établissement des chaussées macadamisées.

On a remarqué que les différents systèmes indiqués

varient peu entr'eux, et que d'ailleurs les principes posés
étaient précisément ceux qui servent de guide aux ingénieurs français, et que le ministre des travaux publics
recommande dans ses instructions.

Un seul dissentiment paraît exister entre M. Pigott et
M. Mac-Adam : M. Mac-Adam proscrit l'usage des détritus destinés à lier promptement la chaussée nouvelle ;
M. Pigott Smith recommande au contraire leur emploi
avec instance ; seulement il indique le choix à faire parmi
les détritus. Depuis longtemps les ingénieurs français ont
apprécié la convenance de l'usage de ces détritus, mais
avec les restrictions posées par M. Pigott Smith.

Il paraît encore que l'on ne fait pas usage en Angleterre du rouleau compresseur. On croit devoir laisser au
roulage le soin d'achever la chaussée. Il n'est cependant
pas douteux que l'emploi du rouleau, qui tend de plus
en plus à se généraliser en France, ne soit un véritable
progrès.

La supériorité des chaussées macadamisées anglaises
ne tient pas à des procédés spéciaux auxquels on aurait
recours dans leur construction, mais aux soins minutieux
avec lequel on les établit, aux dépenses que l'on consacre
annuellement à leur entretien, et surtout à la nature des
matériaux employés. Les ingénieurs anglais ne reculent,
en effet, devant aucun sacrifice pour obtenir des pierres
d'une grande dureté.

Je joins à ce rapport des échantillons de toutes les
pierres dont ils se servent ; je dois ces échantillons à l'o-
bligeance de sir James Mac-Adam et de M. York.

Le granit de Guernsey paraît être la pierre la plus généralement employée.

Prix du mètre cube des pierres employées sur les
chaussées macadamisées. — Le granit de Guernsey revient à 11 sh. 3 deniers le yard cube à Londres, ou 18fr.42
le mètre cube. Il paraît que cette pierre se retrouve sur

les côtes de France, vers Cherbourg, vis-à-vis l'île de Guernsey.

. Le prix du cassage à la tâche du yard cube est de 3 shil. ; c'est 4^{fr}.90 le mètre cube.

En régie, un manœuvre (8) ne casse qu'un 1/2 yard ; il est payé 15 sh. par semaine.

M. Mac-Adam a recours aussi au lest des navires venant de *Macao* et de *Bombay* : on trouvera, dans la collection ci-jointe, des échantillons provenant de ces localités ; ils reviennent à 10 sh. le yard cube, ou 16^{fr}.38 le mètre cube.

Tel est le prix des pierres avec lequel on construit à Londres le macadam. On utilise encore les pavés hors d'emploi, que l'on casse pour cet usage. Lorsqu'on a essayé d'introduire le macadam dans la Cité, on s'est borné à briser sur place les blocs provenant des chaussées pavées, auxquelles on voulait substituer le macadam.

On a vu que les ingénieurs anglais forment en général les chaussées macadamisées de plusieurs couches, et qu'ils placent les matériaux les moins résistants dans les couches inférieures... Ils ont recours alors, à Londres, pour l'établissement de ces couches, soit au gravier qu'ils extraient de carrière, soit au *gravier lest* de la Tamise.

Le yard cube de ces matériaux coûte moyennement 3 sh. 6 p., ou 5^{fr}.40 le mètre cube.

C'est avec ce gravier qu'ils composent toute l'épaisseur du macadam dans les parcs, dans les rues d'un traffic peu considérable ; aussi M. Mac-Adam m'a-t-il plusieurs fois répété, et cette pensée a été reproduite par lui dans ses notes, qu'il était bien nécessaire de recouvrir la surface de la chaussée en gravier des boulevards de Paris, par une couche de granit concassé ou de pierre dure.

---

(8) Les ouvriers soutenus par la paroisse ne coûtent que 10 shillings ; mais ils travaillent mal, et malgré la différence des prix, il est encore plus avantageux de s'adresser à des ouvriers libres.

J'arrive maintenant à la valeur de première exécution du mètre quarré de macadam dans les rues de Londres, et à la dépense annuelle que l'entretien nécessite.   .

1° Frais de premier établissement.

M. York évalue à 3 shillings 6 pence le prix du yard superficiel de route macadamisée, ou à . . . . . 5$^{fr.}$23 environ par mètre quarré.

M. Mac-Adam, dans le sous-détail qu'il a calculé, n'arrive, par mètre quarré, qu'à la somme de. . 3$^{fr.}$55

M. Lomax, de son côté, évalue :

le macadam
$$\begin{cases} \text{en granit de Guernsey, à environ.} & 7^{fr.}\text{oo} \\ \text{en Ighthan-stone, à.} \ldots \ldots \ldots & 5^{fr.}\text{3o} \\ \text{en cailloux siliceux, à.} \ldots \ldots & 4^{fr.}\text{6o} \end{cases}$$

Ces variations de prix dépendent évidemment du système particulier suivi par chaque ingénieur, en ce qui concerne l'épaisseur totale du macadam et celle des couches de gravier que l'on est dans l'habitude de placer sous la couche superficielle de granit.

Quoi qu'il en soit, on voit dans quelles limites varie le prix de revient d'une chaussée macadamisée, d'après la nature des matériaux employés. On pourra d'ailleurs décomposer ces différents prix, soit au moyen de l'évaluation détaillée de M. Mac-Adam, soit au moyen de sous-détails qui m'ont été remis par M. York, et dont j'ai donné la traduction à la fin de ce rapport.

Le prix moyen d'une chaussée macadamisée est donc d'environ. . . . . 5 francs par mètre, celui du pavé, de. . . . . 25 francs, en pavés de 3 pouces, dont l'emploi est aujourd'hui le plus en faveur à Londres.

Entretien annuel.

On a vu que le soin plus ou moins grand apporté dans la construction d'une chaussée, exerçait, suivant les ingénieurs anglais, une grande influence sur le prix de son entretien.

Ce prix dépend essentiellement encore :

1° De la nature des matériaux qui la composent :

2° Du chiffre de la circulation qu'elle supporte et de la nature de ce traffic;

3° De la largeur qu'elle présente entre les trottoirs.

J'accompagnerai donc, autant que possible, les prix d'entretien que j'aurai pu recueillir, de détails relatifs aux articles précités.

Dans les dépenses totales d'entretien d'une chaussée macadamisée à Londres, doivent être compris :

1° L'arrosage,

2° L'ébouage,

3° Le rechargement de la chaussée.

1° Arrosage.

Cet arrosage a lieu deux fois par jour durant la saison été c'est-à-dire pendant sept à huit mois : lorsque la nécessité s'en fait sentir, on le multiplie encore davantage.

Les arrosages ont pour but non-seulement d'abattre la poussière sur le macadam ou sur le pavé, mais encore de prévenir l'usure du macadam, et de réduire en boue la poussière, de manière à rendre son enlèvement plus facile, soit au moyen du balayage, soit au moyen des machines de M. Witworth.

C'est un entrepreneur qui est chargé des arrosages; l'eau lui est fournie par la paroisse.

Il la puise directement, soit sur les conduites à l'aide de tuyaux flexibles, soit dans des réservoirs, d'où elle est extraite avec des pompes.

La manœuvre se fait beaucoup plus facilement à Paris au moyen des poteaux d'arrosage, à l'usage desquels on ne paraît pas, en général, avoir recours à Londres.

Il arrive souvent aussi que l'on arrose directement les chaussées par des tuyaux flexibles branchés sur les conduites, et que des ouvriers manœuvrent à la main. L'eau s'échappe alors par l'extrémité de ces tuyaux garnis d'ajutages de différentes formes, suivant les circonstances.

Je donne, à la suite de ce rapport, le dessin détaillé d'une voiture à arroser. Son mécanisme me paraît préférable aux tonneaux employés à Paris (*voir* Pl. 190).

A Paris, on n'arrose à la fois que l'intervalle compris entre les roues de la voiture. A Londres, le *sprinkler* ou arrosoir se retourne sur les côtés de la voiture et permet de couvrir d'eau une surface dont la largeur peut s'élever jusqu'à 17 pieds anglais.

De plus, l'arrosoir est partagé en deux parties égales par une cloison verticale; et chacune de ces parties est mise en communication avec le réservoir par une soupape à boulet, à laquelle le mouvement est donné par une chaîne qui passe sur deux poulies de renvoi, et s'attache à la tige d'un levier que le conducteur de la voiture manœuvre avec le pied.

Lorsque les deux pédales sont baissées, tout l'arrosoir fonctionne et couvre d'eau la largeur maximum de 17 pieds. Avec une seule pédale en mouvement, la surface arrosée se réduit à la largeur de 8 pieds 1/2.

Ce fractionnement est nécessaire pour l'arrosement des rues dont la largeur n'est pas un multiple de celle que l'arrosoir entier peut couvrir. On ne débite ainsi que la quantité d'eau strictement nécessaire.

Ces voitures à arrosage renferment 400 gallons ou 1 817 litres. On peut arroser avec cette charge un espace de 700 yards de longueur sur la largeur de 17 pieds, ou 3 323 mètres carrés. C'est donc à peu près un demi-litre par chaque mètre superficiel.

Le prix de la machine est de 30 guinées ou 750 francs. Elle est mise en mouvement par un seul cheval.

A Londres, les machines à arroser dépensent une quantité double.

La machine que je viens de décrire, et qui paraît la meilleure de celles employées en Angleterre, est surtout en usage dans la ville de Birmingham. A Londres, les machines, quoique donnant également un arrosement circulaire, présentent quelque différence dans leur construction.

Leur contenance, d'après ce que m'a dit M. Mac-Adam, n'est que de 200 gallons ou 910 litres.

Elles couvrent d'eau, avec un cheval allant au pas ordinaire, une longueur de 220 yards ou . . . 200 mètres, une largeur de 14 pieds ou. . . . $4^m.34$.
Superficie. . . . . 868 mètres.

On voit que ces machines donnent environ un litre par mètre superficiel.

M. York m'a également rendu compte d'une expérience qu'il a faite. Il en résulte qu'une surface de 72 000 yards ou 60 000 mètres superficiels environ, demande, pour être deux fois arrosée, 32 000 gallons ou 145 390 litres. C'est environ 1 litre 1/4 par mètre quarré, pour chaque arrosage.

Ces résultats concordent, du reste, avec cette opinion que la ville de Londres est plus abondamment arrosée qu'aucune ville d'Angleterre.

Évaluation du prix de l'arrosage.

M. York a trouvé le prix suivant d'après une moyenne de dix années :

Superficie arrosée, 72 000 yards (60 200 mèt. quarrés).
Dépenses pour l'eau. . . . . 300 liv.
Chevaux, voitures, conducteurs. 225
Réparation des tuyaux de
cuir, des coffres d'arrosage } . . . 25   } 550 livres.

C'est donc en total 13 750 francs pour une superficie

de 60,200 mètres, ou $0^{fr}.228$ par mètre superficiel, les-quels se décomposent ainsi qu'il suit :

	fr.
Eau.	0.125
Chevaux, voitures, conducteurs.	0.093
Réparation des tuyaux de cuir, etc.	0.010
Somme pareille.	0.228

Les frais que cet arrosage entraîne sont réalisés au moyen d'une taxe d'un penny ($0^{fr}.1042$) par chaque livre (25 francs) du revenu produit par les maisons situées dans les rues que l'on arrose.

Ce prix de $0^{fr}.125$ pour l'eau, par mètre superficiel, paraît généralement adopté à Londres.

J'ai lu dans un rapport de M. William Haywood, adressé, en février 1850, à la commission des égouts de la Cité, sur la fourniture d'eau de la ville de Londres, que la compagnie de *New-River* exigeait pour l'arrosage des rues les prix suivants :

Fournitures d'eau par 100 yards quarrés,

pour { un arrosement. . . 5 shillings.
{ deux arrosements. . 7 shillings 6 deniers.

C'est-à-dire $0^{fr}.11$ environ par mètre quarré.

On a vu que deux arrosements produisaient à Londres une couche d'environ $0^m.0025$, ou par mètre et pour toute la saison de l'arrosage (210 jours) 5 hectolitres environ.

C'est donc à peu près $0^{fr}.025$ par hectolitre.

A Birmingham, où fonctionnent les machines à arroser que j'ai précédemment décrites, la valeur de l'eau est de 3 shillings par 1 000 gallons, ou environ $0^{fr}.08$ par hectolitre.

Ce prix, dit M. Pigott-Smith dans un mémoire sur les routes macadamisées, est plus que le double de celui payé dans les autres villes d'Angleterre, et c'est ce qui explique la parcimonie relative des arrosages à Birmingham.

2° Ébouage.

L'opération de l'ébouage se compose de deux parties distinctes :

Le balayage d'une part ;

De l'autre, le chargement des boues et leur transport hors de Londres.

Tantôt la première opération est liée à la seconde, et s'exécute par les soins d'un même entrepreneur.

Tantôt, au contraire, on emploie, pour cette première partie de la besogne, les pauvres de la paroisse, qui ne reçoivent alors qu'un salaire inférieur au salaire habituel.

Ainsi, dans la paroisse de Saint-James, les pauvres à sa charge, sont payés 10 shillings par semaine pour l'opération du *sweeping* ou du balayage, tandis que les ouvriers libres reçoivent 15 shillings ; et malgré cette augmentation de prix, il y aurait avantage à employer les ouvriers libres, mais on est obligé de se servir des pauvres, auxquels l'*assistance est due*.

Lorsque la paroisse fait exécuter le balayage par les pauvres, elle charge un entrepreneur de l'enlèvement des boues.

Je joins à ce rapport la traduction de contrats relatifs à l'une et à l'autre hypothèse. (Note E.)

Le premier contrat relatif à la paroisse de Saint-James Westminster m'a été remis par M. York.

Il a pour objet : 1° le transport des détritus provenant du balayage, à l'aide d'ouvriers payés par les commissaires de la paroisse ; 2° l'enlèvement des immondices des maisons particulières ; 3° l'arrosage.

Le second contrat a pour objet seulement le balayage et le *transport des détritus*, ainsi que l'arrosage des routes et rues soumises à la surveillance de M. Mac-Adam. (Note F.)

L'enlèvement des immondices n'y est pas compris.

Le troisième contrat est relatif seulement à l'ébouage et au transport des boues ; on voit que dans certaines rues l'ébouage doit s'exécuter par l'entrepreneur du transport, et dans d'autres par des ouvriers fournis par les commissaires. (Note G.)

Il n'y a donc aucune règle fixe dans l'organisation du travail de l'ébouage, de l'enlèvement des immondices et de l'arrosage à Londres.

On a peine à comprendre la régularité et l'ensemble qui président à ces opérations, avec une pareille variété dans le mode d'exécution.

Je ne reproduirai pas les différentes clauses exprimées dans ces contrats ; il suffira de dire que l'ébouage doit avoir lieu au moins une fois par jour, et que si des ébouages supplémentaires sont jugés nécessaires par l'inspecteur, l'entrepreneur doit toujours tenir à sa disposition, soit des voitures soit des ouvriers balayeurs, suivant les circonstances.

Deux modes sont employés dans le nettoyage des rues :

1° Balayage à la main ;

2° A l'aide de machines inventées par M. Withworth.

Ces deux modes sont en usage à Londres ; mais le premier y prédomine, tandis qu'à Manchester, Birmingham, etc., on ne fait guère usage que du second.

MM. Mac-Adam et York semblent préférer le balayage à la main. Un grand nombre d'autres ingénieurs, au contraire, aiment mieux recourir à la machine de Withworth.

Le balayage à la main s'opère au moyen de balais en jonc.

Le balai a la longueur de. . . . . $0^m.32$,

l'épaisseur de. . . . . $0^m.11$,

la hauteur de. . . . . $0^m.16$.

La tige est légèrement inclinée sur le plan supérieur du balai.

Un ouvrier libre à Manchester, d'après des documents officiels, balaye environ 1 190 yards par jour ou 1 000 mètres quarrés, et les pauvres dépendant de la paroisse, 600 ou 500 mètres quarrés.

A la tâche, 1 000 yards à balayer se payent 1 shilling 8 pence.

A Londres, un homme nettoie par jour une beaucoup plus grande surface : mais il paraît que l'ouvrage est fait avec moins de soin.

On a vu, dans la première partie de ce rapport, les réponses faites par M. Withworth au sujet des avantages de sa machine.

Je donne le dessin de cet appareil à la fin de mon rapport (Pl. 190).

Il consiste, comme on peut le voir, dans une chaîne sans fin, armée de balais qui se meuvent dans un coursier, suspendu à l'arrière d'un tombereau.

La chaîne, par l'intermédiaire d'un pignon et d'une roue dentée, placés contre la roue du tombereau, prend un mouvement en sens inverse de celui des roues.

Aussitôt donc que le tombereau est en marche, les balais se mettent en mouvement, attaquent la boue qui recouvre le sol, la ramassent, l'enlèvent dans le coursier et la vident à la hauteur d'une bâche remplaçant la caisse.

En continuant leur trajet, les balais rencontrent vers le haut une barre d'arrêt, sur laquelle ils se nettoient avant de redescendre, pour recommencer à agir.

Un mécanisme spécial permet d'ailleurs au conducteur d'augmenter ou de diminuer la pression exercée par l'appareil, ou de le relever tout à fait dans les traversées où il ne doit pas être employé.

Une longue discussion a eu lieu à l'occasion de cet appareil, à l'Institut des ingénieurs de Londres. L'étendue de ce procès-verbal ne me permet pas de l'insérer dans ce rapport, déjà si volumineux; je me bornerai à en donner un extrait.

INSTITUT DES INGÉNIEURS DE LONDRES.

Discussion sur les machines à balayer de Withworth.

» 1° *Avantage de la propreté des rues.* — La propreté des rues intéresse à la fois la salubrité des villes, les facilités de circulation et l'économie domestique.

» Quand la boue en décomposition ne séjourne pas sur la chaussée ce n'est pas seulement le piéton que l'on favorise; l'intérieur des ménages en ressent également du bien-être; les plus pauvres logements deviennent propres et s'entretiennent à peu de frais, ajoutez à cela moins de dégradations sur la chaussée, moins de tirage pour les voitures : vous aurez l'ensemble des avantages qui compensent les dépenses du nettoyage public.

» 2° *Inconvénients du nettoyage à la main.* — Il n'est personne qui n'ait remarqué les inconvénients du système actuel de balayage, la boue relevée en tas sur les revers s'étale de nouveau à chaque passage de voiture, et éclabousse les piétons, jusqu'à ce que de sales tombereaux, conduits par des charretiers d'une grossièreté proverbiale, viennent ramasser les ordures pour les transporter aux voiries.

» 3° *Emploi de l'eau.* — Ce qui peut-être n'a pas été assez compris, c'est l'influence de l'eau dans les conditions du travail.

» Sur un macadam ordinaire, la boue s'enlève facilement au balai, si elle est détrempée par la pluie et amenée à une demi-fluidité. Dès qu'elle est en consistance de pâte, il faut employer le racloir, et alors la route s'use rapidement : car les cailloux de la surface se désagrégent, deviennent roulants, et sont écrasés sous le pas des chevaux ou la pression des roues de voiture.

» Avec le pavé, l'eau est moins nécessaire mais toujours utile; l'eau fait sortir la boue d'entre les joints; aussi voit-on souvent une chaussée qui paraissait propre en temps sec, devenir sale et boueuse aussitôt qu'il pleut.

» La pluie est donc la circonstance favorable qu'il faut saisir pour le nettoyage. A défaut d'eau pluviale, on a, par l'arrosage, les moyens de produire le même résultat; l'arrosage permettra de fixer, de ramasser la poussière et de la traiter comme la boue.

» Du reste, la transformation de la poussière en boue ne serait pas un progrès; il faut que le nettoyage soit assez bien fait, pour empêcher la poussière de paraître, pour ne pas lui laisser le temps de se former.

» 4° *Projet de dépotoir.* — La boue à l'état semi-fluide est, disions-nous, dans les conditions les meilleures pour le balayage; mais elle a beaucoup de poids; les frais d'enlèvement et de transport atteignent leur maximum.

» Pour arriver à des manœuvres plus économiques, on a proposé d'établir de distance en distance des citernes, en communication avec les égouts. Les boues, convenablement détrempées, seraient poussées au balai jusqu'aux bouches des citernes et disparaîtraient ainsi de la chaussée. En les laissant déposer, il se ferait un partage : les liquides couleraient aux égouts, les solides seraient gardés comme engrais. Il n'en résulterait rien d'insalubre, car les boues solides ont peu d'odeur, et avec une proportion d'eau suffisante, l'odeur fétide des liquides serait promptement absorbée et deviendrait inappréciable.

» Ces dispositions, toutes convenables qu'elles soient, ne sont guère pratiques; car elles exigent un système d'égouts et de conduites d'eau que les villes les plus avancées ne possèdent pas encore.

» 5° *Machine à balayer.* — Il paraît donc préférable

de s'adresser aux procédés mécaniques et d'employer la
machine que nous avons décrite et qui est connue sous le
nom de machine de Withworth.

» Ces machines sont maintenant employées à Manchester, Leeds, Birmingham, etc., elles ont subi l'épreuve
de l'expérience, et ont réalisé partout des résultats remar-
quables d'économie et de supériorité d'effet sur le balayage
à la main.

» Ainsi à Manchester en 1843, on constata que chaque
machine balayait pour sa part 15 000 mètres quarrés de
chaussée dans un jour. On doit avoir noté que de 1840
à 1842, un ouvrier libre rendait 1 000 mètres quarrés et
qu'un pauvre de la paroisse ne donnait pas même 500 mètres quarrés.

» La machine remplaçait donc 15 travailleurs libres ou
30 mendiants, indépendamment des chargeurs et des
charretiers. De ces données on déduisait les prix de revient, et l'on trouvait que la machine travaillait au tiers
des prix primitifs. Pour la même dépense, Manchester
pouvait donc être balayé *trois fois* autant qu'auparavant;
à Leeds, où l'on appliquait au balayage les pauvres sans
ouvrage, on trouva cependant une économie de moitié en
faveur de la machine.

» Ce résultat s'explique d'ailleurs tout naturellement.
La machine fait deux opérations à la fois : elle exécute
du même coup le balayage et le chargement, rien ne
reste sur la chaussée et n'est perdu par les éclaboussures; aussitôt le tombereau passé, le travail est terminé; il n'y a de temps perdu que le transport aux
voiries.

» 6° *Travail des pauvres.* — La grande objection que
les machines ont soulevée en Angleterre, c'est qu'elles
supprimaient le travail des pauvres. Que feront les paroisses, de ces malheureux qu'elles nourrissent et qu'elles
emploient à balayer les rues, quand elles ne sauront plus

à quoi les occuper? On a répondu qu'un pareil travail, exécuté par des infirmes, en mauvais temps ou en mauvaise
saison, était une cause de maladie et de dégradation mo-
rale; que les pauvres, comme les esclaves, font moins et
coûtent plus que des ouvriers libres; qu'il fallait avoir foi
dans cette vérité économique de laquelle il résulte que
toute épargne sur le travail correspond à un accroissement
de capital et à une extension de consommation; qu'ainsi,
les malheureux, à qui on enlevait un labeur dégradant
trouveraient certainement, dans d'autres industries, beaucoup mieux qu'une compensation.

» Et effectivement l'enquête a montré qu'à Manchester, sur le total des ouvriers que remplaçait la machine, 6 pour 100 seulement n'ont pas rencontré d'occupations meilleures.

» 7° *Nombre des machines.* — Examinons maintenant
ce qu'il faut de machines pour le balayage d'une grande
ville.

» Le nombre doit être tel qu'on puisse, après la pluie,
balayer en un jour toutes les chaussées macadamisées;
en deux jours les chaussées pavées; à Birmingham, pour
une superficie de 225 000 mètres, on eut d'abord huit machines auxquelles on a ajouté depuis quatre machines de
renfort : ainsi, on peut agir énergiquement, aussitôt que
les circonstances commandent ou facilitent le travail. La
ville est parfaitement tenue.

» En général, il convient d'avoir de la force disponible
et des machines en remise. On a plus promptement trouvé
des chevaux et des conducteurs que des brigades de balayeurs.

» 8° *Entretien et tirage.* — Il nous reste à parler de
l'entretien et du tirage.

» Une route bien balayée se maintient mieux, parce
que les eaux n'ont pas le temps de filtrer dans la couche
de fondation, et de ramollir le sol.

12

» Elle s'use moins rapidement parce qu'elle ne se couvre pas de cette poussière siliceuse, agent d'usure si énergique, que les lapidaires et les scieurs de pierres n'en emploient pas d'autre.

» Le balayage est donc de première nécessité, au point de vue de l'entretien.

» Quant au tirage, voici l'échelle de proportion, qui donne la mesure des efforts développés par le moteur suivant l'état de la route :

» Pavé. 2
» Macadam en parfait état. 5
»   *Id.*   chargé de poussière. . . 8
»   *Id.*   *id.*   de boue. 10
» Cailloutis en bon état. 13
»   *Id.*   couvert de boue. . . . 32

» Le tirage change du simple au double, suivant que la route est propre ou couverte de boue.

» On voit de quel impôt est frappé le roulage par un mauvais système de balayage ; les transports ou la vitesse doivent être réduits de moitié.

» Résumons ces observations.

» Les machines produisent plus vite et moins chèrement l'ouvrage que l'on demande encore au balayage à la main ; ouvrage jusqu'à présent mal fait, coûteux et qui inspire un juste dégoût.

» Elles ne déplacent le travail que pour supprimer une classe d'ouvriers démoralisés, et offrir à ceux qu'elle conserve des occupations moins rebutantes et de bons salaires.

» Enfin elles réalisent, aux moindres frais, cette perfection de propreté si nécessaire au bon état des routes et aux prix économiques des transports.

» Le prix de ces machines est de 100 livres. »

Il me paraît que l'on ne saurait hésiter, dans la circonstance présente, à en faire, au moins à titre d'essai, une application sur les boulevards. Car on ne saurait disconvenir qu'elles résoudront la question du nettoyage de la surface du macadam avec le moins d'inconvénients pour la circulation publique.

M. York évalue à 1 denier 3/4, par an, le balayage d'un yard quarré de macadam, dans Pall-Mall, ce qui donne $0^{fr}.21$ par mètre quarré.

Quant au transport, il a reconnu que chaque yard produit en boue, par an, la quinzième partie de la charge d'un cheval, laquelle se paye 2 shillings 6 pence.

Les frais de transport par yard sont donc de $2^{d.}$ ($0^{fr}.21$) ou par mètre $0^{fr}.25$.

Comme point de comparaison, je donnerai encore, d'après le résultat d'une enquête faite par le conseil de salubrité de Londres, le prix du nettoyage des rues d'une paroisse de Londres.

Balayage, dans cette paroisse, *de 52 471 yards quarrés* pendant une année.

	liv.
1° Main-d'œuvre du balayage.	424
2° Transport des détritus et des immondices, 4 800 charges (*load*) à 2 shillings 2 pence la charge.	560
Total.	984

ou environ $0^{fr}.50$ par mètre quarré.

Au moyen de ce chiffre on peut se faire une idée du prix énorme auquel reviendrait le nettoyage complet de la ville de Londres.

Il existe à Londres 260 000 maisons ; or il a été calculé que la superficie de chaussée (non compris les trottoirs) correspondant à chaque maison, est de 23 mètres environ.

On aura donc pour la superficie totale de la ville 5 980 000 mètres.

Lesquels, à raison de o^{fr}.50 l'un, produiraient la somme   tr.
d'environ. 3 000 000

A quoi il faudrait encore ajouter le prix de l'arrosage général, lequel, d'après les données précédentes ne reviendrait
pas à moins de. 1 000 000

                    Total minimum. 4 000000

Aussi a-t-on recherché tous les moyens de réaliser des
économies, et des expériences ont été faites pour nettoyer les rues de Londres en promenant sur leur surface
de longs tuyaux flexibles, de l'orifice desquels s'échappaient des courants d'eau à grande vitesse.

Les courants chassaient devant eux la boue ou la poussière liquéfiée, et tout disparaissait dans les égouts.

De plus, pour entretenir la salubrité de l'air, pour ab-
sorber les miasmes qu'il pourrait renfermer, surtout dans
les rues étroites et habitées par la classe ouvrière, on pro-
menait ces mêmes tuyaux, mais relevés verticalement à
leur extrémité et munis d'un orifice divergent; alors mon-
taient, à 5 ou 6 mètres de hauteur en s'épanouissant, et
retombaient en abondantes cascades, des nappes qui raf-
fraîchissaient et purifiaient complétement l'atmosphère.

Plusieurs séries d'expériences ont été faites pour démontrer la supériorité de ce système qui, du reste, n'est
point encore en vigueur.

Mais on a remarqué, entre ces séries, des différences
qui sont entre elles comme 1 à 3 sous le rapport de la dépense, suivant que l'eau, en s'échappant des tuyaux,
éprouve une pression suffisante pour s'élever à 60 ou
20 pieds anglais.

En appliquant le résultat de ces expériences à la surface
totale de la ville de Londres, et en supposant, il est vrai,
que l'opération ne s'exécute que sur des chaussées pavées,
on arriverait :

1° A une dépense de 875 000 avec de l'eau à très-haute
pression ;

2° de 2 330 000 avec de l'eau à la pression moyenne.

On voit donc quelle énorme économie serait réalisée par ce procédé.

Je me bornerai à ces explications générales, et j'entrerai, plus tard, dans de plus grands détails, sur l'application de ce procédé, si vous le jugez nécessaire.

Dès aujourd'hui, cependant, je crois pouvoir dire qu'il serait difficilement applicable à Paris, à raison de la pénurie des eaux et du peu de pression qu'elles supportent.

Et, du reste, il faut remarquer qu'on ne fait vraisemblablement pas aujourd'hui une dépense annuelle de 4 000 000 de francs pour l'assainissement de la ville de Londres.

Bien des quartiers ne sont balayés qu'une fois, d'autres deux, et d'autres trois fois par semaine, et, dans l'état actuel des choses, cela ne paraît pas présenter de bien graves inconvénients.

Ainsi donc, on voit que le prix total de l'opération, appelée par les Anglais le *cleansing and watering* (le nettoyage et le lavage) des rues, est :

1° Dans le district de M. York. . . . . o^{fr}.688

2° Dans celui de M. Lomax (bas district) 57 500 fr. pour une superficie de 77 979 mètres quarrés ou par mètre quarré. . . . . o^{fr}.73

Moyennement. . . . . o^{fr}.70

On voit de plus que ce prix peut être décomposé ainsi qu'il suit :

	fr.
Arrosage par mètre quarré, environ.	0 23
Ébouage.	0.22
Transport des boues et immondices.	0.25
Total.	0 70

3° Rechargement de la chaussée.

Après l'arrosage et l'ébouage vient le rechargement de

la chaussée ; c'est l'opération la plus coûteuse, et celle à laquelle correspondent les différents chiffres présentés, dans le chapitre précédent, pour l'entretien du macadam.

Cette opération se compose :

1° De la fourniture, du cassage et du transport des matériaux qui doivent remplacer l'usure ;

2° De la main-d'œuvre relative à leur emploi, c'est-à-dire au repiquage de la chaussée et au répandage des matériaux.

Dans une chaussée à l'état normal, le montant de la fourniture des matériaux doit être déterminé par l'usure annuelle de la chaussée.

D'après M. Mac-Adam, le montant de cette fourniture est en général représenté par une couche de matériaux dont l'épaisseur varie entre les limites de $0^m.025$ et $0^m.10$, suivant le chiffre et la nature du trafic.

Il a cité l'usure qui a lieu sur le pont de Westminster comme exceptionnelle ; elle s'élève jusqu'à 15 centimètres.

M. Lomax dépense annuellement 5 000 yards cubes pour compenser l'usure qui se produit sur les 97 951 yards quarrés de macadam, placés sous sa surveillance.

C'est à peu près une couche de $0^m.052$.

Enfin, M. York estime à 139 yards cubes la quotité de matériaux annuellement dépensés pour la réparation des 1 338 yards quarrés de *Pall-Mall-street* placés sous sa direction.

C'est environ $0^m.10$ d'usure superficielle.

Il est entendu qu'il ne s'agit ici que de chaussées formées de bon granit de Guernsey. En graviers siliceux, d'après les évaluations de M. Lomax, l'usure aurait été au moins trois fois plus grande dans les mêmes circonstances.

Ces données permettent de présenter une règle empirique qui fixera aisément, dans la mémoire, la quantité de matériaux à fournir lorsqu'il s'agira d'une circulation qui ne s'écartera pas beaucoup de celle des rues de Londres, en nature et en quantité.

Aussi dans Pall-Mall, dont la largeur est de 11 mètres, il passe à peu près. . . . . 16 000 chevaux. avec une usure de. . . . . 0^m.10

Sur le pont de Westminster, dont la largeur est de 9 mètres, il passe environ. . . . . . . 22 000 chevaux. avec une usure de. . . . . 0 .15

On peut en conclure que l'usure est de 6 à 7 mètres cubes, soit 7 mètres par kilomètre de longueur et par 100 colliers.

Appliquant cette règle aux boulevards de Paris, entre la colonne de Juillet et la Madeleine, la largeur moyenne macadamisée de cette partie est de 16 mètres, et la circulation qu'elle reçoit d'environ. . . . 9 000 chevaux. Il faudra donc, pour avoir l'usure par mètre quarré, multiplier 7 mètres par le rapport $\dfrac{90}{16 \times 1000}$, et l'on aura, à très-peu près, 0^m.04.

Mais, d'après les observations de M. Lomax, le gravier siliceux s'use trois fois plus vite que le granit de Guernsey.

C'est donc une couche de 0^m.12 qui disparaîtra chaque année.

Aux Champs-Élysées, on dépensait sur les bas côtés de la grande avenue, avant le dépavage 2 500 mètres cubes de gravier pour une superficie de 36 000 mètres ; c'était donc une couche de 0^m.07.

Mais il faut remarquer que, bien que la circulation aux Champs-Élysées fût à peu près la même que sur le boulevard (excepté cependant en hiver), les bas côtés n'avaient que rarement à supporter l'action du roulage, pendant les pluies ou les dégels : il se portait en grande partie, en effet, sur la chaussée pavée ; il y a donc tout lieu de croire que le chiffre de 0^m.12 n'est point exagéré.

Telles sont les limites dans lesquelles varie l'usure sur

les chaussées macadamisées de Londres, et avec les excellents matériaux dont on dispose en Angleterre.

Je donnerai maintenant le sous-détail complet de l'entretien par yard quarré de la portion de Pall-Mall-street soumise à la direction de M. York :

Entretien de 1388 yards quarrés dans Pall-Mall-street.

	l.	s.	d.	l.	s.	d.
1° { 139 yards cubes pour fourniture...	37	2	10	} 95	16	10
Transport des id....	8	14	»			
2° Main-d'œuvre de cassage à 3 sh. le yard......				20	17	»
3° 238 journées de manœuvre pour emploi à 3 sh....				35	14	»
Total.........				152	7	10

ou 3809^{fr}.79 pour 1160 mètres.

C'est-à-dire par mètre quarré 3^{fr}.30.

Tels sont les seuls éléments qui entrent dans la composition du sous-détail que les surveyors considèrent comme le prix de revient de l'entretien du macadam.

Ils laissent à part l'ébouage, le transport du produit de cet ébouage, enfin l'arrosage, attendu que ces travaux s'appliquent également aux chaussées pavées.

C'est donc à peu près un chiffre de 0^{fr}.70 (9) représentant ces trois opérations, qu'il conviendra d'ajouter aux évaluations portées dans le tableau synoptique suivant, où se trouvent réunis les différents prix de l'entretien annuel, par mètre quarré, des chaussées macadamisées, placées sous la surveillance de MM. Mac-Adam, Lomax et York.

---

(9) Il devrait être évidemment diminué en même temps que le chiffre du trafic, parce qu'il y aurait moins de boue à enlever et à transporter.

NOMS de l'ingénieur qui m'a donné les renseignements.	LOCALITÉS.		PRIX par mètre quarré.	NATURE de la pierre.	OBSERVATIONS.
M. Mac-Adam.	Pont de Westminster.		fr. 6.00	Guernsey.	
M. Lomax. . .	Dans son district.	Moyennement.	1.90 1.90 2.50 2.80	Guernsey. Grueby - Whinstone. Ightan stone. Gravier.	
M. York. . . .	Pall-Mall. . . . . . Charles-street. . . . . Jardins de Barlington.		3.30 1.25 0.30	Guernsey.	
M. Haywood. .	Charing-cross. . . . Dans des rues de traffic moyen.		3.30 1.55	Guernsey.	

Si maintenant on voulait représenter, par des chiffres moyens, le prix de construction première du pavé et du macadam à Londres, ainsi que celui de leur entretien, on pourrait dire :

1° Que le prix du pavé pour construction première est d'environ dix-huit francs pour les pavés de $0^m.10$ de largeur ; *idem*, vingt-cinq francs pour ceux de $0^m.075$ que l'on emploie le plus aujourd'hui ;

2° Que le prix de l'entretien par mètre quarré ne peut guère s'évaluer à moins de $0^{fr}.40$ à $0^{fr}.50$;

3° Que le prix du macadam en pierre de Guernsey, avec couches inférieures en gravier, varie entre $3^{fr}.55$ et 7 francs, moyennement 5 francs pour construction première ;

4° Que son entretien, en omettant les circonstances exceptionnelles, est de $1^{fr}.25$ à $3^{fr}.30$ par mètre quarré.

Tous ces prix ne comprennent ni l'ébouage, ni le transport des boues, ni l'arrosage. Triple opération qui peut être comptée pour $0^{fr}.70$ par mètre quarré environ, dans les circonstances ordinaires.

6° Chaussées en bitume et trottoirs.

Il n'existe pas à Londres de chaussées en bitume que

l'on puisse citer comme exemple. Un essai a été fait, pendant la durée de ma mission, dans la cour de l'établissement de la compagnie de Seyssel.

On a suivi le procédé employé aux Champs-Élysées, pendant que j'étais chargé du service municipal.

En Angleterre, on paraît avoir peu de confiance dans le bitume. Les ingénieurs ont accepté trop facilement, dans l'origine, toutes les promesses qui leur ont été faites au nom de ce produit, par des spéculateurs imprudents. L'expérience a démenti ces promesses, et la réaction a lieu aujourd'hui; aussi n'emploient-ils pas même le bitume pour les trottoirs; ils repoussent toute offre nouvelle avec une défiance que le passé explique, mais ne justifie pas.

L'excellent état des voies et places bituminées de Paris devrait leur ouvrir les yeux.

Depuis 1770 jusqu'en 1820, on a fait presque exclusivement usage, à Londres, pour le dallage des trottoirs du calcaire de Purbeck; mais, aujourd'hui, ce calcaire est presque entièrement abandonné et remplacé par le grès du comté d'York.

On l'emploie en larges dalles de $0^m.075$ d'épaisseur.

Le prix par mètre quarré des dalles en grès d'York est d'environ dix francs.

L'entretien des trottoirs est de $0^{fr}.12$ par mètre superficiel.

On emploie généralement le granit comme bordure de trottoirs (cornish ou granit du comté de Cornouailles).

Des échantillons de ces matériaux sont joints à mon rapport.

Au pied de la bordure du trottoir, sont maintenant placées deux rangées de pavés bien taillés pour l'écoulement des eaux.

Les trottoirs à Londres sont d'une grande largeur : 3 à 4 mètres moyennement, dans les rues principales.

QUATRIÈME PARTIE.

Je vais entrer maintenant dans quelques détails relatifs à la viabilité et à l'assainissement de Paris.

Ils permettront d'apprécier plus complétement les conclusions qui termineront ce mémoire.

Et d'abord le tableau synoptique suivant donnera les rapports existant entre la population, l'étendue des rues, etc. des capitales de la France et de l'Angleterre.

	LONDRES.	PARIS.	OBSERVATIONS.
Surface totale..	210 000 000	34 379 016	
Population.	1 924 000	1 053 897	
Nombre de maisons.	260 000	29 526	
Développement des rues.	1 126 000	425 000	
Surface des rues (non compris trottoirs)	6 000 000	3 600 000	(a)
Développement des egouts.	639 000	135 900	

(a) La surface des trottoirs est à Paris de 888 000 mètres.

Ainsi :

1° { A Londres, à chaque habitant correspond une surface de. . 100 mèt.
{ A Paris, à chaque habitant correspond une surface de. . . 34

2° { A Londres, chaque maison renferme. . . . . 7 1/2 habit.
{ A Paris. 34

3° { A Londres, à chaque habitant correspond une longueur de
{ rue égale à. . . . . 0.53 mèt.
{ A Paris. 0.42

4° { A Londres, à chaque maison correspond une longueur de
{ rue de. . . . . 4.40 mèt.
{ A Paris. 15.00

Ces rapprochements permettent d'apprécier immédiatement la différence qui existe entre ces deux villes.

Ainsi, on peut en conclure qu'il existe à Londres une grande quantité de surfaces non bâties; .

Que les maisons y sont peu élevées,

Que chaque famille possède la sienne.

J'ajouterai qu'une partie des maisons étroites de la Cité, ne sont que des comptoirs remplis toute la journée par

les négociants et les gens d'affaires et par eux abandonnés
le soir. Chaque matin les omnibus les ramènent à leur
domicile placés dans le voisinage ou dans les autres quartiers de Londres.

Circulation.

On a vu quelle était la circulation des voies les plus fréquentées de Londres. Sans contredit les boulevards
nous offrent, pour Paris, le point où la circulation est la
plus importante. Or il résulte d'un tableau que M. l'ingénieur en chef directeur du service municipal a bien
voulu me remettre que :

INDICATION des parties de la voie publique où la circulation a été observée.	FRÉQUENTATION EN 24 HEURES.		
	Colliers portant		TOTALE.
	des marchandises.	des personnes.	
	colliers.	colliers.	colliers.
Boulevard des Capucines.	962	8 108	9 070
Id. des Italiens.	1 770	8 980	10 750
Id. Poissonnière.	1 680	6 040	7 720
Id. Saint-Denis.	1 850	7 759	9 609
Id. des Filles du Calvaire. . . .	891	4 965	5 856
Moyenne générale de ces cinq stations.	1 430	7 170	8 600
Rue du Faubourg-Saint-Antoine. . . .	2 314	1 986	4 300
Avenue des Champs-Élysées.	788	8 171	8 959

Si l'on recourt aux chiffres énoncés au commencement
de ce rapport, on verra que cette circulation atteint à peine
la moitié de celle des rues de Londres macadamisées, et
que la nature de circulation de ces dernières est beaucoup
plus destructive pour les chaussées. On se rappelle en
effet qu'il passe, sur ces voies, plus de *deux cents* omnibus par heure.

Système administratif.

MM. les préfets de la Seine et de Police se partagent
les attributions de la voirie.

A l'un appartient tout ce qui concerne la construction
des chaussées, des égouts, des conduites d'eau, etc., etc.

Le second, déjà chargé de l'assainissement moral de la cité, a, dans ses attributions, son assainissement matériel, l'arrosement et le nettoyage des rues, des égouts, etc... tout ce qui se rapporte à la sûreté et à la liberté de la circulation. On ne peut exécuter, sans son autorisation, aucun travail, sur la voie publique.

Ces deux administrateurs agissent l'un et l'autre, en ce qui concerne la viabilité, par l'intermédiaire d'un seul ingénieur en chef directeur sous les ordres duquel sont placés deux ingénieurs en chef dont les attributions ont pour limite l'une et l'autre rive de la Seine.

Trois ingénieurs ordinaires sont attachés à chacun de ces ingénieurs en chef.

On comprend avec quel ensemble une pareille administration doit marcher, lorsque les différents fonctionnaires qui composent cette hiérarchie sont animés d'un bon esprit.

Enfin, un seul conseil municipal est chargé d'apprécier et de voter les dépenses.

Nous avons donc à Paris ce que les Anglais désirent à Londres.

Chaussées (10).

J'arrive maintenant à l'examen des chaussées en usage à Paris. Je parlerai ensuite de l'assainissement de cette ville.

Pavés (leur nature).

Les pavés en usage à Paris proviennent du bassin tertiaire au centre duquel il est placé et sont extraits des deux couches désignées par les géologues sous le nom de sables supérieurs et sables moyens.

Ils sont en nature de grès presque exclusivement composé

(10) Consulter un mémoire très intéressant de M. Minard, inspecteur général des ponts et chaussées, sur la progression des dépenses exigées par le pavé de Paris, pendant les deux derniers siècles (1826).

de silice : le mode d'agrégation de cette silice donne aux échantillons des aspects différents quant à la cassure, et de cette différence, on peut induire la qualité de la roche.

Tantôt cette cassure est saccharoïde ; alors la roche est généralement friable, gélive, sans résistance.

Tantôt cette cassure est légèrement esquilleuse : c'est la meilleure qualité. Les blocs de cette nature sont cependant notablement inférieurs *aux porphyres belges*.

Tantôt enfin cette cassure est conchoïdale, et les pavés formés de cette nature de pierre ne résistent pas aux chocs des voitures.

La pesanteur spécifique est de 2.4 à 2.6.

Échantillons.

Jusqu'en 1835 on employait toujours des pavés cubiques de $0^m.23$ de côté : A partir de cette époque on essaya des pavés parallépipédiques ayant $0^m.16$ de largeur sur $0^m.23$ de longueur, et $0^m.13$ de largeur sur $0^m.16$ de longueur.

Ce dernier échantillon a été abandonné. On a cru reconnaître qu'il ne présentait pas une durée suffisante.

Les deux seuls échantillons réellement en usage à Paris sont donc les pavés de $0^m.23$ de côté ou de $0^m.23$ sur $0^m.16$.

Ce dernier échantillon est en général placé dans les quartiers de luxe ; l'autre est réservé pour les rues assujetties aux passages des chariots et des charrettes, ou pour les quartiers excentriques.

J'ajouterai que les pavés de $0^m.20$ et de $0^m.13$, que l'on emploie encore en quelques points, doivent être considérés comme dérivant des pavés de $0^m.23$ ou de $0^m.16$ dont les dimensions étaient trop faibles.

Ils ne sont donc véritablement admis qu'à titre de tolérance.

Il entre par mètre quarré de pavage 16 à 17 pavés de $0^m.23$

de côté; et vingt-quatre à vingt-cinq pavés de l'échantillon de 0^m.23 à 0^m.16.

Ces échantillons sont employés dans la proportion de sept à trois.

On peut donc déjà remarquer qu'il y a eu, à Paris comme à Londres, tendance à remplacer par des pavés étroits, les pavés à larges surfaces. La qualité seule du grès, paraît s'être opposée à ce que ce changement se réalisât sur une grande échelle.

Une des principales améliorations apportées au système de pavage à Paris, consiste dans le taillage de ces pavés. En sortant des mains des carriers, les pavés les mieux confectionnés présentent encore, à la pose, des joints de 2 centimètres et demi à 3 centimètres d'épaisseur.

En les faisant *ébosser* ou *smiller* dans les dépôts de Paris, on est parvenu à réduire les joints à 1 centimètre.

Aussi on peut remarquer que les chaussées sont parfaitement dressées; que les joints se dégradent moins vite; que les voitures éprouvent moins de chocs, etc.; que le bruit est aussi affaibli que possible. Un pavage établi dans ces conditions présente pendant les trois ou quatre premières années de sa confection, une surface parfaitement unie et bien roulante. Mais il faut d'autre part convenir que ces avantages n'ont été obtenus qu'en augmentant encore les chances de glissement des chevaux.

L'opération de l'ébossage ou du smillage revient à 0^{fr}.07 ou 0^{fr}.12 par pavé.

Système de fondation. — Le système généralement employé à Paris, consiste à placer les blocs sur une forme de sable de 0^m.23 d'épaisseur, et à garnir leurs joints de ce même sable, sans addition de chaux, comme à Londres.

L'opération se termine par le répandage d'une couche de sable sur la surface : on la laisse séjourner pendant huit jours.

Les pavés sont assujettis avec une hie du poids de trente-cinq kilogrammes.

Pour prévenir les déformations trop rapides de la surface, on a essayé de fonder le pavé sur une première couche de pavés de rebut.

Comme solidité, ce mode ne laissait rien à désirer, mais il était très-coûteux, entraînait des inconvénients graves, lors des remaniements de pavés déterminés par les conduites d'eau ou de gaz. De plus, une chaussée ainsi construite est dure pour la circulation.

On a pareillement fait usage des fondations sur treillis en bois, et *de fondations sur béton avec joints coulés.*

Cette dernière innovation avait pour résultat d'accroître la solidité du pavage, de diminuer la boue et la poussière : elle aurait donc pris comme à Londres une grande extension, sans la nécessité où l'on se trouve à Paris de faire à des délais très-rapprochés des tranchées dans le pavé pour la pose des conduites qui servent à mener l'eau ou le gaz aux concessionnaires.

Il est vrai que la même difficulté se présente à Londres, et que le système des pavés sur *concrete* et à joints coulés n'a point été abandonné pour cela.

Mais les fuites d'eau à Londres me semblent présenter moins d'inconvénients qu'à Paris, à raison même du système de construction adopté pour les maisons.

A Paris, l'eau des fuites arrive immédiatement dans les caves. Et si l'affaissement du pavé, au point où la fuite a lieu, ne l'accuse pas immédiatement (11) et ne permet pas au service de réparer le mal, l'administration reçoit des plaintes justes et incessantes.

•A Londres, entre la chaussée et les habitations riveraines se trouvent de profondes tranchées, à ciel ouvert

_____

(11) La fondation sur béton empêche que cet affaissement n'ait lieu au même degré.

et revêtues de maçonnerie, sur lesquelles donnent les fenêtres et les portes des cuisines.

Les eaux de filtration arrivent donc tout au plus à ces tranchées, et de là retournent aux égouts au moyen du conduit transversal qui réunit chaque maison à l'égout central.

On n'a donc conservé à Paris l'usage du mortier que pour rendre étanches les joints des pavés formant les rigoles qui accompagnent les trottoirs.

Les pavages des rigoles, d'ailleurs, sont établis sur une fondation en pavés de rebut, et se composent de boutisses et de pavés piqués alternés.

Un essai a été fait et doit être continué dans les relevés à bout de cette année. On exécutera dans plusieurs rues, les ruisseaux au moyen d'une couche bitumineuse de 0^m.50 à 0^m.60 de largeur.

Ainsi, l'eau des ruisseaux ne pourra plus s'infiltrer à travers les joints des pavés, et séjourner, par places, à raison des irrégularités qu'elle rencontre. En même temps que les infiltrations cesseront, l'écoulement de superficie sera rendu beaucoup plus facile.

Profil de la chaussée. — A Paris, comme à Londres, on a repoussé le système des chaussées fendues ou à thalweg central, pour les établir suivant le profil actuel.

Il y a quinze à dix-huit ans, un grand nombre de rues présentaient encore deux larges revers dont les sommets étaient placés près des maisons, et le point bas au milieu. C'était suivant la ligne de rencontre de ces deux revers que les écoulements s'opéraient.

On a vu quels étaient les inconvénients de ces profils, et pourquoi on les a remplacés par des chaussées dont le faîte est placé au milieu de la rue, et qui viennent s'appuyer contre les bordures des trottoirs le long desquelles coulent les eaux jusqu'à ce qu'elles disparaissent dans les bouches d'égouts, établies sous ces bordures.

15

Trottoirs. — Depuis 1826, l'usage des trottoirs s'est généralement répandu à Paris. Aujourd'hui, plus de la moitié des rues en est garnie : deux matières sont maintenant exclusivement employées à cette construction, *le granit et le bitume.*

On emploie de préférence le bitume pour recouvrir de larges surfaces comme les places, les contre-allées des boulevards, etc.; on a recours au granit dans les rues marchandes et fréquentées, d'une largeur ordinaire.

Le prix du mètre quarré d'un trottoir en granit est d'environ 22 francs, mais les frais de son entretien sont pour ainsi dire nuls.

Les trottoirs en bitume composés d'une couche de béton de 0^m.10 et d'une couche bitumineuse de 0^m.015, exigent par mètre quarré une dépense de 7 francs; mais leur entretien est de 0^{fr}.60 aujourd'hui.

J'ai la conviction que ce prix est sur le point de subir une notable diminution.

La largeur des trottoirs à Paris varie entre les limites de 0^m.75 et de 4 mètres.

Je ne dois pas omettre qu'il y a tendance, à Paris, à remplacer dans les trottoirs, les bordures à faces extérieures verticales, par des bordures en encorbellement.

Le prix de ces dernières est malheureusement beaucoup plus élevé. Elles présentent de grands avantages : on voit notamment qu'elles rendent impossible le jaillissement des eaux qui s'écoulent le long des trottoirs.

Fourniture de pavés.

Estimation. — Le prix du millier de pavés de 0^m.23, à Paris, s'élève moyennement à. . . . . 500 fr.

Le prix du millier de pavés de 0^m.16 s'élève moyennement à. . . . . 400 fr.

En tenant compte des proportions dans lesquelles ils

sont employés, on trouve que le millier de pavé coûte moyennement :

$$(500^{fr.} \times 0.7 + 400^{fr.} \times 0.3) = 470 \text{ fr.},$$

et par conséquent que le prix du mètre quarré est pour la fourniture seulement, en remarquant qu'il entre moyennement vingt pavés dans cette surface :

$$20 \times 0.47 = 9^{fr.}.40.$$

Fourniture et pose.

Un pavage neuf, dans les quartiers excentriques, peut être évalué à 10 ou 12 francs le mètre quarré.

Dans les quartiers industriels, cette dépense monte à 14 ou 15 francs.

Enfin dans les quartiers exceptionnels où l'on tient à donner au pavage la plus grande perfection, au moyen de la taille du pavé, le prix par mètre s'élève jusqu'à 16 ou 17 francs.

Entretien.

La ville de Paris consacre une somme de 1 900 000 fr. (comprenant une subvention de l'état, égale à 830 000 fr.) à l'entretien du pavé de Paris.

De cette même somme, cependant, on doit déduire celle de 400 000 fr., principalement affectée à des modifications de pavage réclamées par la pose et la réparation des conduites d'eau et de gaz, à des remaniements de chaussées occasionnés par des constructions d'égouts, enfin à l'entretien de sablages et de cailloutis et à des frais de surveillance.

Reste donc 1 500 000 fr. pour l'entretien du pavé proprement dit.

Or il existe, comme on l'a vu à Paris, une surface pavée d'environ 3 600 000 mètres quarrés :

3 370 000 à l'entretien de la ville ;

230 000 à la charge des riverains.

Le prix du mètre quarré de l'entretien revient donc moyennement à . . . . $0^{fr}.45$

Or on peut diviser les rues de Paris en trois classes, celles de grande, celle de moyenne, celle de petite circulation, et d'après les renseignements qui me sont parvenus, on est jusqu'à un certain point fondé à dire que l'entretien des premières est de . . . . $1^{fr}.00$

Des secondes, de . . . . $0^{fr}.60$

Des troisièmes, de. . . . . $0^{fr}25$

On peut admettre que les rues de la première classe sont relevées à bout tous les six à huit ans ; celles de seconde classe, tous les quinze à vingt ans ; celles de troisième, tous les vingt à trente-cinq ans.

Le prix de 1 mètre quarré de relevé à bout varie entre 2 francs et $2^{fr}.50$. Il est quelquefois descendu jusqu'à $1^{fr}.70$. La retaille des anciens pavés est de $0^{fr}.06$ à $0^{fr}.07$ par pavé.

Dans l'intervalle de ces grands remaniements, on fait subir aux chaussées des réparations partielles, plus ou moins étendues, appelées repiquages ; elles s'exécutent maintenant au moyen des ateliers de cantonniers stationnaires, répandus sur toute la surface de Paris : le nombre total de ces cantonniers est de 150.

Durée des pavés. — Le nombre des pavés mis en place à Paris peut être estimé à. 60 000 000

Les divers travaux qui s'exécutent en emploient moyennement 1 800 000 par an.

D'où il suit que la durée moyenne d'un pavé est de trente-trois ans.

Toutefois, dans les parties fréquentées de la ville, les pavés sont mis au rebut après deux ou trois relevés à bout, c'est-à-dire tous les vingt ans, tandis que dans les localités excentriques, on peut assigner à la durée des pavés jusqu'à soixante ans.

Ces observations s'appliquent aux pavés provenant des

carrières de grès dur, telles que celles de l'Yvette, de la Marne et de l'Ourcq. La durée maximum du pavé de Fontainebleau, lorsqu'il est bien choisi et qu'il est employé dans des quartiers de petite circulation, peut être évaluée à quarante années.

Pavés belges. — Les pavés de porphyre belge (12) sont incomparablement plus résistants que les pavés de grès tirés du bassin tertiaire de Paris.

Ces pavés proviennent des carrières de Quenast où l'exploitation s'exécute sur une très-grande échelle.

Des difficultés d'entreprise ont forcé l'administration à recourir à cette nature de pierre, et l'on a reconnu les avantages quelle présentait. Le pavage exécuté en porphyre belge est solide, uni, roulant et dans un état constant de siccité; en effet, il n'est point poreux, comme la plupart des grès employés à Paris.

On peut voir des pavages exécutés en porphyre belge, au pont de la Tournelle, au boulevard Saint-Martin, en face le Château-d'Eau, dans la nouvelle rue de Lyon, près la station, à la gare de Strasbourg, sur le quai Saint-Paul, etc., etc.

Les échantillons employés jusqu'à ce jour sont des blocs de $0^m.16$ à $0^m.18$ cubiques, avec démaigrissement de $0^m.01$ à $0^m.02$ sur les côtés de la surface inférieure.

Le prix du millier de pavés dans ces conditions est de 400 fr. Les fournisseurs se sont engagés à abaisser encore leur prix à 375 fr.

Ce pavé peut être obtenu dans toutes les dimensions, cubiques, parallélipipédiques, etc. Il serait facile de tailler, avec le porphyre belge, des pavés qui auraient *les dimensions recommandées par M. Taylor.*

Il offrirait assez de résistance pour permettre d'intro-

(12) Roche à pâte homogène *d'amphibole et de feldspath*, dite porphyre belge.

duire à Paris, cette forme de pavage : ce qui me semblerait difficile avec les grès maintenant en usage.

Mais l'administration hésite à employer ce pavé en quantité plus grande qu'elle ne l'a fait jusqu'à présent. Quelques réclamations paraissent s'être élevées ; on a prétendu que les chevaux glissaient plus sur le porphyre belge que sur les pavés en grès.

Cette objection, si toutefois elle est fondée, perdra singulièrement de son importance, si l'on veut remarquer que les chances de ces glissements diminueront notablement par suite de la possibilité où l'on est d'employer ces pavés par blocs très-étroits, et par conséquent d'augmenter beaucoup le nombre des joints.

Je ne pense donc pas que l'hésitation de l'administration soit principalement fondée sur ces plaintes ; mais elle dérive de ce fait, que l'introduction des pavés belges aurait pour résultat de restreindre notablement l'exploitation des carrières de grès qui environnent Paris. Dans les questions de cette nature, on comprend, en effet, que l'on ne doit agir qu'avec une grande prudence et avec une réserve extrême.

Détails administratifs relatifs à l'industrie du pavé à Paris. — Avant de passer à l'examen des autres systèmes de revêtement des chaussées en usage ou expérimentés à Paris, je crois nécessaire d'entrer dans quelques détails administratifs relatifs à l'industrie du pavé. La fourniture des pavés et leur emploi s'exécutent par des entrepreneurs différents.

Un certain nombre d'entrepreneurs sont chargés d'extraire dans les carrières et de conduire dans les *six dépôts*, appartenant à la ville de Paris, les 1 800 000 pavés annuellement employés. Le nombre des dépôts est, comme on le voit, le même que celui des ingénieurs ordinaires ; chacun d'eux a son dépôt.

Ces pavés étant reçus et approvisionnés dans les dépôts, sont livrés aux entrepreneurs de l'entretien, qui ne sont chargés que de leur emploi, de leur transport du dépôt à pied-d'œuvre, et de la fourniture du sable nécessaire à la pose.

Il y a six entrepreneurs de l'entretien, un entrepreneur par chaque ingénieur ordinaire. Dans chaque dépôt et sous la direction de ces ingénieurs ordinaires, s'exécutent les ébossages, smillages, retaillages des pavés par des ouvriers appelés *piqueurs de grès*, lesquels sont employés soit en régie, soit à la tâche.

On a vu que les ébossages et smillages revenaient par pavé de 0^{fr}.07 à 0^{fr}.12; les retaillages des vieux pavés dans les dépôts coûtent environ 0^{fr}.06 à 0^{fr}.07 par pavé.

Les difficultés que présentèrent souvent les adjudications des fournitures de pavé ont d'abord engagé l'administration à faire venir des pavés belges pour ramener à un niveau convenable les prix des pavés de grès.

Aujourd'hui, elle est entrée, dans le même but, dans une voie nouvelle. Elle a fait exploiter en régie, par les soins de M. l'ingénieur Nicolas, des carrières de grès, et, malgré les difficultés que présentent toujours des régies sur une vaste échelle, les pavés fabriqués directement par l'administration offriront par millier une économie d'au moins 15 pour 100.

Ce résultat a singulièrement facilité l'approvisionnement de Paris. Les fournisseurs n'ont plus refusé leur concours lorsqu'il leur a paru que l'administration pouvait s'en affranchir.

Ouvriers employés pour l'exploitation des carrières de Paris. — La fourniture des 1 800 000 pavés, annuellement employés par la ville, entraîne la fabrication d'environ 3 158 000 pavés; la différence, qui est composée de pavés dont l'échantillon n'est point admis à Paris, est vendue aux communes voisines.

Cette fabrication exige l'emploi de 232 300 journées de travail ainsi réparties (13) :

		fr.		fr.
1° Terrassiers (ceux qui découvrent les carrières).	31 580	à 2.00	par jour.	63 160.00
2° Carriers..	94 740	à 3.75	id.	355 275.00
3° Monteurs (ceux qui sortent les pavés de la carrière).	11 053	à 2.50	id.	27 632.50
4° Dépensiers (ceux qui enlèvent la terre et le sable que l'on rencontre dans la carrière en exploitation)..	7 895	à 2.00	id.	15 790.00
5° Voituriers de la localité.	79 139	à 5.50	id.	435 264.50
6° Chargeurs. . . . . :	2 210	à 3.00	id.	6 630.00
7° Mariniers	1 894	à 4.00	id.	7 576.00
8° Débardeurs à Paris..	2 210	à 3.50	id.	7 735.00
9° Voituriers à Paris.	1 579	à 7.50	id.	11 842.50
Totaux...	232 300			930 905.50

Les terrassiers, carriers, monteurs et dépensiers travaillent pendant environ. . . . . 240 j. par an.

Les voituriers de la localité. . . . . . 200 id.

Les chargeurs, mariniers, débardeurs. 250 id.

Les voituriers de Paris. . . . . 300 id.

Il y a donc environ 1 000 personnes annuellement employées à l'exploitation des carrières ouvertes pour les pavages de Paris.

Quant à la main-d'œuvre réclamée pour la pose des pavés, j'indiquerai pareillement le chiffre approximatif de la population ouvrière qu'elle occupe.

Cette population se compose d'ouvriers sédentaires résidant constamment à Paris et d'ouvriers mobiles, c'est-à-dire qui ne restent à Paris que pendant la saison des travaux.

Voici le nombre de l'une et l'autre nature d'ouvriers :

Population sédentaire :

Hommes. 500

Garçons de douze à seize ans. 20

Population mobile :

Hommes. 250

---

(13) Ces détails m'ont été fournis par M. l'ingénieur Nicolas.

Le taux des salaires est indiqué dans le tableau ci-dessous :

	fr.
Manœuvre des dépôts, de première classe.	3.00
Id. de deuxième classe.	2.75
Compagnons de relevés à bout (14).	4.50
Id. de repiquage.	4.00

(Ces derniers ont été remplacés par des ateliers de cantonniers).

	fr.
Garçons paveurs.	2.50
Poseurs de trottoirs.	5.00
Constructeurs d'aires bituminées.	4.00
Aides poseurs de trottoirs.	2.50
Cantonniers de routes.	2.80
Auxiliaires de cantonniers.	2.50
Garçons de douze à seize ans.	1^{fr}.50 à 2^{fr}.00

En hiver, les prix de journées diminuent généralement d'un dixième.

Durée du chômage suivant les saisons. — Les travaux sont nécessairement suspendus pendant les fortes pluies et les gelées. Ce chômage, ajouté à celui des fêtes et dimanches, représente environ 1 quart de l'année.

Pendant les mois d'hiver, on n'exécute que des travaux de simple entretien ; la moitié des ouvriers est alors sans ouvrage.

Les compagnons paveurs sédentaires logent en général dans leurs meubles ; presque tous sont mariés. Ceux qui n'habitent que momentanément Paris, ainsi que les garçons, ont recours aux garnis, où ils payent 15 francs par mois.

Les compagnons dépensent moyennement, pour leur nourriture, 1^{fr}.50 à 1^{fr}.60. Les garçons, 1^{fr}.25 à 1^{fr}.50.

Un tiers de ces ouvriers sait lire et écrire.

La conduite des paveurs est régulière en général. On sait avec quelle sagesse fonctionne l'association qu'une

---

(14) Ces compagnons posent moyennement dans la journée de 160 à 180 pavés de 0^m.23.

grande partie d'entre eux a formée pour la pose du pavage.

Il n'existe aucun contrat qui lie les apprentis paveurs
aux compagnons. Seulement, il y a peu de temps encore,
les apprentis payaient à leur entrée, dans les ateliers de
Paris, une bienvenue de 140 francs. Cette somme était fol-
lement dépensée en repas : aujourd'hui, elle est versée dans
la caisse de la Société de prévoyance des paveurs.

On ne saurait assez encourager de pareilles institu-
tions.

Les ouvriers sédentaires à la tâche dans les dépôts ont
en général des habitudes regrettables. Ils ne réalisent point
d'économie sur leurs salaires... Ils n'avaient formé, jusqu'à
ces derniers temps, aucune société de secours mutuels...
Ils en ont maintenant compris la nécessité... et j'ai la
ferme conviction que leur manière d'être en sera profon-
dément modifiée.

Je terminerai par une remarque générale : c'est que les
ouvriers mobiles, qui possèdent, presque toujours, quelques parcelles de terre dans leur village, ont des habitudes
d'ordre, dépensent beaucoup moins que leurs camarades,
et s'imposent même des privations pour augmenter leur
petit patrimoine.

Ils viennent presque tous du Limousin, et retournent
l'hiver, dans leur pays.

J'ai cru nécessaire d'entrer dans les quelques détails qui
précèdent, afin que l'on puisse comparer la condition des
ouvriers anglais et français qui s'occupent du pavage.

Nos ouvriers, il est vrai, perdent encore quelquefois le
lundi qui suit la paye. Mais que l'on se promène le samedi
soir à Londres dans les quartiers habités par les ouvriers,
que l'on s'arrête devant les *gin-houses*, et l'on reconnaîtra
bien vite que la moralité des ouvriers anglais est loin
d'être supérieure à celle de nos ouvriers.

J'arrive maintenant aux autres systèmes de pavage usités ou expérimentés à Paris.

Et, d'abord, je ne rappellerai que pour mémoire le pavé de bois; car ce mode a été jugé à Paris comme en Angleterre. On ne s'en occupe que pour en faire disparaître les dernières traces.

Revêtements en bitume.

On sait que la pierre asphaltique est un calcaire imprégné d'une certaine quantité de bitume et d'huile de pétrole. Cette quantité s'élève à 8 ou 15 p. 100, suivant les mines ou les veines que l'on exploite.

Il existe plusieurs mines de roches asphaltiques : je n'ai point à apprécier ici leur valeur relative. Je me bornerai à citer quelques-uns des centres d'exploitation : Pyrimont-Seyssel, Seyssel-Volant, Frangi, Chaveroche, val de Travers, Limmer, etc.

D'autre part, le goudron minéral ou bitume peut être isolément recueilli dans d'autres localités, par exemple, à Bastennes, Goujac, Autun, etc., etc.

Or, le mélange de ces deux matières a permis d'obtenir un produit avec lequel il a été possible de recouvrir la surface des trottoirs et des chaussées, et que, de plus, on a employé, comme chape, sur les constructions en maçonnerie.

Mais la connaissance des principaux éléments qui composent ces produits a fait naître immédiatement des branches d'industrie parallèles..... Au lieu de se servir des produits créés par la nature, on a cherché à les imiter au moyen de matières que l'on avait sur place.

La craie et la terre glaise ont remplacé le calcaire de l'asphalte; le goudron de gaz, celui de l'asphalte ou de Bastennes.

On a plus ou moins réussi dans cette voie nouvelle...; mais il ne paraît pas que l'on ait jamais reproduit les qualités des produits naturels, et l'emploi des bitumes factices ou falsifiés n'a guère servi qu'à arrêter le progrès que les trottoirs ou les chaussées bituminées auraient pu faire dès l'origine.

C'est au revêtement des trottoirs que le mastic bitumi-neux a d'abord été appliqué.

Voici quelle est en général la composition de ce mastic : 92 à 94 parties de roche asphaltique broyée et bien ta-misée avec 6 à 8 parties de goudron minéral.

Ces mastics sont ensuite, au moment de l'emploi, cassés et jetés dans une chaudière avec 1 ou 1 1/2 de goudron minéral ; brassés ensemble sur un feu égal, pendant près de deux heures, ils forment une pâte que l'on mélange à 1/2 de sable siliceux pour faire des *dallages fermes* dans les appartements, et à 1/3 pour obtenir des dallages ex-térieurs.

Lorsque le bitume doit supporter l'action du roulage, ou qu'on doit l'introduire dans les joints du pavé, il faut un peu accroître la proportion du goudron...

Chacun a vu faire les dallages de trottoirs, je n'insis-terai donc pas sur le procédé employé ; je rappellerai seu-lement que lorsque la surface est coulée, on la recouvre d'une couche de sable que l'on fait pénétrer en la frappant avec *une batte*, qui sert à la fois et à comprimer le mastic et à faire disparaître les déchirures que les bulles d'air ont pu laisser, en s'échappant.

Mais on n'a point borné l'usage du bitume au revête-ment des trottoirs, on a cherché à l'appliquer aux chaus-sées et à le substituer aux pavés, qui présentent tant d'in-convénients dans les grandes villes.

Des essais ont été exécutés avenue de Marigny, rue Laffitte, rue Vivienne et recemment rue Richelieu, devant le Théâtre-Français ; ces essais ont bien réussi et ne pa-raissent exiger que de faibles réparations annuelles.

A quelques-uns d'entre eux se rattache le nom de M. de

Coulaine, ingénieur des ponts et chaussées, qui a fait de nombreuses et d'utiles expériences relatives à l'emploi des mastics bitumineux.

Les spécimens précités se composent d'une couche de béton de 0^m.15 revêtue d'une application de mastic bitumineux faite en deux couches de deux centimètres chacune.

Le prix de revient est de 12 francs par mètre superficiel.

Deux objections ont été faites à ce système.

1° La première est relative aux difficultés qu'il pourrait présenter pour découvrir et réparer les fuites d'eau. On sait, en effet, qu'elles se manifestent en général par l'affaissement du pavé, au-dessus de la fuite; or ces affaissements n'auront plus lieu, ou du moins seront beaucoup plus insensibles à raison de la couche de béton, qui ne forme qu'un seul et même bloc.

On a répondu que l'on remédierait à cet inconvénient en faisant de distance en distance, à l'aplomb des tuyaux, des fractions de pavage ordinaire présentant à peu près un mètre de surface. On a ajouté qu'il serait possible de faire traverser le bitume par de petits tuyaux indicateurs en fonte.

Quant au glissement, la question n'est pas précisément de savoir s'il y a glissement sur les surfaces de bitume coulé, mais si ces surfaces sont plus dangereuses que le pavé. Or j'ai peine à le croire : j'ai recueilli quelques renseignements desquels il paraît résulter, au contraire, que l'on a constaté moins d'accidents sur les surfaces bituminées que sur les pavés.

D'ailleurs il est facile d'opérer, ainsi qu'on l'a fait rue Richelieu, et de répandre une couche de gros sable sur les surfaces bituminées. Ce sable pénètre en partie dans la couche, et lui donne la rugosité qui lui manquait dans l'origine.

On avait espéré faire disparaître complétement l'objec-

tion relative au glissement en mélangeant des pierres concassées au mastic bitumineux. Le succès, jusqu'à présent,
n'a point couronné cette épreuve : le bitume cède sous la
pression des voitures ; les pierres résistent et se brisent,
et par suite la chaussée se détruit.

Mais de nouveaux efforts devaient être tentés pour faire
disparaître toute crainte de glissement.

Dans le courant du mois d'août 1849, M. Devarannes,
directeur de la compagnie des mines d'asphalte de Seyssel,
vint me prévenir qu'il avait commencé des expériences relatives à l'application à froid de la roche asphaltique sur
les chaussées, système breveté au nom de M. Dufour, qui
a vendu son privilége à M. Devarannes.

J'assistai plusieurs fois aux essais ; et ma confiance dans
leur résultat définitif fut assez grande pour que je propo-
sasse à M. le préfet de la Seine d'autoriser la compagnie
Seyssel à appliquer le procédé nouveau dans la grande
avenue des Champs-Élysées.

Un large spécimen y fut donc établi : la surface de l'accotement bituminé n'avait pas moins de 2 000 mètres superficiels ; il s'étendait sur la longueur de 200 mètres.

Voici le procédé définitif auquel la compagnie paraît
s'être arrêtée.

La roche de Seyssel est cassée en morceaux de trois dimensions différentes : les plus gros morceaux ont à peu
près 3 à 4 centimètres, les plus petits 6 à 7 millimètres.

Ces morceaux, rassemblés en tas, sont arrosés avec 3
pour 100 en poids d'une préparation dont j'indiquerai
plus bas la nature et les proportions.

Puis on remue avec soin, à la pelle, tous les fragments
de roche asphaltique, afin que leurs parois soient bien
enduites.

On les laisse, après cette préparation, pendant vingt à
vingt-quatre heures au repos.

Le liquide qui sert à arroser la roche se compose d'à

peu près un tiers de goudron minéral et de deux tiers
d'huile de résine, quelquefois même de parties égales.

On place ensuite les morceaux de roche asphaltique,
en commençant par les plus gros, sur un sol disposé comme
il sera dit ci-après; on recouvre ces derniers avec les
fragments de grosseur moyenne; puis enfin les plus petits servent à remplir tous les interstices; quelquefois on
ajoute du gros sable, et l'on pilonne toute la surface: le
roulage ou le rouleau fait le reste.

En admettant qu'il y ait une épaisseur de $0^m.05$ de morceaux de roche asphaltique, on présume que cette couche
se réduira généralement à $0^m.035$ par la compression.

Quelque temps avant mon départ pour l'Angleterre,
M. Devarannes a ajouté au spécimen des Champs-Élysées
une largeur de 10 mètres d'aire bituminée établie suivant
la description qui précède; elle a parfaitement réussi.

Quant au sous-sol qui doit porter la couche asphaltique,
il peut être tout simplement un macadam bien dressé et
bien solide; un mélange de pierres cassées et de roche
asphaltique, enduit comme ci-dessus, formerait certainement une fondation meilleure encore.

Je dois ajouter quelques mots relatifs au spécimen des
Champs-Élysées.

Dans le but de diminuer le volume de la roche asphaltique à employer, et dans le but également de prévenir
tout glissement, on avait ajouté environ un tiers de gravier
siliceux pareillement enduit de la composition qui avait
servi à amollir la pierre asphaltique. Cette dernière formait donc une espèce de gangue qui enveloppait le silex.

Mais les cailloux siliceux, à surface glissante et polie,
n'ont pu se lier à l'asphalte; ils étaient mobiles, voya-
geaient dans la masse et remontaient à la surface, où ils
venaient se faire broyer.

Il aurait fallu leur substituer des grès, des meulières

ou toute pierre dure anguleuse qui pût adhérer invariablement à l'asphalte.

On a eu le tort encore, aux Champs-Élysées, de re-
·courir à l'emploi du goudron de gaz pour amollir les morceaux d'asphalte et leur permettre de se souder entre
eux, au lieu d'employer le goudron minéral de Bastennes
et l'huile de résine, qui auraient donné un produit complétement inodore.

Il paraît qu'il entrera environ 55 kilogrammes d'asphalte
par mètre quarré dans les chaussées préparées comme il
vient d'être spécifié.

M. Devarannes avait d'abord parlé de 5 francs par mètre quarré pour leur établissement : ses prétentions semblent s'élever un peu plus haut aujourd'hui ; mais il paraît
probable que l'on arrivera à 6^{fr}.50 pour frais de premier
établissement, et à 1^{fr}.20 pour entretien annuel par mètre
quarré.

L'application de ce nouveau système a, du reste, excité
l'attention des compagnies rivales. Celle de M. Babonneau
propose aujourd'hui un nouveau mode de chaussée en asphalte : il est toujours fondé sur le principe de la compression des roches asphaltiques. L'adhérence nécessaire à la
soudure des morceaux asphaltiques, au lieu de s'obtenir
par le goudron minéral et l'huile de résine, se réalise en
élevant légèrement la température de l'asphalte.

Ce sera encore un essai : on aura sans doute beaucoup
d'autres expériences à faire. M. Chameroy, déjà connu
par ses tuyaux en tôle bituminée et dont on sait l'esprit
ingénieux, me remet à l'instant même un pavé en paille
comprimée enduite de bitume ; il paraît très-résistant.
Mais on s'est demandé si l'action incessante de l'eau n'alté-
rerait pas la paille, même enduite de bitume?..... Et
de plus, s'il serait bien prudent de placer dans les rues de
Paris les moyens d'alimenter un vaste incendie, à l'aide
des pavés désagrégés?

Je ne dois point passer sous silence un mode d'entretien des trottoirs à froid, mode qui a quelque analogie avec le procédé que nous venons d'indiquer.

Ce procédé a déjà été employé par la compagnie de Seyssel, vis-à-vis le passage du Panorama.

Il consiste à bien nettoyer la surface du dallage, à l'enduire d'une préparation composé de 1/4 de goudron minéral et de 3/4 d'huile de résine.

On jette alors sur le trottoir, de la roche asphaltique réduite en grains de la grosseur du petit plomb; puis l'on frotte ou l'on pilonne les surfaces de manière à obtenir l'adhérence parfaite des matières; alors on recouvre le tout de sable fin et l'on termine le travail par un pilonnage général.

Cette application peut augmenter l'épaisseur de la couche de $0^m.002$. On recommence, s'il y a lieu, quelques jours après.

Le mètre quarré d'entretien des trottoirs coûte aujourd'hui $0^{fr}.60$. M. Desvarannes m'a déclaré que le procédé nouveau lui permettrait de descendre immédiatement à moitié du prix précédent.

Chaussées en empierrement.

Avant de terminer ce qui est relatif aux revêtements des chaussées, il importe de donner quelques détails sur les voies en cailloutis des Champs-Élysées.

Ces chaussées antérieurement à 1839 étaient loin d'être entretenues avec le soin que l'on remarque aujourd'hui; les bonnes méthodes de réparation ont été introduites par M. Dupuit, actuellement ingénieur en chef, directeur du service municipal et alors ingénieur en chef au Mans.

Maintenant que ce service est arrivé à l'état normal, il pourra être utile de donner le détail du prix de revient d'entretien par mètre quarré.

14

Ce prix de revient a été calculé avant le dépavage de la voie centrale. On conçoit que cette opération pourra exercer une certaine influence sur l'entretien, puisque les voitures qui suivaient, en hiver, la voie pavée circuleront toujours maintenant sur la chaussée en cailloutis.

On se rappelle que le cube des matériaux nécessaires à l'entretien était de 2 500 mètres quarrés;

Que la surface à entretenir était de 36 000 mètres quarrés.

Il en résulte une usure de $0^m.07$ par mètre quarré.

Quant à la valeur totale de cet entretien qui s'effectue au moyen d'une quarantaine de cantonniers, il se décompose ainsi qu'il suit, d'après les renseignements que m'a remis M. l'ingénieur Baudart :

	fr.
Fourniture de matériaux.	0.60
Main-d'œuvre.	0.50
Enlèvement et transport des boues.	0.20
Cylindrage.	0.05
Outils.	0.02
Total.	1.37

Il ne faudrait pas conclure que le prix de l'entretien par mètre quarré s'arrêtera à ce chiffre sur les boulevards. Très-vraisemblablement, il le dépassera d'une manière notable : on a déjà vu que l'usure y sera plus grande qu'aux Champs-Élysées, et les autres éléments du sous-détail précédent devront croître en même temps que le volume des matériaux à employer.

L'administration doit donc s'enquérir des lieux où l'on pourra rencontrer des matériaux de qualité supérieure aux graviers siliceux auxquels on est dans l'obligation de recourir aujourd'hui.

Il ne faut pas qu'elle se laisse effrayer par le prix plus élevé de ces matériaux. Si leur cassage et leur fourniture exigent une plus grande dépense, leur usure sera moindre ; et un certain équilibre pourra s'établir.

Ils offriront de plus l'immense avantage de diminuer notablement la boue et la poussière, et cet avantage seul légitimerait bien suffisamment l'augmentation de prix du mètre quarré d'entretien.

J'ai dit qu'en Angleterre on employait le granit de Guernsey pour les chaussées macadamisées. Ce granit reparaît sur les côtes de la Normandie : on pourrait y avoir recours.

Les quartzites que l'on recueille sur la montagne du Roule à Cherbourg sont d'une qualité bien supérieure encore. M. l'ingénieur en chef Tostain en recommande fortement l'usage. Il résulte de ses expériences qu'un emploi de 15 mètres cubes de ces quartzites par kilomètre courant et par 100 colliers, suffit pour équilibrer l'usure de la chaussée, *sur une route à pesant roulage* (15).

Enfin, il ne faudra pas négliger les meulières d'excellente qualité que l'on rencontre sur les côteaux qui bordent la Seine dans les départements de la Seine et de l'Oise : telles que celles de Gagny, de la vallée de l'Orge, de Montmorency, de Bruyères, de Sèvres, etc.

Assainissement de Paris (16).

Il importe maintenant, pour qu'une comparaison complète puisse s'établir entre la viabilité de Londres et celle de Paris, d'indiquer le mode d'assainissement adopté dans cette dernière ville et les dépenses que cet assainissement entraîne.

L'assainissement de Paris se compose :

1° Du curage des égouts ;

(15) Je ne passerai pas sous silence le quartz lydien que l'on trouve près d'Ancenis, sur les bords de la Loire.

(16) Je dois les renseignements relatifs à l'assainissement de Paris, à l'obligeance de M. Lajonchère, chef de bureau à la préfecture de police.

2° De l'enlèvement des boues et des immondices;

3° De l'arrosage des rues.

1° Curage des égouts.

Le développement des égouts publics est d'environ 135 900 mètres, savoir :

	mèt.
Dans Paris.	130 000
Extra-muros, servant à l'assainissement de Paris.	5 900
Total pareil.	135 900

A ce chiffre, il faut ajouter 4 500 mètres d'égouts particuliers entretenus par les ouvriers de l'administration moyennant abonnement ; plus 3 grands puisards sur le quai Valmy, rive droite du canal.

Le curage de ces galeries a lieu, deux fois par semaine, à l'exception de quelques branchements placés dans des quartiers excentriques, lesquels branchements n'ont besoin que d'être visités une fois par semaine. En hiver, plusieurs galeries de premier ordre (égouts Saint-Denis, Montmartre, Richelieu, du Bac, des Halles, Sainte-Avoie, du Canal, Traversière) sont nettoyées tous les deux jours.

Le curage s'opère, par lavage ou par extraction : le curage, par lavage, consiste à remuer et tirer au rabot dans l'égout principal les vases et immondices des branchements et des bouches, puis à les faire entraîner ensuite à la Seine au moyen de chasses d'eau retenue, à cet effet, par des vannes. Dans l'extraction, on enlève les sables à l'aide de seaux, puis on les place sur des voitures pour les transporter aux décharges publiques.

Les extractions se font toujours le lendemain d'un lavage et lorsque le sable ne contient plus de vase.

La longueur des égouts curés par jour est d'environ 45 000 mètres.

                                                              mèt.
Par lavage. 44 500
Et par extraction au plus. 500

              Longueur pareille. 45 000

Le nombre des ouvriers employés par jour est de quatre-vingt-dix, divisés en sept ateliers.

Le nombre moyen des voitures est de *quatre* attelées de *deux* chevaux.

En 1849 ce service a coûté 122 511^{fr}.65, savoir :

		fr.
Ouvriers égoutiers.	101 176.50
Eau versée aux bouches d'égouts pour assainissement. .	837.50
Transport aux décharges publiques.	471.25
Ouvriers blessés dans le service.	620.10
Outils, bottes, etc.	1018.30
Dragages à l'embouchure des égouts en Seine.	8 588.00
Total pareil.	122 511.65

La longueur correspondante des égouts étant de 130 000 mètres quarrés,

On voit que ce service coûte environ 1 franc par mètre courant d'égout.

Il est du reste très-convenablement exécuté; les égouts de Paris, en général, sont en bon état de propreté et de salubrité. On peut en tout temps les parcourir sans danger, et sans être incommodé par la mauvaise odeur. Les moins salubres sont ceux des Abattoirs et de quelques quartiers qui ne sont pas suffisamment lavés par les écoulements des bornes-fontaines. Il en est de même de ceux dont les radiers n'ont pas encore été revêtus d'une couche lisse de ciment et qui manquent de pente.

2° Enlèvement des boues et immondices.

Un cahier des charges rédigé le 18 février 1841, pendant que M. Gabriel Delessert remplissait les fonctions de préfet de police, règle toutes les conditions auxquelles est assujetti l'entrepreneur de l'enlèvement des boues et immondices.

On sait que le balayage des rues est mis par les règlements à la charge des propriétaires et locataires des maisons riveraines.

L'entrepreneur n'est donc aujourd'hui chargé que du transport, hors Paris, *à 2 000 mètres au moins des barrières.*

L'entrepreneur doit faire opérer chaque jour l'enlèvement des boues et des immondices, des pailles et des herbages, des débris et autres résidus de toute nature provenant soit du balayage, soit du dépôt sur la voie publique, soit de l'apport direct, par les habitants, aux tombereaux de nettoiement.

Du 1ᵉʳ avril au 30 septembre l'enlèvement ne peut commencer avant sept heures du matin et doit être terminé à dix heures.

Du 1ᵉʳ octobre au 31 mars, cet enlèvement ne peut commencer avant huit heures du matin et doit être terminé à onze heures.

C'est ce même entrepreneur qui doit fournir les voitures, tonneaux, chevaux et conducteurs nécessaires à l'enlèvement et au transport des matières extraites des égouts.

Le service des égouts se fait pendant toute la journée; l'administration s'est réservé le droit d'exiger qu'il soit exécuté pendant la nuit.

On emploie moyennement par jour :

Voitures. 345
Chevaux. 523
Anes. 95

Les produits enlevés sont environ de 356 voies ou environ 700 mètres cubes, savoir :

Portées chez les fermiers. . . . . 353 voies.
Aux décharges publiques.   3

Le montant de l'adjudication sera réduit au 1ᵉʳ septembre prochain de 533 750 francs à 470 000 francs.

Les retenues faites pour infraction au cahier des charges ont été en 1849 de 1 078 francs.

Dans cette somme de 470 000 francs n'est pas comprise, on le voit, celle relative aux frais du balayage directement exécuté par les riverains.

On s'occupe en ce moment de la reprise d'un ancien projet qui consistait à exonérer les propriétaires et locataires de l'opération du balayage, et à faire exécuter ce service par les ouvriers de la ville.

On devait faire face aux dépenses résultant de cette mesure au moyen de centimes additionnels sur les quatre contributions réunies; c'est-à-dire, sur les contributions foncière et personnelle, sur les patentes et sur les portes et fenêtres. On pense aujourd'hui qu'il serait préférable de chercher à déterminer les habitants à traiter volontairement avec l'administration laquelle, moyennant une rétribution convenue, remplirait ou ferait remplir pour eux, les obligations que les règlements leur imposent.

On a cherché à déterminer la somme que le balayage de toutes les rues exigerait, et d'abord il a été établi que cette opération s'exécuterait beaucoup mieux par les soins de cantonniers que par ateliers.

Il résulte d'expériences faites sur une grande échelle qu'un homme peut balayer à Paris par jour une surface d'au moins 2 000 mètres.

Or la surface des localités dont le balayage est à la charge des riverains est d'environ 2 400 000.

Il faudrait donc employer à peu près 1 200 cantonniers et ouvriers supplémentaires.

Ajoutant à ce chiffre 645 cantonniers et balayeurs ordinaires employés aujourd'hui au balayage à la charge de la ville, il en résulterait chaque jour un effectif d'environ 1 845 individus.

En estimant à 2 francs moyennement le prix de la journée, il viendrait pour la dépense journalière. . .   3 690 fr. et pour la dépense annuelle. 1 346 850

D'où par an et par mètre superficiel 0^{fr}.38 environ et 0^{fr}.49 en y ajoutant le transport hors Paris.

On a douté à une certaine époque de la possibilité de rencontrer aisément un aussi nombreux personnel. J'ajouterai qu'il serait difficile surtout de le bien composer.

C'est à cette occasion, je pense qu'il conviendrait de prendre en sérieuse considération, les réflexions suggérées par l'établissement de la machine à balayer de *Whitworth*.

3o Arrosage.

L'arrosage des voies publiques est de deux sortes.

1° Écoulement dans les ruisseaux par l'intermédiaire des bornes - fontaines. Cette disposition n'est pas usitée à Londres où l'on ne rencontre ni bornes-fontaines, ni fontaines monumentales.

2° L'arrosage proprement dit au moyen de tonneaux que l'on promène sur les voies publiques.

Écoulement des bornes-fontaines.

Il existe aujourd'hui à Paris 1 784 bornes-fontaines, qui lavent 470 873 mètres de ruisseaux.

Il en faudrait encore 953, destinées à laver 279 651 mètres de ruisseaux.

En tout 2 737 bornes pour lavage de 751 544 mètres de ruisseaux (une borne par 300 mètres).

Chaque borne-fontaine pour bien remplir sa fonction doit donner 8 pouces ou 107 litres par minute. On voit, puisqu'elles marchent trois heures par jour, (une heure pour chaque service) qu'elles ne dépensent dans les vingt-quatre heures *qu'un pouce*.

Aujourd'hui à Paris elles ne peuvent être réglées qu'à un litre par seconde.

Elles dépensent donc seulement 1 784 litres par seconde pendant 180 minutes ou. . . . .   962 pouces.

Elles devraient débiter. 1 784

Enfin leur produit total sera, lorsque leur nombre sera complété, de. . . . .   2 737 pouces.

On n'a pas besoin d'insister sur l'utilité de cette dépense. C'est toujours dans les ruisseaux que s'accumulent les détritus insalubres. Le lavage des ruisseaux, en même temps qu'il entraîne ces détritus dans les égouts, établit dans ces derniers un courant presque perpétuel qui tend également à les assainir.

Il en est de même des fontaines monumentales qui sont aujourd'hui au nombre de vingt-trois et dont la dotation est de. . . . .   663^p.70

Il faudrait en ajouter un certain nombre et composer la dotation totale de. . . . .   923^p

Arrosage.

La surface des voies publiques arrosées à Paris est extrêmement limitée.

Elle est seulement de 860 000 mètres en y comprenant les avenues du bois de Boulogne, savoir :

	mèt.
Dans Paris.	789 474
Bois de Boulogne.	70 526
Total.	860 000

L'arrosage se réduit à peu près aux quais, aux boulevards, aux places publiques, etc.

Pour que l'arrosage s'étendît seulement aux rues pavées, il faudrait qu'il s'effectuât sur une surface de 3 600 000.

Un cahier des charges rédigé en 1841 par M. le préfet de police, Gabriel Delessert, règle les conditions de l'arrosage.

Les eaux sont fournies par la ville de Paris, moyennant

0^{fr}.137 pour un hectolitre d'eau de l'Ourcq, et 0^{fr}.274 pour un hectolitre d'eau de Seine, le prix total de l'abonnement est, non compris le volume réclamé pour l'arrosement du bois de Boulogne, de 22 149^{fr}.59.

Il a été calculé dans l'hypothèse d'une dépense d'un litre par mètre quarré, et pour chaque service, pendant la durée du temps de l'arrosage.

Le nombre de services correspondant aux différentes époques est fixé dans le cahier des charges précité.

On arrose moyennement deux fois par jour.

En 1849, l'arrosage s'est fait par un entrepreneur assujetti aux clauses du cahier des charges de 1841.

Cette année, on l'exécute en régie, et l'on espère obtenir une notable économie sur les dépenses de 1849.

Le service de l'arrosement exige 106 tonneaux, jaugeant chacun dix hectolitres ; chaque tonneau arrose moyennement 8 100 mètres par service de quatre heures : on répand ou plutôt on ne doit répandre en vertu du marché qu'un litre par mètre, mais la dépense s'élève au moins à 1^l.25.

Les prises d'eau aux poteaux d'arrosement sont au nombre de soixante-deux pour Paris, et de dix pour les avenues du bois de Boulogne : en cas d'insuffisance aux poteaux, on s'adresse aux fontaines marchandes.

La manœuvre des soixante-douze poteaux exige quarante-huit voitures.

La faiblesse de la pression de l'eau dans quelques conduites rend le débit des poteaux d'arrosage qu'elles alimentent lent et irrégulier ; il faut alors dix à quinze minutes pour remplir le tonneau de dix hectolitres.

En 1849, voici les dépenses que l'arrosage des 860 000 mètres a exigées :

	fr.
Service fait par l'entrepreneur.	104 833.00
Surveillants.	1 373.00
Ventousiers.	10 390.50
Service en dehors du marché.	128.80
Eau répandue.	2 744.15
Entretien du matériel.	1 059.87
Eau payée à la ville.	22 149.59
Arrosement du bois de Boulogne.	9 197.30
Total.	151 876.21

D'où par mètre superficiel environ 0^{fr}.18.

A ce prix l'arrosage entier des rues pavées ou macadamisées et des Champs-Élysées, surface qui n'est point inférieure à 4 000 000 mètres, coûterait 720 000 francs.

Récapitulons maintenant les dépenses à faire pour l'assainissement complet de Paris, dans l'hypothèse où la Préfecture de police se chargerait du balayage ; on aurait :

	fr.
1° Curage des égouts.	123 000
2° Balayage. . . . . . :	1 350 000
3° Transport hors de Paris.	470 000
4° Arrosage complet (je ne parle pas du lavage des ruisseaux).	720 000
Total	2 663 000

ou 2^{fr}.66 par habitant, savoir :

	fr.
Curage des égouts.	0.12
Balayage.	1.35
Transport hors de Paris.	0.47
Arrosage.	0.72
Total pareil.	2.66

Je terminerai cette quatrième partie de mon rapport par un tableau synoptique dans lequel je mettrai en regard, *par tête* et *par mètre quarré* les dépenses réclamées par le balayage, par le transport des produits de ce balayage, enfin par l'arrosage dans les villes de Londres et de Paris.

	PRIX DE REVIENT			
	à Londres.		à Paris.	
	par mètre.	par tête.	par mètre.	par tête.
	fr.	fr.	fr.	fr.
Ébouage et balayage	0.22	0.66	0.38	1.35
Transport	0.25	0.75	0.11	0.47
Arrosage	0.23	0.69	0.18	0.72
Totaux	0.70	2.10	0.67	2.54

Deux observations doivent accompagner le tableau :

La première relative à l'ébouage.

La seconde au transport.

Ébouage. — On arrive pour cette opération à un chiffre plus élevé à Paris qu'à Londres ; le contraire devrait avoir lieu puisqu'il existe à Londres une circulation beaucoup plus active, et un grand nombre de rues macadamisées.

Voici comment cette anomalie s'explique :

1º Les chiffres qui expriment le balayage et l'ébouage de Paris ne sont point le résultat de l'expérience, mais d'une appréciation faite par l'administration pour le cas où elle prendrait à sa charge le balayage exécuté aujourd'hui par les habitants : de plus, l'administration a supposé que ce balayage aurait lieu tous les jours de la semaine, même le dimanche, tandis que ce dernier jour est, dans tous les cas, excepté à Londres, comme on peut le voir par les contrats traduits à la suite de ce rapport.

2º Les prix que j'ai indiqués pour Londres dérivent bien des comptes tenus par plusieurs paroisses ; mais, il faut remarquer que plusieurs des rues de ces paroisses ne sont point balayées chaque jour ainsi qu'on en a le projet à Paris. En outre, les balayeurs de Londres n'ont pas à rassembler les immondices éparses sur la voie publique, comme ils le font souvent ici ; ces immondices, les contrats précités l'expriment positivement, doivent être tirées des fosses dans lesquelles les habitants les déposent successivement à l'intérieur de leurs cours, par les soins des entrepreneurs de transports; c'est donc une manœuvre de moins. Il ne faut pas oublier d'ailleurs que les paroisses emploient au balayage les pauvres qu'elles soutiennent, et dont elles règlent le salaire à des taux souvent très-inférieurs à ceux adoptés dans les calculs précédents par la Préfecture de police de Paris.

Ces diverses considérations tendent donc à ramener les deux évaluations au même niveau, puisqu'elles montrent, qu'en partant des mêmes bases, celles de Londres devraient être augmentées, et celles de Paris diminuées.

Transport. — La dépense du transport doit être effectivement plus petite à Paris qu'à Londres :

1° A raison des voies macadamisées existant à Londres, lesquelles produisent plus de détritus ;

2° Par suite de la plus grande distance des transports ;

3° Enfin, par ce motif qu'à Paris, ce sont presque exclusivement des cultivateurs qui viennent recueillir, comme engrais, les produits du balayage ; or la concurrence est telle, qu'on espère dans l'avenir, obtenir encore une grande diminution sur le prix actuel.

CINQUIÈME PARTIE.

CONCLUSIONS.

Première partie. — On a vu dans la première partie de ce rapport comment la circulation se divisait sur la surface de la ville de Londres ; quelles étaient les directions les plus fréquentées ; quelle était en même temps la nature du trafic, suivant ces directions.

On a vu que la Cité, au centre de laquelle se trouve la Banque, était le nœud de la circulation de toute la métro-

pole, et que ses rues étroites avaient à subir un mouvement si énorme que les points les plus fréquentés de
Paris ne sauraient en donner une idée.

Il s'agit, en effet, d'un passage d'environ 24 000 chevaux et 100 000 piétons par jour.

On a vu enfin que les effets destructeurs de ce mouvement prodigieux s'exerçaient sur trois principales natures
de chaussée.

1° Chaussée en pavé de bois ;

2° Chaussée en pavé de granit ;

3° Chaussée en granit concassé, ou macadamisée.

Deuxième partie.— Dans la deuxième partie de ce rapport, j'ai cherché à établir *par les réponses* aux questions
que j'ai adressées à un grand nombre d'ingénieurs anglais, *par la traduction d'enquêtes, par l'analyse de plusieurs mémoires*, approuvés par des sociétés savantes anglaises, les avantages et les inconvénients que chacune
de ces voies présentaient.

Chaussées pavées de Londres. — Et il a été reconnu :

1° Que les chaussées en pavés de bois étaient aujour-
d'hui généralement et justement repoussées ;

2° Que les chaussées en pavés de granit avaient été pro-
fondément modifiées, sous le triple rapport de la nature
des blocs à employer, de leur dimension et du mode de
construction.

On a complétement supprimé le pavage en galets pour
lui substituer le pavé *en blocs échantillonnés.*

On a remplacé les différents granits en usage par celui
d'Aberdeen ou du mont Sorrel.

On a fait reposer les pavés soit sur une épaisse couche
de pierre cassée, soit sur une couche de béton, et tous
leurs joints ont été coulés avec du mortier liquide.

Enfin, pour atténuer le bruit insupportable qui s'élève
des chaussées pavées, pour rendre leur usure plus égale
et affaiblir autant que possible les chocs qui brisent les

ressorts et les essieux, enfin, pour obvier aux chances de glissement qui rendent ces chaussées si dangereuses, on a successivement diminué les largeurs des blocs qui, dans l'origine, étaient de 9 pouces anglais au moins et qui aujourd'hui ne présentent plus en général qu'une largeur de 3 à 4 pouces (o^m.o75 ou o^m.10).

Il convient même de remarquer que la tendance est d'arriver à l'emploi exclusif des pavés de 3 pouces de largeur. On a vu de plus, que l'on ne s'est point borné à l'emploi des pavés longs et étroits; que M. Taylor a recommandé un nouveau système de pavage, et que ce système sanctionné déjà par l'expérience, consiste dans l'emploi de pavés de 3 à 4 pouces sur toutes faces : on semble être arrivé, dans ce mode, au minimum de surface des pavés, au maximum des joints pour les réunir.

On obtient ainsi une véritable mosaïque sur laquelle les chances de glissement sont rendues aussi faibles que possible; qui présente en même temps à la circulation la surface la plus roulante et la plus unie.

Il ne faut pas perdre de vue que tous les conseils de pavé, conseils qui fonctionnent d'une manière complétement indépendante, ainsi que je l'ai montré dans l'appréciation que j'ai faite du système d'administration qui régit la voirie à Londres, sont tous cependant arrivés à cette conclusion qu'il était indispensable de donner aux pavés la moindre largeur possible.

Cette conclusion, fondée sur une longue expérience, dans un pays où la circulation est si prodigieuse, paraît donc être à l'abri de toute controverse.

Je ne reproduirai point, dans cette analyse, les faits relatifs aux pavages à rangées inclinées sur l'axe de la chaussée, aux voies bordées de trams, etc.; il me suffira de dire que l'on revient à Londres à l'usage des rangées perpendiculaires à l'axe, et que les trams ne peuvent être

avantageusement employés que dans les rues à un seul
passage de voiture, ou pour une circulation spéciale.

L'emploi de ce mode de pavage paraît donc être, quant
à présent, sans application à Paris.

Mais il résulte encore de tous les documents recueillis
dans la deuxième partie de mon rapport, que les perfec-
tionnements apportés dans le mode de pavage à Londres,
sont loin d'avoir fait disparaître tous les inconvénients
qu'il présente,

Chaussées macadamisées. — Ces inconvénients sont si
vivement sentis qu'on a voulu faire pénétrer les chaussées
macadamisées, même au cœur de la Cité. Le bruit, en
effet, y est intolérable, et les ébranlements causés par le
passage des voitures sont tels que l'on a vu dans les enquêtes, que la majorité des maisons surplombent sur les
voies publiques.

Mais les nombreux essais exécutés sous la direction de
Mac-Adam ont été infructueux ; la dépense de l'entretien
s'est élevée à un taux si exagéré qu'il était trop onéreux
d'y pourvoir, et l'on est revenu, non sans regret, à l'ancien système en l'améliorant autant que possible par la
diminution de l'épaisseur des pavés anciens, et par les
soins tout particuliers que l'on apporte à leur fondation,
soins minutieusement décrits dans le cours de ce rapport.

Les chaussées macadamisées se sont donc définitivement arrêtées aux portes de la Cité ; mais dans le reste
de la métropole, elles se développent encore aujourd'hui
en concurrence avec les chaussées pavées, dans les voies
les plus fréquentées.

Des arrosages souvent répétés empêchent qu'elles ne
donnent beaucoup de poussière : quant à la boue, elles
en produisent, malgré les soins que l'on prodigue à leur
entretien ; mais le public n'en est pas très-incommodé à
raison des fréquents *passages pavés* (*cross-way*) établis

entre les trottoirs, passages toujours entretenus dans un
état remarquable de propreté.

Leurs frais d'entretien sont, comme on l'a vu, beaucoup plus considérables que ceux des chaussées pavées;
mais la valeur de l'argument que l'on pourrait tirer de
cette différence s'affaiblirait singulièrement si l'on faisait
entrer en ligne, non-seulement les dépenses de l'entretien
que j'appellerai *directes*, mais encore celles que tel ou
tel mode évite au public; ainsi nul doute que les chaussées macadamisées ne permettent de réaliser, dans une
ville comme celle de Londres, une immense économie en
chevaux et en voitures (17).

Chaque système a donc ses avantages, chaque système
ses inconvénients, et comme ces avantages ou ces inconvénients varient en raison de la largeur des rues parcourues ainsi que de la nature, de la quantité et de la rapidité des véhicules, il est difficile de dire d'une manière
générale s'il y a tendance, à Londres, à remplacer aujour-
d'hui les chaussées pavées par des chaussées macadamisées
ou réciproquement.

La question a été tranchée pour la Cité; elle le serait,
dans le même sens, pour toutes les rues étroites et d'une
grande circulation. Mais lorsqu'on s'éloigne de la Cité,
que l'on arrive dans les rues larges et bien aérées, dans
les promenades publiques, dans les parcs où le tirage est
peu à considérer, où la vitesse de l'attelage et sa sécurité
sont les principaux éléments que l'on ait en vue, alors on
recourt à Londres, sans hésitation, aux chaussées macadamisées construites en granit concassé et même en cailloux siliceux.

Maintenant, outre ces extrêmes, il y a lutte entre les

_____

(17) J'ai cherché dans la note H à donner une idée des avantages
financiers que procurerait aux propriétaires de chevaux et de voitures,
la substitution à Paris, de chaussées macadamisées aux chaussées pavées.

deux systèmes, et cette lutte quant à présent, aboutit à très-peu près à l'équilibre.

M. Pigott Smith n'hésite point à donner, en toutes circonstances, la préférence aux chaussées macadamisées : il cite à ce sujet l'état des rues de Birmingham : elles sont, en effet, remarquablement tenues, mais il faut convenir qu'il n'y a aucun rapport entre la circulation dans les villes de Londres et Birmingham, et l'on doit au moins imposer, à l'emploi des chaussées en granit concassé ou en cailloutis, les limites que Mac-Adam lui-même a jugées nécessaires.

Il est d'ailleurs un point de vue que l'on ne doit pas négliger, celui de la salubrité. Or, la salubrité d'un quartier dépend essentiellement de la propreté des rues qu'il renferme.

Si les rues macadamisées sont étroites, très-populeuses, excessivement fréquentées, il est presque impossible de les tenir dans l'état de propreté que la salubrité exige. On recule rarement à Londres devant la dépense, et cette dépense n'a point suffi pour donner une juste satisfaction aux réclamations qui s'élevèrent, lors du macadamisage d'une partie des rues de la Cité.

Le pavage seul de ces voies a permis d'en balayer, d'en nettoyer et d'en arroser utilement la surface.

On a donc sagement fait d'y revenir. Il est encore une circonstance où le pavage l'emporte théoriquement sur le macadamisage, c'est celle où la rue est livrée à une circulation exceptionnelle en voitures de roulage pesamment chargées, et qui doivent s'avancer lentement. Là, en effet, il convient en premier lieu de s'occuper de la diminution du tirage, et l'on a vu que, sous ce rapport et dans les circonstances précitées, le pavé présentait d'incontestables avantages.

C'est par ce motif que l'on n'a point hésité à paver *en trams* Commercial-road qui réunit les docks à la Cité.

Tels sont les principes qui paraissent servir de guide aux administrations locales de Londres, principes, du reste, que les questions d'argent viennent à chaque instant modifier.

Dans telle circonstance, on reconnaîtrait qu'il y a avantage à paver une chaussée macadamisée, mais les frais de pavage sont considérables et la chaussée n'est point pavée.

Dans telle circonstance, au contraire, on aimerait à voir la circulation s'établir sur une chaussée macadamisée, mais on calcule l'entretien annuel que la voie macadamisée exigera, et les pavés ne sont point brisés.

Troisième partie. — Dans la troisième partie de mon rapport, j'ai donné, indépendamment des détails de construction relatifs aux chaussées pavées ou macadamisées de Londres, de longs développements concernant les prix de revient de premier établissement de ces chaussées et de leur entretien annuel, ainsi que les formes administratives qui président à cet entretien.

J'ai appelé votre attention sur les machines à *ébouer* et à *arroser*, en usage en Angleterre, et j'ai insisté pour qu'on les employât à Paris, ne fût-ce qu'à titre d'essai.

Enfin, j'ai terminé par l'évaluation du prix de revient du transport des boues et immondices de Londres, et de l'arrosage, par mètre quarré.

Ces opérations, en effet, se rattachent étroitement aux questions de viabilité dans les villes; aussi, j'ai présenté des détails analogues au sujet de l'assainissement de Paris, à la fin de la quatrième partie de mon travail.

Quatrième partie. — J'ai cru devoir, dans cette quatrième partie, recueillir d'abord sur Paris des documents statistiques qui me permissent d'établir, entre la circulation qui a lieu dans les deux capitales, une comparaison aussi exacte que possible.

J'ai montré que l'organisation du service municipal, en ce qui touche le pavage, la fourniture d'eau, la construction des égouts, la surveillance des compagnies d'éclairage, était précisément celle que l'on cherchait à établir à Londres.

J'ai fait voir, qu'à Paris comme à Londres, le système des chaussées pavées en bois avait été complétement abandonné.

Chaussées pavées à Paris. — Puis, j'ai donné sur l'ensemble du service du pavé tous les renseignements qui m'ont semblé de nature à bien faire ressortir les rapports ou les différences qui existent dans le mode de viabilité usité à Paris ou à Londres.

Ainsi, l'on a vu que la nature du pavé de Paris était en général bien inférieure à celle du pavé de Londres ; on a vu que, bien qu'il y eût tendance, à Paris comme à Londres, à diminuer les largeurs des pavés, cependant, on n'avait pu marcher aussi résolument dans cette voie, à raison du peu de résistance des matériaux employés, lesquels proviennent presque tous des carrières de grès du bassin tertiaire de Paris.

J'ai cherché à montrer qu'il conviendrait dès lors de faire venir, au moins pour les rues les plus fréquentées et dans lesquelles une circulation rapide doit être obtenue, des pavés d'une dureté telle qu'ils pussent être divisés en blocs de 7 à 10 centimètres d'épaisseur.

J'ai ajouté même qu'il y aurait convenance à faire l'essai d'un large spécimen de *pavés Taylor.*

Les prix de la fourniture et de l'entretien du pavé, de sa durée, etc., le nombre des ouvriers employés soit aux carrières, soit pour la pose, ont pareillement été indiqués avec toute l'exactitude qu'il m'a été donné d'obtenir.

Chaussées macadamisées à Paris. — Il n'y avait dernièrement à Paris que les contre-allées de la grande avenue des Champs-Élysées et les allées latérales qui fussent entretenues en cailloutis.

Le pavé de la grande avenue a été récemment enlevé et remplacé par une chaussée macadamisée.

Les accidents nombreux signalés sur les boulevards ont également déterminé l'administration à remplacer le pavé qui les recouvre entre la Madeleine et la colonne de Juillet d'une part, et de l'autre dans le faubourg Saint-Antoine, par une voie macadamisée.

Ces localités se trouvent précisément dans les conditions où les voies macadamisées sont acceptées à Londres.

Ainsi, la grande avenue des Champs-Élysées est une promenade publique, large, bien aérée.

Ainsi, les boulevards, bien que pouvant être considérés comme une voie commerciale, sont principalement parcourus par une circulation de luxe et à grande vitesse, dont le chiffre est bien inférieur aux voies les plus fréquentées de Londres.

La largeur des boulevards est d'ailleurs très-grande et l'usure des matériaux *en chaque point,* ou l'épaisseur de la boue et de la poussière produites, est en raison inverse de cette largeur.

Le bruit assourdissant des voitures et les accidents disparaîtront ; des besoins autres que ceux de la viabilité ordinaire seront également satisfaits.

Cependant, il ne faut pas se le dissimuler : cette opération, pour être complétement accueillie, exigera de grands soins et de grandes dépenses. On oubliera promptement en effet, les inconvénients du pavage détruit, si le mode de viabilité qui le remplace n'approche pas de la perfection, si de nombreux passages bien entretenus ne réunissent pas les contre-allées parallèles, si la voie est recouverte de poussière, si lors des pluies ou des dégels, la chaussée n'est point tenue dans un état constant de propreté.

On se rendra facilement maître de la poussière par de

fréquents arrosages ; quant à la boue, il ne faudra rien négliger pour la faire disparaître.

Il y aura donc lieu d'essayer et les machines à arroser, et les machines à ébouer anglaises, sans abandonner pour cela les arrosages à la lance, à la main, et les cantonniers balayeurs.

Il faut en effet que nulle partie de la chaussée né puisse échapper aux soins quotidiens qu'elle exige. Il faut donc que ces soins soient répétés sous toutes les formes. C'est ainsi que l'on arrivera aux excellents résultats constatés à Birmingham.

En 1839, une surface de 430 yards quarrés produisait lors du balayage un tombereau de boue. En 1841, la même surface ne donnait plus qu'un demi-tombereau ; aujourd'hui c'est seulement un dixième de tombereau qu'on enlève.

J'ai dit que les machines éboueuses devaient toujours être précédées d'un arrosage complet : c'est avant que la circulation ne s'éveille que cette première opération s'exécute à Londres, au moyen d'arrosages très-abondants à la lance. Ce procédé présenterait des inconvénients au milieu du prodigieux mouvement du jour : alors on n'a plus recours qu'aux arrosages à la voiture : leur but est d'abattre la poussière, et non plus de la liquéfier pour rendre son enlèvement plus facile.

Nature des matériaux à employer dans les chaussées macadamisées. — Mais, je ne saurai assez le répéter, non-seulement en Angleterre on a perfectionné tous les moyens de faire disparaître la boue quand elle se forme, mais on prend toutes les précautions pour l'empêcher de naître. C'est dans ce but que les ingénieurs donnent les plus grands soins à la confection du macadam, et qu'ils forment sa couche supérieure avec les matériaux les plus résistants : *du granit de Guernsey, des graviers lest que* les navires anglais apportent de toutes les parties du monde.

Il y aura lieu, monsieur le ministre, de recouvrir les graviers siliceux des Champs-Élysées et des boulevards, ou au moins des boulevards, de matériaux d'une dureté supérieure. J'ai donné, dans le cours de ce rapport, quelques indications sur ces matériaux. Il ne faut pas se laisser effrayer par le prix de revient : on économise sur les frais de main-d'œuvre le supplément de dépense que la fourniture exige ; et, d'ailleurs, on obtiendrait ainsi un inappréciable avantage ; c'est de réduire à 5 ou 6 centimètres d'épaisseur la couche annuellement usée, laquelle, en gravier siliceux, sera, peut-être, de 12 centimètres sur les boulevards.

En agissant ainsi, et en n'employant le macadam que *dans les limites* et les conditions *précédemment indiquées*, il présentera, sans doute, les avantages relatifs que plusieurs ingénieurs anglais lui reconnaissent, et que MM. Mac-Adam et Pigott Smith réalisent.

Cependant ce système a, comme on l'a vu, ses imperfections comme les chaussées pavées ont les leurs.

Il y a donc lutte encore, et il paraît qu'il reste quelque chose à faire pour obtenir un mode de viabilité qui puisse échapper aux objections d'une critique sérieuse.

Chaussées d'asphalte. — Or, monsieur le ministre, il me semble que la solution de la question si importante et si controversée de la viabilité dans les villes se trouve dans l'emploi judicieux de la roche asphaltique.

Je suis entré à cet égard, dans la quatrième partie de ce rapport, dans des détails circonstanciés, sur lesquels je crois nécessaire d'appeler votre attention toute particulière.

Dans l'origine, pour obtenir une chaussée pavée, solide et unie, on ne s'occupait que de la résistance individuelle des blocs qui la composaient. De là, les pavés à larges surfaces et d'une grande épaisseur.

L'expérience n'a point justifié ce principe, l'usure des

blocs était inégale; ils se déplaçaient en tournant sur leurs angles, etc..., et l'on est successivement arrivé aux pavés étroits, et jusqu'au système Taylor, véritable pavé macadamisé.

Les principes qui présidèrent d'abord à la confection des chaussées en pierres cassées ont subi les mêmes modifications. Les morceaux de pierres qui les composent ont été successivement réduits à des dimensions de plus en plus petites, et placés sur un sous-sol composé de matériaux moins durs et offrant une certaine élasticité.

Ainsi, on est arrivé, dans le premier comme dans le second cas, à des surfaces unies et roulantes...

Mais, dans le premier cas, on n'a fait disparaître ni le bruit ni les chances de glissement; et dans le second, malgré tous les soins que l'on pourra prendre, il est certain que l'on n'évitera complétement ni la poussière ni la boue.

Or, une chaussée parfaite devrait offrir à la circulation une surface douce et unie sans être glissante, exempte de boue et de poussière.

Le bitume coulé remplissait quatre des conditions précédentes; on a craint qu'il ne fût glissant; je crois que cette dernière crainte était un peu exagérée; car il n'est pas impossible de rendre rugueuse la surface de la voie, soit en répandant du sable fin, soit par de fréquents lavages destinés à faire disparaître la faible épaisseur de boue grasse qui s'attache aux chaussées dans les temps humides.

Cependant il fallait encore répondre à cette objection du glissement, et cette réponse me paraît avoir été faite par l'emploi de la roche asphaltique posée à froid.

J'ai fait exécuter aux Champs-Élysées, par les soins de la compagnie Seyssel, un large spécimen d'une chaussée dans le nouveau système, système breveté au nom de M. Dufour.

Ce spécimen, d'une superficie d'au moins 2 000 mètres, existe depuis plus d'une année ; il a donc traversé toutes les saisons, il a résisté aux froids de l'hiver, à l'action des pluies, aux chaleurs de l'été.

Les frais de premier établissement sont relativement peu élevés ; ceux exigés par l'entretien paraissent être notablement inférieurs à ceux des chaussées macadamisées.

On le voit donc ; si l'on ne peut encore invoquer, en faveur de ce procédé, la sanction d'une expérience de plusieurs années nécessaires pour lui faire prendre droit définitif de cité, au moins, il est permis d'affirmer qu'il se présente, dès aujourd'hui, avec des chances de succès telles qu'on peut hardiment l'employer pour recouvrir de vastes surfaces.

Aussi, je crois qu'il ne faut pas hésiter à en faire l'application en grand sur une partie des boulevards.

Telles sont, monsieur le ministre, les diverses conclusions par lesquelles je terminerai ce long travail.

Je ne les crois pas susceptibles de controverse. En tous cas, j'ai décrit si minutieusement les faits sur lesquels mon attention a été fixée en Angleterre ; j'ai exposé avec tant de détails les documents qu'il m'a été permis de recueillir, que j'ai donné les moyens de me combattre avec mes propres armes, et de rectifier mes déductions.

Veuillez agréer, monsieur le ministre,

L'assurance de mon respect,

L'inspecteur divisionnaire,
H. DARCY.

NOTES.

Note A.

Tableau comparatif des monnaies, mesures et poids d'Angleterre et de France.

DÉNOMINATION anglaise.	MONNAIES.	ÉQUIVALENT français.	OBSERVATIONS.
		fr. c.	
Guinea....	Guinée, 21 shillings, 1 livre et 1 sol sterling..........	26.25.00	Ancienne monnaie qui n'existe plus que de nom.
Pound....	Livre sterling, 20 shillings ou sols sterling.........	25.00.00	
Half - pound, half-sovereign	1/2 livre sterling, 10 shillings..	12.50.00	
Crown.....	Couronne, écu, 5 shillings...	6.25.00	
Half-crown..	1/2 couronne, 2 shillings 6 de- niers.............	3.12.00	
Shilling...	Shilling, 1 sol sterling, 12 pence ou deniers.........	1.25.00	
Six pence...	1/2 shilling.........	0.62.52	
Four pence...	1/3 de shilling, 4 pence.....	0.41.68	
Penny....	Denier, sol, 4 farthings ou liards.	0.10.42	
Half penny...	1/2 denier, 2 farthings.....	0.05.21	
Farthing....	Liard, 1/4 de denier.......	0.02.60	

POIDS.

		kil. gr.	
Ton......	Tonne, 20 quintaux.......	1 015,650.000	

LIVRE AVOIR DU POIDS.

		kil. gr.	
Cwt, hundred-weight....	Quintal, 112 livres avoir du poids, 1/20e de tonne....	50.780.000	
Pound....	Livre, 1/112e du quintal....	0.453.000	
Ounce....	Once, 1/16e de la livre.....	0.028.338	
Dram.....	Grain, 1/16e de l'once.....	0.001.771	

LIVRE TROY.

Pound....	Livre.........	0.373.000	
Ounce....	Once, 1/12e de la livre troy...	0.031.091	
Penny-weight.	— 1/20e de l'once....	0.001.555	
Grain.....	— 1/24e de penny weight.	0.000.065	

MESURES DE LONGUEUR.

		mèt.	
Mile.....	Mille marin ou géographique..	1 854.200	Myriamèt. 6 milles 213.
Mile.	Mille ordinaire anglais, 8 fur- longs, 1 760 yards, 5 280 pieds anglais.........	1 609 315	
Furlong...	1/8e de mille, 220 yards, 660 pieds	201.164	Mètre { 1 yard 093. 3 pieds 281.
Chain.....	Chaine, 1/10e de furlong ou 22 yards ou 66 pieds anglais...	20.130	Décimèt =3 pouces 937.
Pole ou perch.	5 yards et demi.........	5.029	Centimètre=0.393.
Fathom.....	Brasse, 2 yards.	1.828	Millimètre=0.039.
Yard.....	Verge impériale.	0.914	
Foot.....	Pied, 1/3 du yard.......	0.305	
Inch.....	Pouce, 1/12e du pied, 1/36e du yard............	0.025	

Suite du tableau comparatif des monnaies, mesures et poids d'Angleterre et de France.

DÉNOMINATION anglaise.	MESURES DE SUPERFICIE.	ÉQUIVALENT français.	OBSERVATIONS.
		hect.	rood. c.
Acre.	Arpent, 4840 yards quarrés. .	0.404	Are, 0.098.
		ares.	
Rood.	1210 yards quarrés.	10.116	
		mèt. c.	yard. c.
Rod.	Perche quarrée.	25.291	Mètre carré, 1.196.
	MESURES DE CAPACITÉS.		
		litres.	
Gallon.	Gallon.	4.543	Hectol., 22 gallons 009.
Quart.	1/4 de gallon.	1.135	
Pint.	1/8 de gallon.	0.568	Décalitre, 2 gallons 200.
Peck.	2 gallons.	9.086	
Bushel.	8 gallons.	36.347	
		hect.	
Sack.	3 bushels.	1.090	
Quarter. . . .	8 bushels.	2.907	
Chaldron. . . .	12 sacks.	13.085	

Note B.

J'ai donné aux différentes pierres employées à Londres pour le macadam, le pavage et les trottoirs, les noms que les ingénieurs anglais leur assignent; mais peut-être conviendrait-il de caractériser ces pierres un peu mieux, afin de rendre plus facile leur assimilation à celles dont on pourrait faire usage en France.

1° *Pierre de Guernsey.* — Roche amphibolique mélangée de feldspath; —quelquefois des quartzites.

2° — *de Grooby.*   — Granit avec un peu d'amphibole.

3° — *mont Sorrel.*   — Granit   *id.*

4° — *Hart's hill.*   — Roche quartzeuze. —Quartzite.

5° — *Bombay.*   — Roche amphibolique compacte.

5° — *Chine* (Macao).   — Roche feldspathique.

7° — *Ighthan.*   — Quartzite très-grenu.

8° — *Devonshire.*   — Granit très-feldspathique avec un peu d'amphibole.

9° — *Cornouailles.*   —Granit.

10° — *Dartmoor.*   —Granit avec un peu d'amphibole.

11° — *Herm.*   —Granit avec amphibole.

12° — *Peterhead.*	—Roche granitoïde dans laquelle l'amphibole remplace le mica.	
13° — *Aberdeen gris.*	— Granit.	
14° — *Aberdeen bleu.*	— Roche amphibolique et feldspathique.	
15° — *Aberdeen rouge.*	—Granit à gros grains.	
16° — *Whin blue.*	—Roche amphibolique peu cristallisée.	
17° — *Purbeck.*	— Pierre calcaire.	
18° — *York.*	—Grès.	

N. B. Les échantillons sur lesquels les noms des pierres sont inscrits m'ont été remis par M. Mac-Adam.

Les échantillons numérotés sont ceux que M. York m'a donnés. Les numéros inscrits correspondent aux désignations de provenance relatées dans les réponses que M. York a faites à mes questions, *réponses et questions* consignées dans la troisième partie de ce rapport.

Note C.

Épreuves comparatives faites à Salford, entre le nettoyage à la main et celui à la machine, sous la direction immédite de M. D. Chadwick, trésorier de la ville. Les résultats suivants sont extraits des minutes du comité de balayage.

État comparatif de la dépense annuelle du balayage de Salford, par le travail manuel et par celui de la machine.

Seize balayeurs, deux charretiers, deux chargeurs, deux tombereaux, balayent dans une journée 15 904 yards, et coûtent par an 674 livres 8 shillings 8 deniers; savoir :

		liv. sh. d.		liv. sh. d.
Six balayeurs à. . . . 6 sh. par semaine. . .	15 12 0	par an	93 12 0
Dix *id.* à 9	*id.*	23 8 0	*id.*	234 0 0
Deux charretiers à. . 15	*id.*	39 0 0	*id.*	78 0 0
Deux chargeurs à. . 11	*id.*	28 12 0	*id.*	57 4 0
Un garçon d'écurie à 15	*id.*	39 0 0	*id.*	39 0 0
				501 16 0

À reporter. 501 16 0

	llv.	sh.	d.
Report.	5o1	16	o

	llv.	sh.	d.			
Usure de chevaux, harnais, etc.	20	o	o			
Intérêts du capital représenté par deux chevaux, harnais, etc., 80 livres à 5 pour 100. . .	4	o	o			
Intérêts de deux tombereaux, 6o livres. . . .	3	o	o			
Réparations et charronage.	15	o	o			
Balais, pelles, etc.	3o	o	o			
Nourriture de deux chevaux, 13 shill. 7 den.	70	12	8			
Surveillance.	3o	o	o	172	12	8
				674	8	8

	llv.	sh.	d.
Total par semaine, salaires.	9	13	o
dépenses.	3	6	5
	12	19	5

Une machine avec un cheval, un conducteur, balayent par jour 14165 yards, et coûtent par an 195 livres 9 shillings, 6 deniers ; savoir :

	llv.	sh.	d.
Nourriture d'un cheval à 16 sh. 10 d. 1/2 par semaine.	43	17	6
Usure du cheval, harnais, frais du maréchal.	10	o	o
Intérêts du capital, cheval et harnais, 4o francs.	2	o	o
Machine, droits de brevet et perte d'intérêts en payant quatre années à l'avance. . . . (27 10 0) (3 0 0)	3o	10	o
Cinq lots de balais à 6 francs.	3o	o	o
Réparations de machine.	7	10	o
Salaire d'un conducteur à 16 shillings.	41	12	o
Salaire du garçon d'écurie et du cureur de rigoles. . . .	20	o	o
Surveillance.	10	o	o
	195	9	6

Total par semaine, 3 livres 15 sh. 3 deniers.

D'après le coût de 195 livres par an pour balayer 14165 yards, le prix de balayage de 15904 yards serait de 219 livres. Le même nettoyage à la main coûterait 674 livres, ou plus de trois fois autant.

La seconde expérience est rapportée en ces termes, par le comité d'éclairage, du balayage, et des voitures publiques, dans son rapport adressé au conseil de la ville de Salford, le 18 septembre 1847.

« *Département du balayage.*

» Votre comité possède aujourd'hui trois machines à balayer,

fonctionnant régulièrement, de manière à répondre complète-
ment au but proposé; nous donnons pour preuve la propreté
des rues de Salford qui, sous ce rapport, ne le cède à aucune
ville en Angleterre. Votre comité s'est aussi convaincu, par l'expérience, qu'au point de vue de l'économie ces machines sont
très-avantageuses. L'état comparatif ci-joint dressé par le trésorier de la ville avec l'énumération des frais et avantages des machines, en comparaison du travail manuel, donnera une preuve
encore plus évidente de ce que nous avançons.

» Nombre de yards superficiels nettoyés, du 14 octobre 1846,
au 1er septembre 1847 (c'est-à-dire 10 mois et demi).

	yards.
Nettoyés par les machines.	4 956 936
Id. à la main.	1 716 799
	6 673 735
Surface arrosée par les voitures.	2 573 903

» Le nombre de rues à nettoyer et à arroser, porté sur les
livres de votre comité, s'élève aujourd'hui à 145. »

*État comparatif de la dépense annuelle du balayage de Salford, à
la main et par les machines brevetées pour le balayage des rues.*

Expériences dirigées par E. Ransbottom, 2 juillet 1847.

12 hommes, dont 9 balayeurs, un charretier, 2 chargeurs,
avec un cheval et un tombereau, nettoient dans une journée
une surface de 12 122 yards au prix de 273 livres 18 shillings
8 deniers par an, savoir :

	liv.	sh.	d.
Sept balayeurs de la maison des pauvres à 8 sh. 2 d. par semaine.	21	4	8
Deux balayeurs, l'un à 11 sh., l'autre à 6 sh. par semaine. .	44	4	0
Un charretier à 15 sh. par semaine.	39	0	0
Deux chargeurs à 11 sh. *id.*	57	4	0
Un cheval (entretien), à 18 sh. par semaine.	46	16	0
Maréchal ferrant.	4	0	0
Réparation des tombereaux et harnais.	10	0	8
Usure d'un cheval et harnais.	3	0	0
Intérêts sur le prix du cheval, du tombereau, des harnais, 50 livres à 5 pour 100.	2	10	0
Balais, pelles, etc.	16	0	0
Salaire du surveillant.	25	0	0
Loyer d'écurie et de remise.	5	0	0
	273	18	8

Travail de la machine.

Une machine avec un cheval, un conducteur, un cureur de rigoles, nettoie dans un jour 18 216 yards superficiels au prix de 204 livres 12 shillings 9 deniers par an, savoir :

	liv.	sh.	d.
Une machine brevetée.	27	10	0
Perte d'intérêts en payant quatre années à l'avance. . . .	3	8	9
Cinq lots de balais à 6 livres.	30	0	0
Réparations de la machine.	15	0	0
Un conducteur à 16 shillings par semaine.	41	12	0
Salaire du cureur de rigoles.	11	14	0
Nourriture d'un cheval, 18 shillings par semaine.	46	16	0
Pertes sur le prix d'un cheval, 35 livres, soit 10 pour 100.	3	10	0
Maréchal ferrant, réparation de harnais.	8	0	0
Intérêts sur le prix du cheval et des harnais, 42 liv., 5 p. 100.	2	2	0
Salaire du surveillant.	10	0	0
Loyer d'écurie et de remise.	5	0	0
	204	12	9

Comme on dépense 274 livres pour nettoyer à la main 12 000 yards, on dépenserait 420 livres pour nettoyer 18 000 yards, surface que balaya la machine en un jour, au prix de 204 livres par an.

Note D.

Paroisse de Saint-James-Westminster.

Soumission pour des travaux de pavage, etc.

À la commission du pavage, etc.

20 septembre 1848.

Je propose de traiter avec vous pour une période de temps commençant le 29 septembre 1848 et s'étendant à trois ans pour les travaux de pavage à faire dans les différentes parties de la paroisse, sous votre contrôle; lesquels travaux seront exécutés de la manière indiquée ci-après, et avec des matériaux en tout semblables aux spécimens exposés dans votre atelier. Ce contrat pouvant cesser d'être en vigueur, après un an ou deux, au choix de la commission; je m'engage, en outre, à payer les frais du contrat et de l'engagement en garantie et à remplir toutes autres conditions stipulées.

Pour fournir et poser des pavés du meilleur granit d'Aberdeen, du Mount-Sorrel, de Devon ou autre équivalent en qualité, bien équarri sur toutes leurs faces, n'ayant pas plus de 5 pouces de largeur, pas moins de 9 pouces de hauteur de tous côtés et comptant au moins 10 pouces de longueur, avec une superficie pareille à la base et à la surface, placés au contact l'un de l'autre, sur tous les côtés et en rangées droites, parallèles ou diagonales et cimentées comme il est décrit ci-après; *onze shillings et dix pence* par yard quarré.

Pour fournir et poser des pavés du meilleur granit d'Aberdeen, du Mount-Sorrel ou Devon, dressés comme ci-dessus, n'ayant pas plus de 5 pouces de largeur, pas moins de 8 pouces de hauteur de tous côtés et comptant au moins 10 pouces en longueur, avec une superficie pareille à la base et à la surface, placés au contact l'un de l'autre sur tous les côtés, en rangées droites, parallèles ou diagonales et liés entre eux comme il sera dit; *neuf shillings et six pence* par yard quarré.

Pour fournir et poser les pavés en usage pour traverser les routes macadamisées, en granit bien taillé, d'une hauteur de 9 pouces, présentant, avant leur livraison dans la rue, les dimensions exactes de 4 pouces de largeur, 9 de hauteur et pas moins de 10 pouces de longueur, et sous tous les rapports semblables au spécimen produit dans votre atelier, placés et cimentés; à *seize shillings* par yard quarré.

Pour fournir, poser et cimenter des pavés de granit d'Aberdeen ou autres de même qualité *appelés cubes étroits*, convenablement équarris de tous côtés et ne présentant pas plus de 4 pouces d'épaisseur, pas moins de 9 pouces de hauteur et au moins 10 pouces de longueur, sans démaigrissement de la surface inférieure et se touchant exactement partout, à *treize shillings et six pence* par yard quarré.

Pour enlever et déplacer de vieux pavés, extraire et emporter toutes les terres superflues, faire un lit ou substratum formé comme il est décrit dans les présentes, d'une épaisseur d'au moins 4 pouces et y poser de nouveaux pavés de granit d'Aberdeen, du Mount-Sorrel ou autre bonne qualité, bien équarris et semblables au spécimen exposé dans votre atelier, d'au moins 5 pouces de hauteur, ne dépassant point une épaisseur de deux pouces avec une longueur d'au moins 8 pouces, placés, coulés et dressés suivant les règles prescrites, *sept shillings et dix pence* par yard quarré.

Pour fournir, mélanger, étendre ou établir des fondations composées d'une partie de la meilleure chaux récemment cuite et réduite en poudre et de sept parties de bon lest de rivière ou de gravier tamisé; le tout bien composé, *six shillings* par yard cube.

Pour enlever et assortir de vieux pavés de granit au choix de l'inspecteur, les replacer et les cimenter de la meilleure façon en rangées droites, parallèles ou diagonales, *neuf pence* le yard quarré.

Pour enlever et assortir de vieux pavés, pour replacer ceux qui auront été choisis par l'inspecteur, sur du gravier nouveau, en lignes droites, parallèles ou diagonales, *six pence* par yard quarré.

Pour relever, retailler de vieux pavés de granit sous tous les rapports semblables au spécimen exposé dans votre atelier, *deux shillings et trois pence* le yard quarré.

Pour replacer sur gravier ces pavés ainsi retaillés, *six pence* le yard quarré.

Pour replacer et cimenter ces mêmes pavés, *neuf pence* par yard quarré.

Tout le pavage ci-dessus devant être exécuté de la manière la plus solide et convenablement battu et rebattu, aussi souvent qu'on en sera requis par l'inspecteur ou son représentant, jusqu'à ce que le pavé soit parfaitement solide et uni, puis recouvert de gravier de la Tamise, bien pur et bien criblé, opération qui devra être renouvelée aussi souvent que l'inspecteur le jugera nécessaire jusqu'au remplissage parfait des joints.

Pour creuser et emporter tout le surplus des terres, et pour former des fondations composées d'une couche de pierres brisées, d'une épaisseur de 6 pouces, avec du lest ou gravier criblé de la Tamise, de manière à produire un stratum régulier et complet pour recevoir le pavé, de 9 pouces de profondeur au moins, *deux shillings* et *six pence* le yard quarré.

Pour fournir des pierres-bornes d'au moins 4 pieds de longueur, bien confectionnées, *six shillings* chacune.

16

Le mortier destiné à consolider toutes les espèces de pavage décrites ici, sera composé de la meilleure chaux et de sable de la Tamise exempt de toute impureté, dans la proportion d'un à quatre ; il sera bien travaillé et donnera un mélange homogène, dont on devra également couvrir les surfaces exécutées, à l'entière satisfaction de votre commis et de l'inspecteur.

Pour fournir et livrer des blocs de granit de Guernsey, *dix shillings* la tonne.

Pour fournir et livrer du red-pit pur ou du gravier de rivière, *trois shillings* et *trois pence* par yard cube.

Pour fournir et livrer du bon lest de la Tamise, *trois shillings* le yard cube.

Pour fournir et livrer de la chaux et du sable mélangés dans la proportion d'une partie de chaux à 3 1/2 de sable pur et mordant, *sept shillings* et *six pence* par voiture à un cheval.

Pour relever et emporter des pavés, creuser et emporter la terre en excès, et répandre des fragments de pierres pour former une route macadamisée, *un shilling* le yard quarré.

Pour fournir et étendre des fragments de la meilleure pierre cassée de Guernsey, relever et emporter la terre, et former une voie macadamisée, tous les matériaux, main-d'œuvre, etc., compris, *trois shillings* et *six pence* le yard quarré.

Pour repiquer une surface macadamisée quelconque dans la paroisse, y répandre de nouvelles pierres et la réparer (matériaux non compris), *quatre pence* le yard quarré.

Pour emporter des décombres ou matériaux, *un shilling* la voiture à un cheval.

Pour faire la même chose, *un shilling* et *neuf pence* la voiture à deux chevaux.

Pour l'usage du cheval, de la voiture et de l'homme, *neuf shillings* par jour.

Pour fournir de bons ouvriers, comme :

Tailleurs de granit ou dresseurs à *cinq shillings* par jour, chacun. Outils
Paveurs, au même salaire. . . . . compris.
Manœuvres à *trois shillings* et *trois pence*. . . . .

La commission se réservant le droit d'employer ses propres ouvriers, pour les réparations générales de la paroisse, comme aussi celui de faire enlever ou déplacer par d'autres, les vieux pavés, etc. Un état hebdomadaire de tout le travail et de tous les charrois devra être envoyé par le traitant au secrétaire de la commission, au bureau du pavage, n° 16, Marshall-street, pour être certifié par lui.

Aucun surcroît de dépense ne devra être compté pour exhausser ou abaisser le pavé, pour enlever la terre lorsqu'il faut abaisser le pavé ou répandre sur la route du bon lest de la Tamise, lorsqu'elle exige un exhaussement, ou pour refaire et battre les fondations du pavé; et aucune demande ne pourra être faite pour le premier transport des vieux matériaux.

Et je m'engage, par ces présentes, à entretenir à mes frais, en parfait état de réparation, pendant les douze mois qui suivront l'achèvement des ouvrages, tous les travaux qui auront été faits par moi, et dans tous les cas où il serait déterminé par vous ou vos officiers que tout ou partie des dits travaux n'est point exécuté convenablement, ou que les matériaux ne sont point pareils aux spécimens produits, de tels travaux seront immédiatement refaits par moi, sans nouveaux frais, et les matériaux rebutés seront remplacés sans délai, inconvénients ou frais.

Et je propose par ces présentes, Monsieur de   et Monsieur   de   comme cautions pour la stricte exécution du contrat.

Signature et adresse du soumissionnaire.

Paroisse de Saint-James Westminster.

Soumission pour des travaux de tailleur de pierres, etc.

A la commission du pavage, etc.

20 septembre 1848.

Je propose de traiter avec vous pour une période de temps commençant le 29 septembre 1848, et s'étendant à *trois* ans, pour les travaux de tailleur de pierres à exécuter dans les différentes parties de la paroisse, sous votre contrôle; lesquels travaux seront exécutés de la manière rapportée ci-après et avec des matériaux en tout semblables aux spécimens exposés dans votre chantier. Ce contrat pouvant cesser de rester en vigueur après un an ou deux, au choix de la commission. Je m'engage, de plus, à payer les frais du contrat et de l'engagement en garantie et à remplir toutes autres conditions qui y sont stipulées.

Pour les dalles de Elland Edge ou d'autres dalles du Yorkshire de la même qualité, de la meilleure et plus dure espèce, exemptes de défauts, n'ayant pas moins de 3 pouces d'épaisseur dans la partie la plus mince, de 20 pouces de largeur sur 2 pieds de longueur bien équarries dans toute l'épaisseur de la pierre, et fixées, avec un bon mortier bien préparé, *six shillings* par yard quarré.

Pour fourniture et pose, comme dit ci-dessus, de *plates-formes* de Yorkshire de la meilleure qualité et présentant au moins 14 pieds quarrés de superficie, *dix shillings* et *six pence* par yard quarré de superficie.

Pour les meilleures bordures en granit pour trottoirs, d'une largeur parallèle d'un pied, d'une hauteur uniforme de 8 pouces; en divisions d'au moins 3 pieds 6 pouces de longueur, posées de la manière décrite plus haut, *un shilling* et *six pence* le pied de bordure.

Pour les mêmes que ci-dessus, circulaires, d'un rayon quelconque, *un shilling* et *neuf pence* le pied de bordure.

Pour enlever de vieux dallages de Yorkshire, Moorstone ou Purbeck, les équarrir en tous sens, les replacer et les consolider avec du mortier, *sept pence* par yard quarré.

Pour relever de vieilles pierres de bordures, rétablir leurs joints et les reposer, *trois pence* par yard de longueur.

Pour des pierres quarrées neuves de Moorstone, d'au moins 18 pouces de côté, de 6 pouces d'épaisseur, avec leurs angles bien équarris, *dix shillings* et *six pence* par yard quarré de superficie.

Pour relever et tailler de vieilles pierres de bordure, selon l'échantillon produit dans votre atelier, à la satisfaction de la commission, et reposées sur champ pour rigoles, *un shilling* et *trois pence* par yard de longueur.

Pour poser et consolider des pierres de *tram* en granit, *neuf pence* le yard courant.

Pour couper dans les dalles des trous à houille, *huit pence* chacun.

Pour réparer ces trous, *quatre pence.*

Pour extraire la terre et fixer des poteaux, *deux shillings* pour chacun.

Pour placer des bornes, *six pence* chacune.

Tous les joints des pierres se recoûperont d'au moins 6 pouces. Elles seront bien équarries sur toutes leurs faces, avant leur livraison à pied d'œuvre.

Tous ces travaux exécutés avec le mortier le plus solide et le mieux travaillé, et les vieux matériaux transportés aux frais du traitant dans les lieux qui seront désignés par l'inspecteur ou son commis.

La commission se réservant le droit d'employer ses propres ouvriers pour les réparations générales de la paroisse, comme aussi de faire enlever ou de déplacer par d'autres les vieilles dalles, etc.

Aucuns frais additionnels ne seront comptés pour relever ou abaisser les dallages, ou pour enlever la terre lorsque le dallage demande à être abaissé, ou enfin pour recouvrir la route de matériaux convenables, dans le cas où elle demande à être exhaussée, comme aussi pour améliorer ou préparer convenablement *le substratum.*

Pour le transport des décombres ou matériaux, *un shilling* par charge d'un cheval;

Et *neuf pence* et *un shilling* pour une charge à deux chevaux.

Pour l'usage d'un cheval, d'une voiture et d'un charretier, *neuf shillings* par jour.

Journée d'un bon tailleur de pierres, *cinq shillings.* ⎫ outils
    Id.   d'un manœuvre, *trois shillings et trois* ⎬ compris.
pence. . . . . ⎭

Et je m'engage, par ces présentes, à entretenir à mes frais, en parfait état de réparation, pendant les douze mois qui suivront l'opération, tous les travaux qui auront été exécutés par moi, et dans le cas où votre commis, votre inspecteur ou vous-même, décideriez que les dits travaux ne sont point exécutés convenablement, ou que les matériaux ne sont point semblables aux spécimens produits, le travail sera immédiatement refait par moi, sans pouvoir être porté dans mon compte.

Et je propose par ces présentes, M.   de et M.   comme cautions de l'exacte exécution du contrat.

Signature et adresse du soumissionnaire.

SOUMISSIONS. TRAVAUX DE PAVAGE.	1848.				PRIX dans l'année		
	Pratt et Sewell.	Nowlem. Burt et Freeman.	Chadwick soumissionnaire accepté.	Carey.	1839.	1842.	1845.
	s. d.	s. d.	s. d.	s. d.	s. d.	s. d.	s. d.
Pavage en cubes neufs, par yard quarré.	12,09	12.06	11.10	11.00	11.02	9.05	10.06
Pavage en demi-souverains, par yard quarré.	9.04	10.00	9.06	10.00	9.02	7.09	8.04
Pavage en *axed crossings*, par yard quarré.	17.00	15.09	16.00	16.00	16.00	12.03	15.09
Pavage en cubes étroits, par yard quarré.	14.00	13.06	13.06	16.00	14.00	12.03	15.09
Pavage en petits granits sur concrete, par yard quarré.	10 02	9.00	7.10	9.06	»	»	7.06
Concrete, par yard cube.	6.03	5.09	6.00	6.06	»	»	6.00
Pour replacer de vieux pavés sur mortier, par yard quarré.	0.9 1/2	0.09	0.09	0.11	0.11	0.09	0.09
Pour replacer de vieux pavés sur gravier, par yard quarré.	0.07	0.07	0.06	0.08	0.07	0.06	0.06
Pour retailler de vieux pavés, par yard quarré.	3.03	3.00	2.03	3.00	1.09	1.06	2.03
Pour reposer de vieux pavés taillés sur gravier, par yard quarré.	0.07	0.06	0.06	0.08	0.07	0.06	0.06
Pour reposer de vieux pavés taillés sur mortier, par yard quarré.	0.10	0.09	0.09	0.11	0.11	0.09	0.09
Pour faire une fondation en béton et fournir les matériaux.	4.00	2.08	2.06	2.00	1.02	1.02	1.06
Pour fournir de nouvelles bornes, chacune à.	5.06	5.06	6.00	5.00	5.06	5.00	5.00
Lits en mortier, par yard quarré. . .	»	»	»	»	0.04	0.03	0.03
Nouveaux blocs de Guernsey, par tonne	11.00	10.00	10.00	10.03	11.06	10.00	10.00
Gravier rouge, par yard cube.	3.06	3.06	3.03	3.06	4.00	3.03	3.03
Lest de la Tamise, par yard cube. . . .	3.06	2.10	3.00	3.03	3.03	3.00	3.00
Chaux et sable mélangés, simple charge (un cheval).	9.06	8.06	7.06	7.09	8.06	7.06	7.06
Faire une voie macadamisée, par yard quarré.	2.00	1.10	1.00	1.04	»	0.05	1.00
Fournir les pierres pour faire une voie macadamisée, par yard quarré. . . .	5.06	4.00	3.06	4.06	3.06	3.00	3.06
Repiquage et répandage, par yard quarré.	0.08	0.07	0.04	0.04	0.03	0.03	0.03
Transport, charge d'un cheval.	0.10	1.00	1.00	1.03	0.06	1.00	1.00
Id. charge de deux chevaux. . . .	1.08	2.00	1.09	2 00	2.06	1.06	1.06
Cheval, voiture et homme par jour. . . .	8.00	8.06	9.00	10.00	10.06	9.00	9.00
Tailleur de granit	4.11	5.00	5.00	5.03	5 00	5.00	5.00
Paveur, par jour.	5.03	5.03	5.00	5.00	5.00	4 08	5.00
Manœuvre, par jour.	3.03	3.06	3.03	3.03	3.00	3.00	3.00

SOUMISSIONS pour travaux de tailleurs de pierre.	1848.				PRIX dans l'année		
	Pratt et Sewell.	Nowlem, Burt et Freeman.	Chadwick soumissionnaire accepté.	Carey.	1839.	1842.	1845.
	s. d.	s. d.	s. d.	s. d.	s. d.	s. d.	s. d.
Pour poser du grès d'York de 3 pouces d'épaisseur, le yard superficiel.	6.03	6.04	6.00	6.00	7.02	6.00	6.00
Plate-forme d'York..	11.00	10.06	10.06	10.03	13.06	7.06	10.00
Pierres de bordures de trottoirs neuves, de 12 pouces sur 8 pouces, par pied courant.	1.07	1.08	1.06	1.08	1.11	1.06	1.06
Pierres de bordures circulaires neuves, de 12 pouces sur 8 pouces, par pied courant.	1.09	1.10	1.09	1.10	2.02	1.08	1.08
Repavage avec de vieilles dalles, par yard quarré.	0.08	0.07	0.07	0.07 1/2	0.08	0.07	0.07
Replacer de vieilles bordures, par yard de longueur.	0.03	0.03	0.03	0.04 1/2	0.04 1/2	0.03	0.03
Fournir du *New-Moor stone*, par yard quarré.	11.00	11.06	10.06	11.00	10.06	9.00	9.09
Tailler des pierres de bordures, par yard de longueur.	1.03	1.04	1.03	1.04	1.03	1.00	1.03
Fixer un tramway, par yard de longueur.	1.06	1.03	0.09	1.04	»	1.03	1.03
Taillage des trous à charbon dans les dalles, chaque.	0.09	0.07	0.08	0.08 1/2	0.09	0.08	0.08
Pour les réparer.	0.04	0.03	0.04	0.04	0.05	0.04	0.04
Planter des poteaux.	2.06	1.09	2.00	2.02	2.06	2.00	2.00
Pour bornes, chaque.	0.09	0.09	0.06	0.07	1.00	0.06	0.06
Transport.							
Charge d'un cheval.	0.10	1.00	1.00	1.03	1.06	1.00	1.00
Charge de deux chevaux.	1.08	2.00	1.09	2.00	2.06	1.06	1.06
Cheval, voiture et homme par jour.	8.00	8.06	9.00	10.00	10.06	9.00	9.00
Main-d'œuvre.							
Journée de tailleur de pierre. . .	5.04	5.03	5.00	5.03	5.00	5.00	5.00
Journée de manœuvre.	3.04	3.06	3.03	3.03	3.00	3.00	3.00

Note E.

Modèle de soumission pour l'enlèvement de la boue et des immondices et pour l'arrosage des rues.

À la commission du pavage, etc.

Paroisse de Saint-James-Westminster.

(Aucune soumission ne sera acceptée, si elle n'est signée par le soumissionnaire et par les parties proposées comme cautions).

septembre 18

Cahier des charges et désignation des travaux compris dans le marché à passer avec la commission du pavage, etc., de ladite paroisse (conformément aux avis publiés), pour le nettoyage, le balayage et l'arrosage des rues, etc., ainsi que l'enlèvement des ordures et immondices des maisons de ladite paroisse.

Nettoyage. Balayage.

Le soumissionnaire qui deviendra adjudicataire devra s'engager pour lui-même, ses héritiers, exécuteurs testamentaires et administrateurs pour une période de *trois* ans, à commencer le 29 septembre 18 , mais qui pourra être arrêtée à la fin de la première ou de la seconde année, à la discrétion de la commission, à envoyer journellement, pour suivre les balayeurs, un nombre suffisant de chevaux, tombereaux ou voitures couvertes et autres, suivant réquisition, ainsi que les charretiers qui devront y jeter toutes les eaux sales, boues, ordures, les rebuts, glace et neige, etc. Il devra également pourvoir ces ouvriers d'une quantité suffisante de balais, de râcloirs, de pelles, de pics, etc.

L'entrepreneur sera pareillement tenu, dans toutes les rues, places, cours et allées publiques comprises dans la susdite paroisse (excepté Regent-street, Golden-square et les côtés nord, est et ouest de St-James's-square), chaque jour de la semaine, comme il est prescrit dans la cédule ci-jointe, et à toutes les heures qui seront ci-après fixées pour cet objet, d'enlever et d'emporter, hors de ladite paroisse, toutes les eaux sales, les boues, les ordures, les balayures, les râclures macadamisées, la neige, la glace et toutes sortes de décombres, rebuts ou fragments (les décombres de briques et terres de tranchées exceptées), aussitôt après que lesdites matières auront été balayées sur les côtés de la rue (en ayant soin de les tenir toujours à plus de 10 pieds d'une bouche grillée d'égout); les balayeurs employés à réunir et à ramasser ces matières, etc., etc., devant être payés par la commission. Le traitant devra ensuite charger tous ces tas de boues ou de détritus et les transporter dans ses voitures et à ses frais dans un dépôt quelconque par lui procuré, en dehors de la paroisse; que si les matières ne sont pas immédiatement chargées et emportées hors des rues après leur balayage en tas, le traitant sera mis par la commission à l'amende de *cinq livres sterling* pour chaque négligence reconnue par ladite commission.

Enlèvement des immondices, etc.

Le soumissionnaire dont l'offre sera acceptée devra passer un marché, commençant à la Saint-Michel pour *trois* ans, lequel pourra cesser d'avoir son effet à l'expiration de la première ou de la seconde année, à la discrétion de la commission; il fournira et emploiera chaque jour (les dimanches exceptés) au moins *six* voitures à immondices, avec un attirail approprié en paniers, pelles, chevaux et hommes pour enlever avec soin et retenir pour son propre usage toutes les ordures et immondices, les cendres, les écailles d'huître et tous autres résidus, rebuts ou décombres (les décombres de briques et les terres de tranchées seuls exceptés) tirés des fosses et autres lieux de dépôt des différents habitants, de manière que tous les endroits à ce destinés puissent être vidés au moins une fois par semaine pendant la durée de son contrat, ou plus souvent s'il en était requis par un des officiers de la commission (le contrat ne s'appliquant pas aux maisons situées dans Regent-street, Waterloo-place, Golden-square, la portion Saint-James d'Oxford-street et les côtés nord, est et ouest de Saint-James's-square); les hommes à ce employés devront en s'approchant et durant leur séjour dans chaque rue ou lieu public annoncer leur présence *à haute et intelligible voix*, afin de donner aux habitants un temps suffisant pour faire connaître que leurs fosses doivent être vidées, desquelles ils recueilleront le contenu pour le transporter hors de la paroisse aussi souvent qu'ils en seront requis.

Le traitant devra venir lui-même ou envoyer à sa place un homme digne de confiance à l'atelier du pavage de la commission dans *Dufour's-place*, tous les jours entre *neuf* heures et midi, pour y recevoir, s'il y a lieu, les plaintes qui auraient été enregistrées, dans un registre tenu à cet effet, sur la négligence de quelques-uns des hommes à son service ou sur leur refus de retirer et emporter les matières liquides ou solides, etc.; il encourra une amende de 5 shillings pour chaque omission ou pour toute autre négligence dans l'exécution des conditions stipulées.

Une amende de *quarante* shillings sera irrévocablement imposée au traitant, s'il n'a pas été fait droit dans les vingt-quatre heures aux demandes d'enlèvement d'ordures faites à lui-même ou à ses employés.

Tous les hommes employés à l'extraction et au transport des matières seront sous la juridiction et le contrôle des officiers de la commission.

Arrosage des rues.

Le soumissionnaire qui offrira d'entreprendre l'arrosage des rues pendant les *trois saisons* de cette opération (qui pourront être réduites à une ou deux, à l'option de la commission) s'engagera à fournir un certain nombre de bonnes charrettes d'arrosage, munies de distributeurs en métal, attelées de bons chevaux et d'un charretier pour chaque véhicule sous les ordres de l'inspecteur moyennant   shillings et   pence par jour, pour l'usage de chaque homme, cheval et charrette; il sera aussi tenu de mettre à la disposition de l'inspecteur de bons manœuvres pour être employés, s'il y a lieu, comme pompiers (dans le cas où l'on se verrait dans la nécessité de recourir aux pompes des rues), à raison de   shillings   pence par jour pour chacun.

Tout charretier devra aider à pomper l'eau dans ces charrettes. Tous les individus employés seront sous la direction absolue et le contrôle des officiers de la commission. Aucun des hommes, des chevaux et des véhicules ne pourra être retiré de la paroisse, durant les jours où ils seront occupés de l'arrosement des rues, sans le consentement préalable du commis de la commission ou de l'inspecteur, sous peine d'une amende de 40 shillings pour le retrait de ces hommes, chevaux et charrettes, sans permission, comme il est dit ci-dessus.

Toutes les rues à arroser devront l'être au moins deux fois par jour durant la saison ou plus souvent, selon la réquisition de l'inspecteur.

Les véhicules-arrosoirs ne devront être pourvus d'aucun appareil destiné à augmenter ou à diminuer le volume d'eau émis, et la valve devra verser par son plein diamètre et à la satisfaction de l'inspecteur.

Si les véhicules fournis par le traitant sont trouvés défectueux ou insuffisants par l'inspecteur ou par l'un des trois membres de la commission, leur commis sera autorisé à se pourvoir de voitures convenables, les prenant où bon lui semblera, et les dépenses extraordinaires en résultant devront être déduites des sommes dues ou qui pourraient être dues, plus tard, au traitant.

Le traitant sera tenu de remettre chaque semaine au commis le compte du nombre d'hommes et de véhicules employés pendant la semaine précédente.

L'inspecteur sera autorisé à renvoyer tout charretier convaincu de mauvaise conduite ou de négligence durant l'opération.

L'adjudicataire ne pourra sous-traiter pour le tout ou une partie de son entreprise sans le consentement par écrit de la commission ou de son secrétaire par elle autorisé, sous peine d'une amende de 300 livres; il est tenu de se procurer deux bonnes et suffisantes cautions dûment acceptées pour se porter garant conjointement ou séparément, d'une convenable exécution du contrat, sous la clause pénale de 800 livres. Il devra tenir les membres de la commission et les officiers francs et indemnes à raison des poursuites, amendes, frais, dommages et dépenses quelconques provenant de négligence ou d'omission volontaire ou involontaire de sa part ou de celle de ses ouvriers ; et s'il négligeait ou refusait de remplir toutes les conditions du contrat, la commission aura le droit d'employer des voitures, des chevaux et des hommes, de disposer des immondices et de charger qui bon lui semblera de l'exécution des travaux du contrat et de porter au compte du traitant les frais et dépenses encourus par ces mesures.

Le traitant devra payer tous les frais de la concession de ces travaux, et ceux du contrat et de l'engagement des cautions qui seront préparés par les notaires de la commission.

La commission ne s'engage à accepter la plus basse soumission, qu'autant qu'elle présentera des garanties suffisantes.

Je m'engage par ces présentes à exécuter les différents travaux mentionnés ci-dessus, à l'entière satisfaction de ladite commission et de ses officiers, pendant *trois* ans, à partir du 29 septembre prochain, période que la commission aura le privilége d'abréger d'*une* ou de *deux* années, et à passer un contrat spécial dont j'exécuterai fidèlement les conditions, moyennant la somme de   par an, payée par trimestre ; et je propose les deux parties signataires comme cautions de la bonne exécution des différents travaux énumérés dans les présentes.

Nom   , adresse du soumissionnaire.

Nous soussignés, consentons conjointement et séparément à prendre un engagement en garantie, et à nous laisser lier par les clauses les plus efficaces pour assurer, par une clause pénale de 800 liv., la complète et bonne exécution des divers travaux sus-mentionnés par le soumissionnaire nommé plus haut et aux conditions indiquées dans les présentes.

Signatures et adresses des cautions proposées.

Note F.

Clauses et conditions de l'entreprise pour le nettoyage et l'arrosage des routes.

L'entreprise durera trois ans, à dater du 1ᵉʳ mai prochain ;

mais à la fin de chaque année, sur avis donné trois mois à l'avance, chaque partie pourra la résilier.

Les routes, rues, terrasses, chemins, allées et places comprises dans la soumission sont :

Regent-street, depuis Oxford-street jusqu'à Waterloo-place.

Waterloo-place, Pall-Mall nord et sud, l'espace compris entre ces deux points.

Terrasse du Carlton House et jardins de Carlton.

Cockspur-street et Charing cross, depuis le bas de Haymarket jusqu'à Buckingham-court.

Whitehall, great et little Scotland-yards, Whitehall-yard, jardins de Whitehall et Whitehall-place.

La terrasse de Richmond et les écuries qui se trouvent derrière.

Parliament-street.

Bridge-street, Little-Bridge-street, Great-George-street et le Sanctuary-broadway.

L'entrepreneur devra chaque jour racler, balayer et ramasser tous les détritus, les boues, neiges et saletés de tous genres qui seraient sur les chaussées des routes, rues, etc., susmentionnées, de telle sorte que le tout soit nettoyé au moins une fois le jour, ou plus souvent si cela est jugé nécessaire pour entretenir un système parfait de propreté. Le nettoyage des principales voies de circulation devra être terminé avant dix heures du matin, tous les jours (excepté le dimanche), et il est entendu qu'à tout autre moment de la journée, si l'inspecteur de la commission le juge nécessaire, en cas de changement subit de temps, par exemple, ou dans toute autre circonstance, l'entrepreneur sera obligé d'opérer encore ce nettoyage.

Les hommes employés par l'entrepreneur devront travailler par compagnies ou brigades, ayant à leur tête un contre-maître chargé de veiller à la bonne exécution du travail. Les hommes ne devront, en aucun cas, racler, balayer, ou entasser la boue dans les ruisseaux, et l'entrepreneur sera obligé de fournir un nombre suffisant de chevaux et de voitures, pour suivre les balayeurs et enlever, charger et transporter *immédiatement* toute la boue, déjà mise en tas, de manière à ce qu'il n'en reste plus à dix heures du matin; et lorsque l'entrepreneur aura été requis pour un nettoyage supplémentaire dans le cours de la journée, la boue devra être enlevée une heure après le balayage.

L'entrepreneur aura un chantier ou tout autre emplacement convenable (soumis à l'approbation de l'inspecteur), pour placer ses boues, et dans aucun cas il ne lui sera permis, après l'enlèvement, d'opérer le moindre dépôt sur une partie quelconque des routes, rues, etc., susmentionnées, ou dans tout autre endroit placé sous l'administration des commissaires.

L'entrepreneur devra fournir tous les ouvriers, chevaux, camions, outils, etc., nécessaires à l'exécution de ce travail; mais si l'inspecteur juge que le nombre de ces ouvriers, chevaux, etc., est insuffisant, l'entrepreneur, sur avis spécial de l'inspecteur, sera obligé de fournir des ouvriers, chevaux, etc., supplémentaires, sans avoir droit pour cela à une indemnité quelconque.

Dans le cas où l'entreprise serait donnée à la compagnie des machines à ébouer ou à des personnes se proposant de faire usage de ces machines, ces personnes seront liées par toutes les clauses ci-dessus susceptibles de leur être appliquées; elles seront passibles en outre d'une amende de 125 fr. toutes les fois que, sans l'autorisation de l'inspecteur, elles emploieront de l'eau sur les routes de granit concassé pour délayer la boue devenue dure. Dans les temps secs, quand il y aura beaucoup de poussière, l'emploi de ces machines ne sera toléré qu'autant qu'on les fera précéder de voitures d'arrosage pour faire tomber la poussière et empêcher la surface des routes de se détériorer; les soumissionnaires devront indiquer à l'avance s'ils se proposent de faire usage des machines éboueuses sur la totalité des routes; ou, dans le cas contraire, déterminer les diverses sections sur lesquelles ils ont l'intention de les employer, en fixant également le nombre de machines qu'ils veulent mettre en œuvre.

L'entrepreneur devra arroser la totalité des routes et chaussées des différentes rues indiquées plus haut, de manière à en éloigner toujours la poussière. Il arrosera chaque jour, même le dimanche, si cela est nécessaire, toute leur surface, deux fois, et plus souvent, s'il le faut, à l'heure, de la manière et avec le nombre de voitures, indiqués par l'inspecteur, sans que ce nombre cependant puisse dépasser six, et, comme dans les temps secs, il pourrait quelquefois être nécessaire de répandre des matériaux neufs, lesquels exigeraient un supplément d'arrosage pour en faciliter la prise, l'entrepreneur devra toujours faire cet arrosage en quantité suffisante, sans avoir droit pour cela à une indemnité.

L'eau sera fournie en abondance pour l'arrosement des routes ci-dessus mentionnées aux frais des commissaires, et pourra être prise à toute heure du jour, aux stations suivantes :

Aux pompes de Regent-street, à Hanover-chapel, au Quadrant, à Regent-Circus, Piccadilly, Carlton-House-terrace, Charing-cross, et au coin Whitehall-place et de Parliament-square.

L'entrepreneur devra fournir tous les ouvriers, chevaux, outils, matériaux, etc., nécessaires à l'arrosement des routes, et en solder la dépense.

Il devra, pendant toute la durée de son entreprise, entretenir un nombre suffisant de chevaux dans des endroits soumis à l'approbation des commissaires, et faire connaître à l'inspecteur les heures de station à ces endroits.

Les voitures actuelles d'arrosage, au nombre de six, et appartenant aux commissaires, seront prises par l'entrepreneur pour la somme à laquelle les évaluera M. Braby qui les a fournies, et seront estimées de nouveau à la fin de l'entreprise par M. Braby, s'il est vivant, ou, dans le cas contraire, par toute autre personne également respectable, désignée par les commissaires ; la différence entre les deux estimations sera remboursée par l'une ou par l'autre partie.

L'entrepreneur devra conserver les voitures en bon état d'entretien, de telle sorte qu'il y en ait, en tout temps, le nombre exigé en état de bien fonctionner. Si, au contraire, il y avait sur ce point négligence de la part de l'entrepreneur, les commissaires auraient le droit de faire faire ces réparations à ses frais.

Les voitures devront être bien graissées une fois par semaine, goudronnées à l'intérieur au moins une fois par an, pendant la durée de l'entreprise, et peintes d'une manière convenable extérieurement. Les noms des commissaires seront inscrits dessus comme ils le sont actuellement, et aucune voiture ne pourra êtré employée sans cette inscription, ou en dehors des routes comprises dans le présent contrat.

Il pourra être demandé à l'entrepreneur d'emmener les voitures d'arrosage qui exigeraient quelques réparations, et de faire ces réparations, même pendant l'hiver. Dans la saison d'arrosage, les voitures devront être, chaque soir, ramenées au chantier des commissaires, près le pont du Wauxhall.

Si quelques-unes des voitures s'usent complétement ou deviennent impropres au service pendant la durée de l'entreprise, elles seront remplacées, aux frais de l'entrepreneur, par de nouvelles voitures entièrement semblables aux anciennes, et soumises préalablement à l'approbation d'une personne compétente désignée par les commissaires.

Les travaux soumissionnés seront exécutés à la satisfaction de l'inspecteur, dont les ordres, en tout temps, devront être strictement suivis par l'entrepreneur et ses employés, et, dans le cas où lui ou eux refuseraient d'obéir à ses injonctions, négligeraient de racler, balayer, nettoyer, comme il a été dit plus haut, ne feraient pas ces opérations immédiatement, n'arroseraient pas comme il est convenu, ou, en un mot, rempliraient mal leur tâche, les commissaires pourront désigner d'autres personnes pour exécuter les travaux mal faits ou négligés par l'entrepreneur, aux frais et dépens de ce dernier. Outre ces frais, l'entrepreneur sera condamné, par les commissaires, à une amende de cinq livres pour chaque négligence ou omission ; lesdits commissaires ayant la faculté d'en retenir le montant, soit sur les sommes qui seraient dues, ou sur celles qui pourraient être dues plus tard à l'entrepreneur, pour travaux exécutés ou à exécuter par lui dans son entreprise.

Des plaintes se sont élevées sur la négligence et le peu de soin que mettaient les enfants employés par les anciens entrepreneurs dans la distribution de l'eau ; afin d'en prévenir le retour, les commissaires ne permettront pas, pour ce travail, l'emploi d'enfants au-dessous de dix-huit ans, et ils désirent que cette prescription soit rigoureusement observée.

L'entrepreneur devra indemniser les commissaires ou leurs employés de toutes assignations, poursuites, punitions, dépenses, entraînées par l'exécution ou la non exécution des mesures

17

indiquées au présent contrat; le tout devant être fait, en définitive, de bonne qualité et à la satisfaction des commissaires et de leur inspecteur.

La partie contractante devra aussi, mais en dehors de sa soumission pour le nettoyage des chaussées, indiquer le prix auquel elle entreprendrait le nettoyage des trottoirs de Regent-street et de quelques autres grandes voies de circulation, au moins une fois le jour, et plus souvent, si besoin était, pendant les mois d'hiver.

Les soumissions porteront : « Soumission pour le nettoyage et l'arrosage des chaussées de Regent-street, etc., etc. » Elles devront être remises au Bureau des Forêts, etc., etc., avant midi, le samedi 21 avril. Les commissaires ne prennent point l'engagement d'accepter la soumission la plus basse.

Bureau des Bois, etc.

7 avril 1850.

Forme de la Soumission.

Je m'engage, par les présentes, à exécuter les travaux ci-dessus mentionnés à la satisfaction des commissaires et de leur inspecteur, pendant trois années, moyennant un prix annuel de   , non compris le nettoyage, ou le prix annuel de   , y compris le nettoyage des trottoirs, et à signer tout contrat reposant sur ces conditions. Je propose, en outre, M.   de   et M.   de   comme garants de l'exécution de ce contrat.

Note G.

Clauses et conditions dont la connaissance est utile aux parties disposées à soumissionner l'ébouage et le nettoyage des diverses parties des routes de la métropole mentionnées dans l'état ci-dessous.

Le soumissionnaire doit indiquer, dans la présente forme, les prix ou sommes auxquels il s'engage à ébouer et nettoyer les portions de route ci-dessous mentionnées, ou quelqu'une d'entre elles, pendant une année, à partir du 1er juillet 1849, et signer au talon.

Les parties dont les soumissions seraient acceptées deviendront entrepreneurs aux conditions suivantes :

Les entrepreneurs, pendant la dite année, enlèveront et emporteront (dans des tombereaux, quand cela sera nécessaire) les boues, ordures, détritus, etc., sur les portions de routes soumissionnées par eux et sur les accotements, dans les *quarante-huit heures* qui suivront l'opération d'ébouage ou de balayage, faite par les soins des commissaires, excepté pour la route de la Cité (*City-road*), sur laquelle les boues devront être enlevées dans un délai de quatre heures.

Les entrepreneurs fourniront des emplacements pour déposer ces détritus, ordures, etc., à leurs frais, ainsi que les hommes, chevaux, voitures, outils, etc., nécessaires à l'exécution de leur contrat.

Et si, en quelque circonstance, les entrepreneurs négligent d'enlever toutes ces boues, etc., dans le temps fixé plus haut, l'inspecteur pourra employer et payer, pour ce travail, autant d'ouvriers, chevaux, tombereaux, etc., qu'il jugera convenable, aux frais et dépens des entrepreneurs, indépendamment d'une amende de 5 liv. st. pour chacune de ces négligences, la dite somme de 5 liv. st. pouvant être déduite par les commissaires de celles restant dues aux entrepreneurs pour l'exécution de leur soumission.

Formule citée plus haut.

Districts.	Partie à nettoyer.	Prix.
Kensington.	Depuis le commencement de la barrière de Knights-bridge jusqu'à Counter's-bridge, y compris la station des voitures à Knights-bridge, et le côté de la route à Kensington	———
	Depuis l'extrémité ouest de Sloane-street jusqu'à la brasserie au sud du petit Chelsea.	———
Brentford.	Depuis le 3e poteau limite dans Hammersmith, jusqu'à la taverne du Porc-de-Hampshire.	———
	Depuis l'hôtel de Star et Garter au pont de Kew, jusque dans Brentford, à la porte de Sion.	———
Uxbridge.	De Tyburn au 2e mille.	———

Districts.	Partie à nettoyer.	Prix.
Kilburn. . . .	Du pont sur le canal, à Maida-Hill, jusqu'à la barrière de Kilburn.	
Hampstead et Highgate. .	De la Croix-du-Roi à la porte de Old-Pancras-road, de la chapelle de Saint-James, Hampstead-road, au pont de Hampstead-road et de l'extrémité nord d'Albany-road, à l'extrémité sud de Bayham-terrace, Camden-road. . . . . De l'hôtel d'Angel, Islington, les deux routes conduisant à la taverne du Coq, dans le haut d'Holloway; et d'Islington-Green, par Ball's-Pond, à la porte de Kingsland.	
City-road. . .	De Finsbury-square à Islington.	
Stamford-Hill.	De Shoreditch à la taverne du Tisserand, Stoke-Newington.	
Hackney. . . .	De Shoreditch à côté est de Dalston-Lane, et de la porte de Cambridge-Heath à Mile End road.	

Les soumissions cachetées, adressées aux commissaires des routes métropolitaines, portant : « Soumission pour l'ébouage, » devront être remises à ce bureau à midi, mercredi 13 juin 1849, et aucune soumission ne sera acceptée si elle n'est faite sur une des formules imprimées du bureau.

» Je m'engage à exécuter les travaux sur la portion de route de   pour la somme de   , et, dans le cas où ma soumission serait acceptée, et à remplir, en tous points, le dit contrat.

Nom   . Adresse

Note H.

Je crois utile de donner quelques chiffres relatifs au nombre de voitures et de chevaux en circulation à Paris, pour montrer que tel mode de chaussée peut éviter au public des dépenses dont le montant est bien supérieur à l'accroissement d'entretien que le système nouveau peut exiger.

Il existe à Paris :

1° **Voitures de place ordinaires ou supplémentaires.** 1 828

Savoir :

Cabriolets { ordinaires. . . .   733
{ supplémentaires.   61

Coupés. . . { ordinaires. . . .   62
{ supplémentaires.   31

Fiacres. . . { ordinaires. . . .   847
{ supplémentaires.   94

Total pareil. 1 828

2° **Voitures de remise** (1). . . . . environ   3 000
3° **Omnibus** (2). . . . . *id.*   400
4° **Cabriolets** (dits coucous). . . . . *id.*   28
5° **Messageries pour les environs de Paris et voitures**
spéciales pour les chemins de fer. . . . . *id.*   2 000
6° **Cabriolets bourgeois à deux roues.** . . . . *id.*   4 000
7° **Voitures bourgeoises à quatre roues.** . . . . . . *id.*   13 000

Voitures pour transport des hommes. 24 256
8° **Charrettes, tombereaux, haquets, camions, voitures des**
halles, tapissières, voitures à bras, etc., à peu près. . . 25 000
9° **Tonneaux de porteurs d'eau** { à bras. . . . } 1 000
{ à cheval. . . }

Total général 50 256

Quant à la quantité de chevaux de transport ou de luxe existant à Paris, elle était en 1849 d'environ 18 000.

Ce nombre me paraît très-faible (3); il a été déterminé de la manière suivante :

_____

(1) Le prix de revient de l'entretien et du renouvellement d'un coupé de remise est de 2 francs par jour; *id.* d'un cabriolet de 1fr..50.

(2) Pour entretien et renouvellement d'un omnibus, les administrations payent 0fr..22 à 0fr..20 pour chaque lieue (de 4 kilomètres) parcourue, suivant que l'omnibus est ou n'est pas divisé en stalles.

Les omnibus parcourent environ 16 lieues par jour, les frais d'entretien et de renouvellement peuvent donc être évalués par an à 1 200 francs.

A Londres il existe 3 000 omnibus; ils parcourent moyennement 60 000 milles ou 24 lieues : leurs frais d'entretien (non compris les harnais et les ferrements des chevaux), sont de 3 900 000 fr., ou de 1 300 fr. par omnibus.

Ils transportent chacun 300 voyageurs par jour, ou ensemble 300 000 000 par an.

Les omnibus de Paris ne transportent guère que 150 personnes par jour : le mouvement total annuel n'est donc que de 22 000 000.

(3) Ce nombre est en effet bien inférieur à celui des chevaux que l'on doit employer à Paris : cela tient au procédé employé pour le déterminer.

On a calculé, pendant les années 1845, 1846, 1847, 1848, et
les neuf premiers mois de 1849, les quantités de foin, paille et
avoine introduites à Paris.

De plus, l'un des experts vétérinaires attachés à la préfecture
de police a évalué la moyenne de la ration journalière des chevaux :

A une botte de foin. . . . . (5 kilogrammes).
A une botte de paille. . . . . (7 500 grammes).
A douze litres d'avoine.

Et l'on a trouvé, en partant de ces données, des chiffres qui,
pour le nombre de chevaux à Paris, depuis 1845 jusqu'à 1849
inclusivement, se maintiennent entre 18 000 et 24 000.

Au moyen de ces données, il sera possible de se faire une idée
des dépenses indirectes qu'une route dure et cahotante, telle
qu'une chaussée pavée, fait peser sur les propriétaires de voitures et de chevaux, *sous le rapport seul de l'usure des uns et
des autres.*

En effet, dans l'état actuel du pavé, on peut :

1° Évaluer à environ 1 200 fr. par an les frais d'entretien et de renouvellement d'un omnibus;

2°   *Id.*   600   *id.*   ceux d'une voiture de remise;
3°   *Id.*   400   *id.*   ceux d'une voiture de place ordinaire.
4°   *Id*.   200   *id.*   ceux d'une voiture de maître;
5°   *Id.*   50   *id.*   ceux d'une voiture de transport.
6° Enfin, estimons moyennement à 120 fr. par an les frais d'entretien
et de renouvellement des chevaux.

Si la surface raboteuse et dure du pavé était partout remplacée
par un macadam en roche asphaltique, tel que celui des Champs-
Élysées, il est évident que le montant de l'entretien des chevaux
et voitures à Paris serait considérablement réduit. Presque tous
les cochers que j'ai consultés ont prétendu que cet entretien serait ramené au plus au tiers des sommes qu'il exige aujour-
d'hui.

Supposons la moitié, pour être à l'abri de toute objection,
on réaliserait donc :

---

car on sait que la plupart des chevaux attelés aux omnibus, voitures de
remise ou de place, voitures de roulage, sont nourris en partie hors des
limites de l'octroi.

fr.

1° Sur les omnibus une économie de. . . .   600 × 400   ou   240 000
2° Sur les voitures de place. . . . .   1 828 × 200   ou   365 600
3° Sur les voitures de remise. . . . .   3 000 × 300   ou   900 000
4° Sur les messageries et voitures de chemins
    de fer, etc. . . . .   2 028 × 200   ou   405 600
5° Sur les voitures de maître à 2 et à 4 roues.   17 000 × 100   ou   1 700 000
6° Sur les voitures de transport. . . . . .   25 000 ×   25   ou   625 000
7° Sur les chevaux. . . . .   18 000 ×   60   ou   1 080 000
8° Sur leurs fers seulement (il paraît qu'un
    cheval, très-souvent en course, use pour
    environ 48 fr. de fer par an. Avec le bi-
    tume, ce chiffre se réduirait au moins au
    tiers. Ne portons cependant, comme ci-
    dessus, que la moitié en économie, en
    supposant qu'il existe à Paris 6 000 chevaux
    dans la catégorie précitée. . . . .   6 000 ×   24   ou   144 000

    Total minimum des économies à réaliser par la substitu-
tion de chaussées à surfaces élastiques aux chaussées pavées.   5 460 200

    Or, si l'on rappelle que l'entretien des 3 millions de mètres
quarrés de chaussée pavée coûte environ. . . .   1 500 000 fr.
et que si toutes les voies pavées de Paris étaient
transformées en asphalte comprimé, le montant
de l'entretien ne dépasserait vraisemblablement
pas, année moyenne. 3 000 000

    On voit qu'à une augmentation de dépense
en entretien de 1 500 000 fr correspondrait,
pour le public, une économie de 5 506 200
c'est-à-dire qu'il résulterait, en définitive, pour
la société, un avantage annuel de 5 460 200 —
1 500 000 ou. . . . .   3 960 200 fr.

    Je n'ai pas la prétention, sans doute, de donner ce chiffre
comme exact ; j'ai seulement voulu bien faire comprendre quel
intérêt on pouvait attacher, sous le rapport de l'usure des chevaux et voitures, à la substitution d'une nature de chaussée à
une autre, et montrer que le chiffre de l'entretien, n'étant
qu'une fraction de tous les frais considérés dans leur ensemble,
on ne devait pas se laisser effrayer par son accroissement, lorsque de cet accroissement résultaient les avantages financiers sur
lesquels je viens d'appeler l'attention ; lorsque, en même
temps, l'usage des voies élastiques aurait pour résultat de faire

disparaître le bruit assourdissant des chaussées pavées, les accidents nombreux que leur surface glissante entraîne, enfin la
poussière et la boue que présentent toujours, à divers degrés,
les chaussées macadamisées.

Ne semble-t-il pas d'ailleurs qu'une des conséquences de la
note ci-dessus pourrait être de réclamer le concours des propriétaires de chevaux et de voitures pour une amélioration qui
leur serait aussi notoirement profitable.

PARIS. — IMPRIMÉ PAR E. THUNOT ET Cⁱᵉ,
26, RUE RACINE, PRÈS DE L'ODÉON.

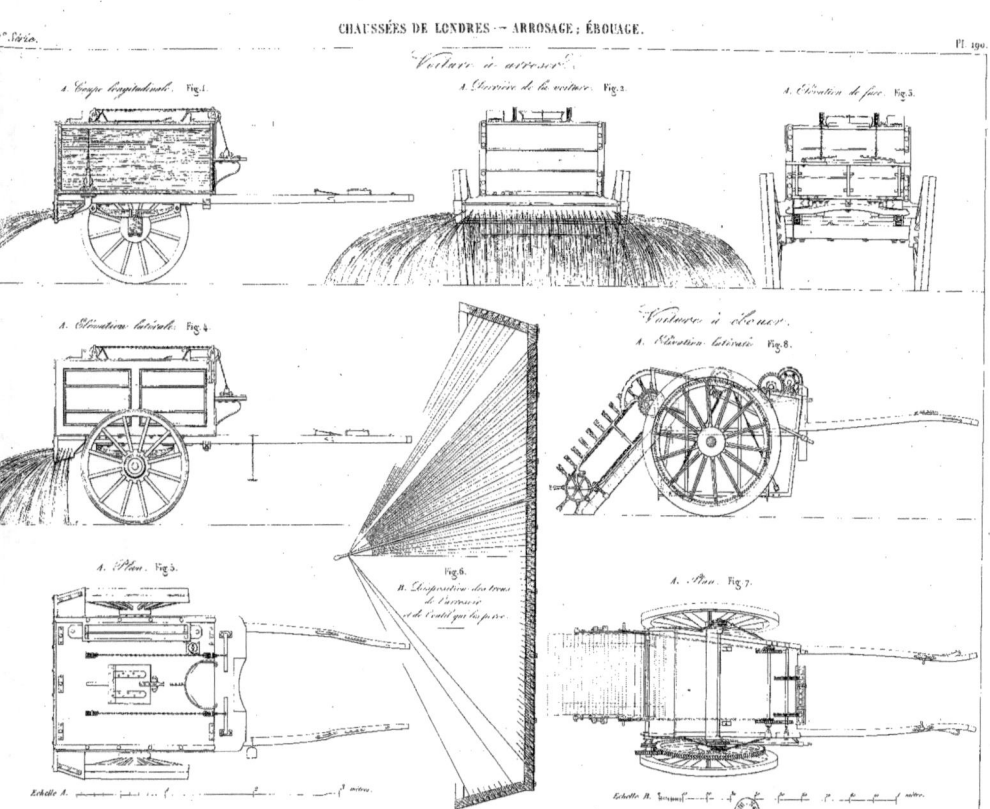

Voiture à arroser.

A. Coupe longitudinale. Fig. 1.

A. Derrière de la voiture. Fig. 2.

A. Élévation de face. Fig. 3.

A. Élévation latérale. Fig. 4.

Voitures à ébouer.

A. Élévation latérale. Fig. 8.

A. Plan. Fig. 5.

Fig. 6.
B. Disposition des trous de l'arrosoir et de l'outil qui les perce.

A. Plan. Fig. 7.

Échelle A.

Échelle B.

PARIS. — IMPRIME PAR E. THUNOT ET Cie,
26, rue Racine, près de l'Odéon.

www.ingramcontent.com/pod-product-compliance
Lightning Source LLC
Chambersburg PA
CBHW071827020726
47502CB00004B/1262